有爱的青春陪伴者

限时营救

冻感超人 著

广东旅游出版社
GUANGDONG TRAVEL & TOURISM PRESS

中国·广州

图书在版编目（CIP）数据

限时营救. 1 / 冻感超人著. — 广州：广东旅游出版社，2022.8

ISBN 978-7-5570-2707-0

Ⅰ. ①限… Ⅱ. ①冻… Ⅲ. ①长篇小说—中国—当代 Ⅳ. ①I247.5

中国版本图书馆CIP数据核字 (2022) 第052123号

限时营救.1

XIANSHI YINGJIU.1

冻感超人 / 著

◎出版人：刘志松　◎总策划：苏瑶　◎责任编辑：何方　◎责任技编：冼志良　◎责任校对：李瑞苑　◎策划：不夏　年年　◎设计：颜小曼　孙欣瑞　◎封面绘制：爱睡觉的天蓬元帅

出版发行：广东旅游出版社
地址：广州市荔湾区沙面北街71号
邮编：510130
电话：020-87347732
印刷：长沙鸿发印务实业有限公司
地址：长沙黄花工业园三号
邮编：410137
开本：880毫米×1230毫米　1/32
印张：9.5
字数：326千字
版次：2022年8月第1版
印次：2022年8月第1次
定价：45.80元

·目录

第一章

正道的光

"回来了吗？回来了吗？"

"回了，刚结束，我看到他在联盟上线了。"

"怎么样？"

"还能怎么样？老样子，那世界崩了。"

联盟控制室里一片哀号，就在刚刚，一个"男频"小世界又崩了，崩的还是世界核心男主角，杜承影从正道魁首直接成了反派。控制员实在没办法，只好把小世界先锁了。

"这个人……"控制员562号指着光子屏幕上一张温柔的笑脸，悲痛欲绝，"为什么总是他？"

屏幕上的人叫林琦，他长了一张很平凡的俊脸，之所以说他俊，是因为五官确实标致好看；之所以又说他平凡，是因为他帅得很一般，不足以颠倒众生，但是当个男主角的小弟衬托一下男主角的帅却是刚刚好，从内到外都和他要扮演的角色适配度满分。

控制员极其愤怒地去查林琦的任务轨迹。

林琦的每一个任务都完成得一如既往的完美，从小节点到大节点，无可挑剔百分之百保质保量完成。

但是，到底为什么每次男主角都会为了这个人"黑化"灭世啊？！

控制员实在忍无可忍了，他按下手上的传信器，向联盟发出了最高投诉建议。

百年前联盟经历了变革之后，所有的小世界重新洗牌，小世界拥有了充分的自由发展权利。

言情世界的痴情男配转头开起了后宫，灵异世界的大佬做起了微商，刑侦世界的大反派参加选秀出道，许多小世界变得极为混乱无序，经常发生能量爆炸、世界崩塌的情况。

为了解决这个问题，联盟不得不招收像林琦这样的协调者扮演各个世界的各种角色，来帮助这些世界尽量不扭曲主线，顺顺利利地打出完美结局。

圆满完成又一个世界的任务，林琦心情不错地回了家，他是一位极其爱岗敬业的好青年，每次完成任务都会做笔记，这次也不例外。

回忆着做任务的种种细节，林琦认真地抠出其中重要的部分，比如最后死之前他倒在杜承影怀里的样子：

表情哀而不伤——过关！

眼中含泪——过关！

嘴角流血却努力想要撑起安慰的笑容——过关！

含混不清地交代凶手线索——过关！

滑落下来没让杜承影握住的手——过关！

完美。

什么是完美？这——就是完美。

本月明星员工他拿定了！

林琦自信地在镜子前给自己比了个大拇指：加油，林琦，你是最棒的工具人！

这时，光脑传来提示："您好，联盟发来邮件。"

林琦："阅读。"

光脑："尊敬的男频世界协调者，很遗憾地通知您，自您参加工作的一个月以来，您参与引导的所有世界已全部崩溃，至今为止没有一个人能在联盟达成这种成就，恭喜您。"

林琦："这个邮件是不是发错了？你确定是发给我的？"

光脑："是发给您的，上面写了收件人'扫把星林琦'。"

林琦震惊："不可能！我要向联盟投诉！"

联盟办事效率很快，秒回："确实发错邮件了。"

林琦松了一口气："我就说怎么可能是我，阅读新邮件。"

光脑："前面内容一致，补充：你赶紧去把那崩了的世界修复好，当我求你了（哭哭表情）。附件——辅助系统，是否提取附件？"

林琦一怔。

一直到系统植入林琦的精神力之中，林琦才不得不接受这个残酷的现实。他听说只有最差劲的协调者和一些犯了错的协调者才会被绑定系统，没想到他也有今天。

上岗培训的时候，老师明明说过他简直就是天生为这一行而生的，绝对会在踏上工作岗位之后大放异彩、一鸣惊人。

系统："你好，我听说你刚参加工作就成了男频杀手，作为一名新人，真是一鸣惊人的成绩。"

林琦："……"老师果然没说错。

林琦没想到自己会以这样的方式"一鸣惊人"，虚心道："我该怎么做才能修复那些世界？"

系统："调整全部参数，重走一次世界线，我会辅助你完成任务。"

林琦乖乖地应下，但他还是忍不住对系统说："我不明白，我每项任务都完成得很好，怎么还会让世界崩溃呢？"

系统："你不明白，我就明白？你这人说话挺逗的。"

林琦无语。

系统："准备好了吗？准备好了就上班。"

林琦："我才刚下班。"

系统："呵，谁不是呢，真是倒了八辈子的霉来陪废物加班。"

林琦：怪不得只有犯了错的协调者才会被绑定系统，这系统的脾气也太冲了。

幸好系统虽然脾气很暴躁，但并没有强迫林琦，让林琦休息够了，才带上林琦重回被林琦干崩的世界。

第一个世界就是林琦刚做完的古代武侠任务，用系统的话来说就是——"虽然是吃了吐吐了吃，也得赶趟热的。"

这个武侠世界，男主角杜承影出身贫寒且家庭不幸，年幼丧母。他母亲临死前给他留下一件信物，让他去找他那个抛妻弃子的父亲，于是他上了月露山拜师学艺，从此开启了他被人欺辱然后不断成长的故事。

标准的男频套路。

林琦扮演的就是这种武侠升级文里非常标准的工具人。

他与杜承影在拜师时相识，当场就被杜承影的男主角光环闪瞎了眼，在杜承影还是个路人甲的时候就开始帮助杜承影，一直到杜承影起势，他始终陪着杜承影。

眼看杜承影的成长线遇到了瓶颈，林琦又适时地献出了生命，死在了杜承影的怀里，能一句话就交代清楚凶手的关键线索但他死活都不说，硬说一些废话——"我离开了你，你要好好保重""别哭""啊，我看到山下的小芙蓉又开了……"

非常悲情。

林琦始终没想明白自己到底哪里出了错，为什么世界说崩就崩了呢？真叫人头大。

林琦在收到联盟的招聘书时很激动，满心欢喜希望自己能干出一番事业，没想到在他的努力之下，事业没干成，世界倒干崩了不少。

系统："注意目标人物即将出现。"

林琦的回忆被系统拉回，目光望向山脚。

今天是月露山开山收徒的日子，武林各个派系适龄弟子都来求拜。

林琦身为工具人，身份与他的颜值一样，不高不低刚刚好。他是一个旁系家族的庶子，因为在功法上略有天赋被送来月露山碰运气，在众多求学的弟子中，他也极为不起眼，几乎等同于背景板。

真正的主角是杜承影，一出场就突显出他的与众不同。

来月露山拜师的各门各派的弟子无论天赋高低，几乎都是世家子弟，一般人是不可能上月露山来拜师的，毕竟在月露山学艺……太烧钱了。功法、丹药、秘籍，随便哪一项拎出来都足够让家境还算殷实的商贾之家倾家荡产。

也有出身贫寒的弟子，但也仅仅只是"出身"而已，许多极有天赋、一出生就身怀异相的苗子早就被各个武林世家招揽于麾下。

所以……这就是有钱人的聚会。

杜承影作为主角，当然跟那些有钱的普通人不一样，他会非常单纯不做作地穿一身破破烂烂的衣裳登场，此时他体内的天赋并未觉醒，所以毫无内力，脸上还有一道道难看的疤痕。

又穷又丑又没内力，可不就"与众不同"了。

在进入游戏的那一刻，林琦就会收到所有属于他这个工具人角色的大大小小任务节点，他并非站在全知全能的视角，除了他时间线上必须要完成的任务节点之外，其余剧情他一概不知道也不参与，比如杀他的凶手具体是谁，他就不清楚。

不给全剧本也是联盟为了防止他们这些协调者误入歧途罢了。

林琦的第一个任务节点就是帮助来拜师的杜承影。

以林琦的修为目力，只能目视百米，更何况月露山本身便有奇门遁甲的机关遮蔽，浓烈的白雾如裙带一般围绕着绿意盎然的山脚，完全看不清山下是否有来人。

月露山的门马上就要开了，杜承影依旧不见踪影。

说实话，林琦在这个世界待了足有十多年，第一个时间节点的任务他已经模模糊糊记不清了，杜承影具体是怎么出场的，他还真忘了。

在他离开这个世界前的记忆中，杜承影已经是月露山的首席弟子，风度翩翩、气质出尘，在他这个敬业的工具人的衬托下，更是风靡武林万千少男少女。他早就不记得初见杜承影时，杜承影是怎样的狼狈。

"开山门——"

随着一声梵音咏唱，身后月露山的大门轰然沉落，散发着草木香气的幽深洞口露出，影影绰绰似有无数阶梯蔓延而上。来拜师的弟子们纷纷转身，拾级而上。

这是月露山的历练梯，台阶极长，几乎一眼望不到头，大部分来拜师的弟子爬上半路就已气虚力竭上不去了，而只有登顶的人才能接受月露山各位师父的下一段考验，有不少人就是败在了这里。

看到这历练梯，林琦的记忆终于逐渐恢复。

杜承影身世凄惨，身体又弱，体内毫无内力，在历练梯上行走时犹如跟万千淤泥纠缠，爬到后头根本一步也提不上去，可他却不肯放弃，苦苦挣扎，两条腿差点爬断。

林琦就是在这历练梯上拉了杜承影一把。

当时的场景林琦已经记不太真切，他只是完成任务，掐准时间看杜承影承受不住了，立即上前拉了他一下。

"闭山门——"

林琦站在山门口一点都不慌。

主角嘛，都是在最后关头出现的。

系统催道："快进去，门要关了。"

林琦："啊？不等杜承影了吗？"

系统："他是主角他肯定能上山，你又不是。别啰唆，赶紧进。"

有道理。

他没有主角光环，只是个任务在身的工具人。

于是，他果断闪进了山门。因为一直在等杜承影，所以当他踏上历练梯时，周围已经空无一人了。

白茫茫的雾气遮蔽着道路，不管是向前还是向后，都是空茫无依，登梯的人往往不知自己登了几阶，也不知前面还有多远。

林琦边走边自言自语道："一个小台阶，两个小台阶……"

系统："你干吗呢？"

林琦："数数啊。"

他要在第七阶的时候回头拽杜承影一把，必须得数得明明白白，在第七个台阶等着杜承影。

系统："我就没见过做任务像你这么死心眼的人。"

林琦："不然呢？"

系统："差不多得了，坐下等吧，几级台阶有什么区别？"

这跟林琦想象当中的辅助系统实在差得太远了，他以为有了系统之后，会对他的任务有更精确的指导，怎么感觉这系统……在教他怎么"划水"呢？

毕竟是犯了错的人，林琦乖乖地听系统指挥，在第三个台阶坐了下来。

等了很久依旧不见杜承影的身影，林琦有点急，又不敢跟系统说，怕系统又怼他。

系统先开口了："你是不是有点急了？"

林琦立刻道："是的。"

系统慢悠悠道："看个片放松一下？"

林琦一蒙。

系统："工作不看片，工资少半边。"

这是什么理论？

在系统的"强制"安排下，林琦和系统一起看起了联盟很火的某档冒险类综艺——《超级冲冲冲》。

林琦没上班前还挺爱看，上了班沉迷工作就再也没追过，一看里面的人他都已经不认识了，情不自禁地问："017 号呢，淘汰了吗？"

系统："死了。"

林琦倒吸一口凉气，这节目还会死人的？

系统"我也挺喜欢他的，一起给他投个票吧，后面还能上复活赛。"

林琦一怔。

参加工作才短短一个月的时间就让他与社会脱节了。

林琦起初对工作时间追综艺感到很惶恐，但看下去之后，又被紧张刺激的节目流程给彻底吸引住了。

历练梯上步履声渐近，林琦在听到脚步声的那一刻立即抬头。

下面依旧是白茫茫的一片，天地万物似乎都模糊了。

"朋友坐着不动，可是累了？"

低沉醇厚的嗓音传来，那些模糊的记忆瞬间具象了起来，林琦顺着声音仰头望去，是杜承影。

他所熟悉的杜承影，站在面前的阶梯上，长袍一色散开，嘴角带着一丝温柔笑意，深邃的眼眸如深海一般——没有什么比再见到惨死在自己怀里的至亲师兄更能让人心情激动的了。

林琦也愣住了，那个出场时落魄狼狈、满脸疤痕的杜承影呢？

系统："警告，目标人物好感度100，'黑化'度100。"

林琦更惊讶了："为什么？我还什么都没做啊。"

系统："检测到目标人物得到再次重来的机会。"

林琦："啥？"

系统："他重启开局了，懂？"

林琦不是很懂……

漫天黑色的刺骨火焰覆盖视线的那一刻，杜承影竟然得到了一丝久违的宁静。

林琦死了。

活生生的一个人，前一夜还拿着他亲手酿的芙蓉酒言笑晏晏地与他推杯换盏，他含笑望着醉酒红脸的林琦，心中千般欢喜万般高兴："师兄，待我寻了你所说的半壁图回来，将它送给你，作为你我情谊的见证，可好？"

可当他回来时，却只赶得及见林琦最后一面。

林琦苍白的脸上已经失去了昔日的活力，却依旧对他笑着，那双永远散发着温润目光的眼睛没有焦距地望着他，喃喃道：

"师弟……我看到山下的小芙蓉又……开了……"

师兄就这样在他面前闭上了眼。

杜承影好不容易将上一局的记忆在脑海中压制住，但当他真的再次见到林琦时，依旧难以控制自己激动的心情。

杜承影继续微笑道："我是月露山上的弟子，来迎接今日上山的朋友。"

林琦心想这不对啊，他就算记得再不准确，也还记得他与杜承影是同一天一起上山拜师的。怎么杜承影摇身一变，就成月露山上的弟子了?

林琦问系统怎么回事，然后发现无论他怎么叫系统，系统都没回应了。

目标人物重启这事已经让林琦措手不及，辅助系统忽然失踪更是让他感到茫然，他坐在原地都没理杜承影。

杜承影重启之后，不愿再将自己落魄难堪的一面呈现在林琦面前，既然已经重启，他自然要改变一切。

在林琦上山之前，杜承影先一步带着信物找到了云游的散月，直接进入了月露山。

入山之后，他马不停蹄地开辟体内的内力，治好脸上的疤痕，他要以最好的面貌与林琦初见，不要再以一个被人可怜、被人帮助的形象出现在林琦身边。

这一次，换他来照顾、保护林琦，他绝不会重蹈覆辙，让林琦死在他面前。

杜承影缓缓伸出负在身后的手，再次对沉默不语的林琦柔声道："我拉你？"

此刻的剧情，跟林琦所经历过的完全不一样。林琦一脸蒙，迟疑了一会儿，最终在要完成任务的信念下还是伸出了自己的手。

杜承影缓缓地拉起林琦，动作之轻柔，生怕把林琦碰碎了一般。

虽然系统掉线了，但任务还是要做，林琦的第一个任务节点"拉杜承影"应该算是完成了，虽然最终变成了杜承影拉他。

杜承影拉着林琦往上走，白雾避开了两人，面前景色开阔，他自然道："还不知朋友名姓？"

林琦眼角抽了一下："华源林氏，林琦。"心想杜承影看来是不希望重启一事暴露在他面前，既然如此，他就装作不知道吧。

杜承影望着林琦抿唇一笑。在林琦的记忆里，杜承影是个轻度面瘫，日常一副苦大仇深、不苟言笑的模样，偶尔心情极好时，脸上才会有一丝丝笑意，非常符合正道魁首的人设——高冷且端庄。

怎么现在笑得跟不要钱一样？

杜承影笑意盈盈道："月露山散月门下杜承影。"

林琦再次震惊。

上一次进入游戏世界时，杜承影的师父是他亲爹抱束，后面还触发了很多打脸剧情，遍布在大大小小的任务节点。怎么杜承影忽然变成散月门下的弟子了？

这突如其来的主角重启把整个世界的剧情都带偏了。在这种剧情犹如脱缰的野马一般自由奔走的情况下，林琦真是万分怀念刚刚那个坏脾气的系统，最起码还有个人能商量一下。

然而无论林琦怎么呼叫系统，却始终没有得到回应。

杜承影不动声色道："散月是个很不错的师父，待我们这些座下弟子十分和蔼。"

林琦沉默不语，心想他当然知道，毕竟散月之前是他的师父。

散月会按时给座下弟子分发丹药秘籍，然后人就原地消失，对徒弟突出一个散养原则，能不管就不管，要不然林琦哪有那么多时间跑去给杜承影送温暖。

前头隐隐有吵闹声传来，林琦抬头，这才发觉他们已快追上大部队了。有人开始爬不上去，正大呼小叫地咒骂着。

林琦这才想到他也应该差不多了。他的资质一般，光凭自己的能力，很难走完历练梯，他被这突变的世界线搞晕了，这才意识到比上次进入游戏世界时爬得高多了，工具人的人设都要维持不住了，于是也假装皱眉，摆出一副双脚难动、深陷其中的模样，面有难色地说道："杜兄弟，我爬不动了。"

杜承影抬眼望去，前头已陆续有人在历练梯上举步维艰，他们心有挂碍，心性不坚，又不甘心止步于此，众人又呼又叫，好不热闹。

杜承影收回目光，望向林琦。师兄无论是相貌还是气质都偏向于平庸，但是清秀、干净，不像个习武之人。师兄身上散发着平和淡然的味道，双眼澄澈，没有遗憾也没有挣扎，好像很平静地接受了自己在习武一路上的终点在哪里。

大道无为。

师兄……无论何时都让他这般仰望。

杜承影随即说道："那就在此等待吧，散月是个很好的师父。"

杜承影似乎无意让人知道他来过，留下这句话后，便转身消失在浓雾中。

林琦站在历练梯上，重重地叹了口气："知道了。"说这么多，生怕自己不去一样。

也不知道过了多久，日光从头顶洒下，身侧的白雾逐渐散开，一股强大的威压袭来，林琦知道这是月露山的高手团来了。原本毫无形象坐在台阶上的林琦连忙起身，跟其余弟子一样俯身作揖，垂首静立。

这个武林世界的设定极为简单粗暴，月露山是武林中的老大，四位高手就是月露山的四大金刚，他们各自有擅长的领域，也各有各的脾气，且四人都与一路成为武林盟主的杜承影有着千丝万缕的联系。

散月跟林琦一样没什么存在感，林琦记得散月连收徒也没亲自到场，只派了自己手下的徒弟来，从头到尾他都没出场过几次。

缘雨是月露山上实力最为强劲的女剑客，性烈如火，疾恶如仇，生得艳丽无双，个性也极为高傲。一开始，缘雨对毫无内力的杜承影看不上眼，之后她发现了杜承影的实力，还送了自己炼制的天缘剑给杜承影。

林琦合理怀疑这是小世界给杜承影开的后门之一。

皈连是四大金刚中最年长的，擅长暗器，来无影去无踪，在习武一事上给了杜承影许多指导，算是杜承影的精神导师之一。

剩下的就是擅炼丹制药的抱束，也是杜承影亲爹，前期他的戏份最多，他不断地给杜承影使绊子，然后被杜承影打脸，一直到林琦死前，抱束都算是杜承影成为武林盟主路上的大反派。

后面的情节林琦就不清楚了。

林琦本来是很淡定的，按照剧情他会被散月手下的萧莫师兄带走。萧氏与林氏同属华源，萧莫提前收到了招呼，算是给资质平平的林琦走了个后门。

但照这个剧情大改变的情况，林琦也不确定他还会不会被散月收下。

师父们的信物慢慢飘下，在看中的弟子眉心一点，被点到的弟子欣喜地抬头拜师，迅速地站到那位师父身后。

随着身边人数的减少，林琦略有些担忧，不过庆幸的是，始终没有听到有人拜散月为师的声音，也就是说萧莫还没选人。

林琦垂着头默默等待，手心不知不觉紧张得出了汗。

"承影，"优雅的女声响起，略带了一丝笑意，"怎么不替你师父挑人？"

林琦耳朵都要炸开了，承影？

他很想抬头，但现在抬头就太显眼了，于是不得不求助系统："系统，是杜承影帮散月来挑人吗？"

系统："是啊。放心，他肯定选你。"

林琦听了系统的话完全高兴不起来，系统的语气过于笃定平常，反而让他觉得怪怪的。

果然，杜承影的声音也传来了，他的语气中带了一丝笑意，谦逊又温和道："自然是各位师父先请。"

"散月真是好福气，出门也能捡个好徒弟。"皈连摸着自己长长的白须，赞赏的目光落在杜承影身上，"要我说，这些人我都不挑了，就要承影你。"

杜承影微微一笑："师叔谬赞了。"

看来杜承影不仅提前上了山成了散月手下的弟子，而且还颇有美名。男频世界的男主角重启果然一下把金手指拉到了最大，林琦不禁暗叹还要他这个工具人做什么。

一直不说话的抱束此时道："都差不多了，也没剩什么好货色了。"

还未被挑走的几个弟子面上纷纷露出屈辱的神情。

林琦低着头，也很敬业地皱了下眉。

杜承影平淡道："几位师父回去休息吧，剩下的事交给弟子来办就好。"

缘雨与皈连都笑着说放心，抱束没有搭理他，三人一齐转身带着新收的弟子离开。

杜承影松了口气，抬眼望向人群中那个淡蓝色的身影，抬手将散月的信物打下，而就在这时，一片绿油油的叶子疾速而下与散月的信物"叮"的一声撞在了一起。

响声就在林琦面前炸开。林琦抬头，只看到之前离开的抱束去而复返，指尖还夹着几片绿叶，冷笑着与杜承影相对。

两人虽是父子，在外貌上却毫不相似，抱束面容英俊，气质忧郁沧桑，杜承影却生得华美异常，眉眼若画。而抱束也不知道为什么，从杜承影第一天上山就对杜承影极为苛刻，虽然收了他为徒，却对他毫无师徒之谊，明里暗里还对杜承影下过不少狠手，为了帮杜承影，林琦还刷了不少任务。

现在看来杜承影虽然重启了，但与抱束的关系依旧剑拔弩张。林琦松了口气，还好，还有任务刷。

杜承影面不改色："师叔这是何意？"

抱束的目光瞥过林琦，淡淡道："收徒。"

林琦呆愣在原地，不、不会吧？

杜承影早料到抱束会与自己作对，故意留一手说要挑他们挑剩下的，没想到抱束竟然如此咄咄逼人，虚晃一枪又回来搅局。

"师叔，这位小兄弟是师父特意吩咐我挑选的。"杜承影借了散月的名头开了口。

抱束不肯罢休，随意道："我截胡了。"把同门截胡这种事说得理所应当、毫无愧色，不愧是前期的反派之首。

杜承影知道抱束不会轻易罢手，再度加码："这位小兄弟出自华源，与门下几位师兄弟颇有渊源。"

抱束直接道："入了月露山，还分什么从哪个支系来的。拉帮结派，成何体统。"

杜承影的耐心也是有限的，脸上还笑着，眼神却冷了："那师叔是一定要跟我抢了？"

他说这话时，语气平淡，甚至还压低了声音，带着一丝晚辈的恭敬，可在场所有人都感到了一阵不寒而栗。

除了抱束和林琦。

林琦冷静道："系统，有任务刷出来吗？"

系统恨铁不成钢："这种'争风吃醋'的场面你就想着做任务？"

林琦无语——别乱用成语，这是针锋相对。

抱束怎么可能会让一个刚入门的弟子蹬鼻子上脸，他不客气道："是又如何？"

林琦心想这是要打起来了，打脸剧情马上触发，他的工具人细胞简直蠢蠢欲动。像这种正反两派相对立的剧情里，他这样的工具人通常有两个作用：拉嘲讽和拖后腿，或者边拉嘲讽边拖后腿。

林琦朗声道："两位请听我一言。"

抱束与杜承影同时回头，一个眼神冰冷葫翳，一个眼神温暖担忧。林琦淡定道："多谢抱束师父的厚爱，弟子还是想拜在散月师父门下。"

杜承影面色一暖，神情中有掩饰不住的喜意。

抱束见状却是恼怒道："我的决定，由得你们两个小辈置喙？"他指尖的绿叶弹出，一言不合就要暴打杜承影。

抱束的动作实在太快，林琦都来不及扑上去帮杜承影挡伤害，只能眼睁睁地看着杜承影闷哼一声倒在历练梯上。

杜承影夸张地滚了几圈，最终落到林琦的脚边。林琦赶忙俯身扶他："杜兄弟！你没事吧？"林琦忽然抬首对抱束愤怒地吼道，"您怎么可以这样仗势欺人！"

抱束出手太快了，他都来不及刷任务！

杜承影一手拉住林琦的手臂，以防林琦一时冲动跑去跟抱束较劲，他脸色苍白道："我没事。"

他是真的没事，在察觉到抱束要出手的那一瞬，他就提前翻了出去，现在只不过是闭了真气做做样子。

林琦低头望向杜承影，忽然觉得角色有点颠倒，本来应该是他躺在地上，然后杜承影生气爆发，内功因此更进一步。可现在躺在地上的人变成了杜承影，这该怎么发挥？林琦憋了一会儿都没憋出一句台词，就那么直愣愣地看着杜承影。

幸好抱束抢了戏，冷哼一声道："好一对苦命鸳鸯。"

又一个乱用成语的！

杜承影扭头，对抱束回道："师叔何必苦苦相逼。"

抱束拧眉："你这是不肯罢手了？"

杜承影声音虚弱，语气却是坚定："师叔非要强人所难吗？"

杜承影和抱束沉迷吵架，话锋之绵密，让林琦完全插不上嘴，正无聊的时候，系统又上线了。

系统："看《超级冲冲冲》吗？"

林琦翻了个白眼。

系统诱惑道："还要吵一会儿呢，017 号复活赛不看？"

林琦很有原则地拒绝道："不看。"

系统："017 号上场了哦。"

林琦挣扎了一下，最终艰难道："不看……"他发誓他一定要换掉这个比他还能拉嘲讽和拖后腿的系统！

这场收徒大战最终因缘雨的出现而结束。

缘雨发现抱束没回去，猜到抱束又去找杜承影的麻烦了，于是回来帮忙了。

她在月露山不仅是唯一的女大佬，也是最强战斗力的代表，她一出场，就算是抱束也只能让步。抱束冷哼了几声，留下一句"走着瞧"就离开了。

杜承影挣扎起身，对满脸担忧的缘雨感激道："多谢师叔相助。"

缘雨叹了口气，她也不知道抱束为什么总是针对杜承影一个小辈："我帮得了你一时，帮不了你一世。"

杜承影平静道："弟子明白。"

一场小小的收徒风波就这么结束了，杜承影送落选的弟子下山，面带歉意地希望各位落选的弟子千万不要将此事传扬出去。

落选的弟子受了抱束的羞辱，又亲眼看到抱束毫无道理地抢人、伤人，跟杜承影的翩翩风度一对比，高下立现，弟子们表面答应，内心却对抱束的行为感到不忿。

林琦最终还是跟原剧情一样拜到了散月的门下，与杜承影生活在了同一个山头。

上一局杜承影在抱束门下的时候，居住的地方格外简陋，里头该添置的东西都是林琦一点点接济他的。

此时，林琦看到自己面前华丽得如同宫殿一样的楼宇，不由得张大了嘴。

杜承影温和道："师父事忙，常年不在山上，各位师兄弟也都是各自张罗，这是我为师……师弟你准备的。"

曾经被他唤作师兄的人如今变成了师弟，杜承影感到新奇的同时又挺欣慰，该轮到他护着林琦了。

林琦扶额。物质上的糖衣炮弹打不倒一个爱岗敬业的好青年。

散月的确是不爱管事，他手下的徒弟自由度也很高，每个人居住的地方都不拘一格、各具特色。可是在习武的山头搞出一个皇宫来也有点太离谱了吧！

林琦毫不怀疑面前这气势恢宏的楼宇摆到现实世界里都得收费参观，门票不少于两百块且法定节假日和寒暑假不打折。

"师弟不喜欢？"杜承影看着林琦不见喜色的眉眼，暗骂自己想得太不周到——师兄岂是那种贪恋俗世荣华的人？这般俗气怕不是要玷污了师兄的高洁，惹师兄不悦。

林琦神情复杂道："杜师……兄你费心了。"真看不出来杜承影还是搞建筑的一把好手。

杜承影懊恼道："师弟不喜欢，我推了便是，不必勉强。"

推……推了……林琦觉得这么精致华丽的建筑被推倒实在太可惜了，于是连忙道："挺好的，我就住这儿，多谢师兄。"

杜承影看着林琦态度的转变，心道林琦总是那般善解人意，宁愿委屈自己也不让别人为难。

林琦愣了一会儿才想起来，刚刚杜承影被抱束打中，面色苍白，一看就受了重伤。他恍然大悟道："师兄，你是不是伤得厉害？要我替你治伤吗？"

说起治伤，林琦的眼睛都亮了些。

杜承影以为林琦是关心他，只有系统知道林琦这是关心任务。

"那就麻烦师弟了。"杜承影轻声道。

他其实没有受伤，但为了不暴露，他可以受伤。

杜承影以拿药为借口离开，让林琦先入屋内。

屋内比外观看起来还要奢靡数倍，入眼全是武林中的稀世珍宝，跟不要钱一样到处摆着。

林琦一坐上软榻，就立马察看了一下这个游戏世界的任务节点，发现除了"历练梯"被点亮了之外，其余的任务节点都变灰了。

林琦感觉整个人都不好了。

系统："别慌，重新调整世界线参数之后，任务目标出现了重启的现象，世界线随之发生变化也很正常，任务节点再次刷新也属必然。"

林琦乖乖地听着系统一口一个"正常""必然"，又稍微感到了些许安慰："那我慢慢来，跟着世界线走，还是能完成任务的吧？"

系统话锋一转："你知道这些世界为什么崩吗？"

终于说到了点子上！林琦的眼睛登时亮了，求知若渴道："为什么？"

系统："本来这个事情联盟一般都是保密的。"

林琦对这一点表示理解，小世界运行是有规律的，联盟不能随便向他们这些员工透露，防止某些员工想钻空子做坏事。

虽然林琦一点都不想做坏事，但他干崩了所有的游戏世界是真的。他说不定现在都上联盟的黑名单了。

想到自己的事业前途一片灰暗，林琦诚恳说道："请你帮助我。"

系统"嗯"了一声，直接道："这些世界崩了，就是因为男主角'黑化'了。"

林琦半信半疑道："杜承影挺好的啊。"

系统："小世界所判定的黑化不是说这个人变坏了就叫黑化，而是他失去了作为小世界男主角最高的目标，与原世界线的核心内容背道而驰，导致世界能量散乱崩塌。"

林琦一下就明白了。培训的时候老师也跟他们强调过，在小世界里不能忽视任何一个任务节点，失之毫厘，谬以千里，一件很小的事情也有可能改变男主角的人设走向，从而导致游戏中整个世界走向不明。

系统解释说，林琦死后，杜承影从正道魁首堕入了邪道，小世界承受不住男主角人设的一百八十度大转变，能量拉扯，瞬间就崩了。

林琦恍然大悟，原来如此。他没想到杜承影竟然会堕入邪道，那一定是他在做任务时小细节上出了问题，这一次重来，他一定注意每一个细节，保证不让世界再崩掉。

杜承影一进屋，就看到林琦乖乖坐在软榻上，正盯着床头的三芯莲，眼珠乌黑圆润，神情茫然，似乎还未从风波中缓过神。

杜承影手按在腰间，缓步向前。

林琦见状立马起身扶住他，拧眉道："抱束太过分了。"对自己亲儿子那么狠到底图什么？

"抱束是厌恶我，连累你了。"杜承影低沉道。

林琦忙道："师兄别这么说，太见外了。"

他扶着杜承影在软榻上坐下。

抱束出手时林琦也没看清，这会儿杜承影拉开长袍，露出腰腹上的伤口，林琦才发现杜承影伤得不轻，腰间血红一片。

"抱束真是……"林琦咬了咬牙，他想不出什么其他坏词，只是重复道，"太过分了。"

身为协调者，最重要的一点就是不能感情用事，林琦的任务是不惜一切代价帮助杜承影成功。

"师兄别气馁，你的前路要比抱束更远。"

杜承影淡淡苦笑一下，林琦还是这样，不管遭遇什么困难，从来都只是温和鼓励他前行。

林琦给杜承影上药时细致又小心，神情认真，眼里只有杜承影腰间的伤口。

"好了。"林琦松了口气，抬首微微笑了一下，眼眸澄澈闪亮，像一汪干净的溪水，却照不出任何人的影子。

杜承影心中轻叹了口气，拢了长袍："多谢。"

"都说了不必见外了，咱们已经是师兄弟了。"林琦笑着说，"要论谢，该是我谢师兄你在历练梯上拉我一把，将我带入了散月师父门下，"他四下环顾，又道，"还为我准备了如此舒适的房间，桩桩件件，都是我该谢师兄才是。"

杜承影脸色微沉："师弟算得真清楚。"

"那是自然，师兄待我的好我都记下了，日后一定会百倍回报。"林琦心想他一定要把杜承影拉上正途。

杜承影的一颗心渐渐沉了下去。上一局他早就将林琦看作了一生知己，可是林琦惨死在眼前自己却毫无办法，这样的自己，还值得林琦对他好吗？

片刻的沉郁之后，杜承影又恢复了如常的神情，此刻林琦还活着，这总比最坏的结果要好。

杜承影打起精神道："我带师弟你在山上走走？"

林琦拒绝了："师兄，你的伤势还未愈，还是先歇着吧，总不急在这一时。"

杜承影坚持道："一点小伤不碍事。"

林琦也很坚持："师兄歇着吧。"随手拍了拍身边的软榻，"这床极软，师兄要试试吗？”

杜承影当然知道这床铺极软，云海之滨的鲛人三年日夜不休，才织得林琦身下这一匹"落霞"，世上也仅有这一匹。

"不必了。"杜承影决定先退一步，"我住的地方离师弟你这儿不远，师弟上山拜师也累了，我就不打扰了。"

杜承影前脚刚走，后脚系统就上线了："我必须告诉你，杜承影的黑化值还是100%。"

林琦不理系统，反正系统说来说去就是那一套。

系统不客气道："我是专业的系统，不像你们这些协调者，每个都自诩是冷静的旁观者，觉得小世界的走向尽在你们的掌握之中，男主角在你们眼里也不过是一个NPC（非玩家角色），像你们这些傲慢又无知的家伙，从来不肯投入自己真实的感情，这也是你们走向失败的根本原因！"

系统这一番义正词严的发言振聋发聩，林琦沉默了一会儿："你的话有点道理，但能不能别用回声？"男低音加回声，听得林琦头都大了。

林琦觉得系统说得没错，他不够投入，做任务太过呆板，这些都是他的缺点。眼前的任务面板依旧一片灰色，似乎也在应和着系统所说，现在没有那些条条框框的任务节点了，有的只是一个最终的目标——让杜承影走回正道，成为武林盟主。

系统恢复了正常的声音咳了一声："你真的了解杜承影吗？"

林琦躺在云一样的软榻上，回忆起与杜承影相处的片段，稍有印象的几乎都是任务节点，他的任务只是给杜承影挡伤害，给杜承影送装备，不包括做朋友。除了任务，他不会做多余的事。

只是杜承影对他好感值爆满，把他当作好朋友，他还真没想到。林琦从来没有想过在小世界投入真情实感，他上岗培训前老师就千叮咛万嘱咐，千万不要把小世界当真。

他没有把杜承影只当成一个NPC，也没有像系统说的那样傲慢，只是他始终牢记着：无论小世界里的人看起来有多么有血有肉，也始终跟我们是不同维度的人。

保持绝对的清醒，这是协调者赖以生存的准则，听上去很现实，也很残忍。

如果杜承影知道他是来做任务的外来者，是跟他不属于同一个世界的人，还会把他当成好朋友吗？也许会像自然人类一样，连话也不会对他多说一句吧。

自然人类。

合成人。

小世界的人物。

一层又一层的复杂关系让林琦头疼地闭上了眼睛，他抬手盖住了自己的脸。

系统很贴心地给了林琦思考的安静空间。

林琦躺在榻上，闻着三芯莲安神的香气，忽然坐起了身："我去看看他。"

系统："做任务？"

林琦："去了解他。"

既然按照自己原有的认知去做事是错误的，不如试试另一条路。

林琦走出屋子。温暖的日光穿过密林洒下，散月的山头永远是这么静谧和谐，犹如与世无争的世外桃源，就连树叶都是慢悠悠地坠下，轻轻落回大地的怀抱中。

雪松巨大的树冠若伞盖亭亭，银针闪耀着锋芒，斯人独立，长袍迎风，天地间似乎就只剩下了他一个人，挺直修长的背影中透露出寂寥。

林琦远远站定，第一次有点不敢靠近杜承影。

杜承影似是察觉到了身后的视线，静默回首，冰冷的眼神在看到林琦的瞬间融化："师弟。"

"师兄怎么不躺着休息？"林琦快步上前，走到了雪松下。这雪松是散月山头最古老的一棵树，占据了一整块峭壁，林琦以前没少和杜承影在雪松下饮酒论道。他轻摸了下雪松，视线移到杜承影的腹间，空气中隐约散发着一丝血腥味，"师兄还受着伤，应该多休息的。"

杜承影不知是不是自己的错觉，他觉得林琦好像离他"近"了一点，之前的隔阂感似乎淡了些。他温声道："我担心抱束不愿善罢甘休，会来找你的麻烦。"

林琦微微皱了皱眉："其实……师兄真的不必太为我费心。"

杜承影脸色僵了一瞬："你是我带上山的，我自然负责到底。"

林琦沉默不语，杜承影跟他接收的讯息根本是不对等的，所以才会对他有百分之百的好感度，如果杜承影知道他为杜承影挡的那些伤害，送的那些装备都只是为了完成任务呢？

他不了解杜承影，杜承影又何尝真的了解他？说不定杜承影真的了解他之后，好感度就会下降，大概也不会因为他的死而黑化了吧？

林琦迟疑了一下，决定先抛出第一个真相："其实我父亲早在我上山前便与萧莫师兄通过气，我资质不足，只能靠这些旁门左道入月露山，所以师兄不必对我负责。"

杜承影身世凄惨，全靠自己干出一片事业，应该最不齿像他这种走后门的关系户了。

"我知道。"杜承影眉目温柔，神情温和，"师弟不必气馁，以后我会与你一同修炼，不会让你比任何人差的。"语气里甚至还带上了淡淡的怜惜。

林琦不死心："其实我资质平平，也未曾想在大道上攀登多远，不过有个月露山的名头好光宗耀祖罢了。"

听了林琦的话，杜承影的表情更见伤感，林琦对武林大道根本不感兴趣，是被家族所迫，不得已才卷入这弱肉强食的江湖中。

"师弟，你受苦了。"

唉，杜承影真的跟系统一样好难沟通，他到底要怎么说才能让杜承影明白他不是个什么特别好的人呢？

杜承影见林琦神色苦恼，轻声说："师弟是不是担心入山考核？"

对了，入山考核！

因为剧情的大转弯，任务节点又都灰了，林琦差点都忘了还有这么一件大事。

月露山每五十年开山收一次徒，新弟子一个月之后就得参加入山考核。考核试炼残酷，通不过的都会被淘汰，更有甚者会在凶险的考核中丧命也说不定。

对杜承影这个男主角来说这相当于一个小副本。杜承影入山一个月，因为没有内力一直被众人欺辱耻笑，他们都认为杜承影会死在试炼里。身为男主角，杜承影在试炼中觉醒了内力不说，还在试炼中收了坐骑，当他骑着坐骑出现时，褪去疤痕的俊美面容桀骜冰冷，在众人面前可谓出尽了风头。

林琦在这里面起的作用就是跟杜承影组队，然后误打误撞带着杜承影跌入一个深潭下的山洞，从而让杜承影与坐骑结缘。

但是现在……杜承影先一步上了山，那就不会跟他一起入试炼了。

想起抱束离开时阴冷的眼神，和那句砸在地上的"走着瞧"，他可没有男主角光环，他合理怀疑自己会在试炼里死得很难看。

"别担心。"杜承影连忙道，见林琦似乎摇摇欲坠的模样，试探地伸手搂住林琦的肩膀，低声道，"我会帮师弟你的。"

"帮我？"林琦恍惚道。

杜承影"嗯"了一声，嘴角微勾："咱们用些旁门左道就是了。"

林琦现在有点相信系统说男主角黑化的事了。

杜承影是个怎样的人？身世坎坷，心性坚定，为人正直，因为历尽艰险、受尽不公而更坚定了在正道前行的决心。

林琦对杜承影的黑化相当意外，毕竟这孩子可是打脸回去之后还要大度地说一句"原谅你了"的人设啊。杜承影这样堂而皇之地说出"咱们用些旁门左道"，林琦简直满头的问号，这不是他认识的杜承影……

林琦刚说自己走了后门上山，现在也没什么立场说杜承影，憋了一会儿，弱弱地回了句："师兄费心了。"

"不费心，"杜承影拍了拍他的肩膀，"小事一桩。"

林琦感觉杜承影好像对做坏事很驾轻就熟一样，看来自己对杜承影的了解的确是很流于表面了。

杜承影神情坚定道："师弟你什么都不必担心，只需要每日开开心心，做你想做的事就好。"

"我……"林琦被这满满的一口糖衣炮弹给塞住，其实他最想做的就是任务……

杜承影又解释说："散月门下都是如此，你慢慢就会习惯了。"

对、对哦……林琦忽然想到另一个严肃的问题，杜承影现在也拜在散月门下，岂不是要跟他们一起当咸鱼？那还怎么成为武林盟主？

林琦一想到未来剧情的发展就头疼，这里有太多的不确定性，现在只能走一步算一步了。

没过几天，外出的萧莫回来了，林琦与杜承影一起在雪松下迎接了他。

萧莫是散月手下头号大弟子，他不是散月收的第一个徒弟，但前面几个全跑了，他是坚持在散月手下时间最长的徒弟，平时基本等同于散月的代言人。

萧莫体格高大强健，看着不像仙风道骨的习武者，倒像是马夫一类，也不好穿长袍，一身精干的短打穿出了朴实无华的气息，对新入门的林琦爽朗一笑："你就是林琦吧？咱们同出华源，我会多照顾你的。"

"多谢萧师兄。"林琦弯腰行礼，对萧莫他还是比较熟悉的，姿态不自觉地就放松了。

萧莫看上去也是个粗神经，大手一挥，朗声道："来瞧瞧师兄给你们带回了什么宝贝。"

林琦好奇道："师兄是出去历练了吗？"怎么会是杜承影出来代表散月？

萧莫摇头，就地盘腿坐下，苦哈哈道："家里出了点事儿，有个小辈被邪魔外道抓走了，被吸了精气，人神志不清的，我回去帮了个忙。"

一听到"邪魔外道"这四个字，林琦心里顿时"咯噔"一下，他不由自主地想了系统说的杜承影堕入邪道这件事。会不会是杜承影搞的鬼？

一旦产生了这个念头，林琦内心对杜承影的怀疑就发酵得越来越大，连萧莫说什么他都没听进去，直到萧莫把什么冰凉的东西塞到他手上，他才反应过来："好冰！"

随即，一双大手从他的掌心把冰凉的圆球拿走了，杜承影正关切地看着他："师弟，你怎么了？"

对上杜承影幽深的眼睛，林琦头一回想退缩，似乎从他放下原则，想要了解杜承影之后，他隐隐约约地有点怕杜承影了。

明明杜承影什么都没做，一直都对他很好。

林琦心情复杂道："没事，走神了。"

"哈哈，林师弟你一看就是我们的人。"萧莫对林琦身上散发的咸鱼味很欣赏，"这是天冰丝揉成的，披在身上关键时刻能保你一命。马上就要入门考核了，带上它，到时候你就找个地方躲着，等着试炼结束出来就行。"

看来萧莫也跟杜承影一样，知道新来的师弟是个废物，贴心地送上了一件保命神器。

林琦跟萧莫道了谢。

杜承影把玩着揉成一团的天冰丝，淡淡道："在试炼里若是遇上凶兽，天冰丝的确不错，可若是遇上心怀不轨的人呢？"

萧莫拧眉："你是说抱束？"

看来抱束抢徒打人的事情已经传出去了，连在外的萧莫都知道了。

萧莫思索了一下，沉声道："要不，我去联系一下师父，看能不能让林师弟你不参加考核了。"

"不妥。"杜承影否定了萧莫的建议，"师父行踪飘忽不定，就算联系到了他，他顶多也是捎个口信回来，如果到时抱束阳奉阴违呢？"

萧莫被问住了，沉默了半晌，烦躁地挠了挠头："那怎么办？"

"其实抱束也未必会对我怎么样。"林琦小声说。他后来想明白了，抱束作为反派，当然是往杜承影身上使劲，杜承影不去，他应该还是安全的。

杜承影却不这么认为："师弟，你有所不知……"

"抱束简直就是跟杜师弟有仇，"萧莫快人快语，"但凡是杜师弟参与的事，他都要掺和一脚，处处为难杜师弟。就算是杜师弟走过的一条路，也得下暗器，更何况你是杜师弟亲自挑回来的，还闹了一场，抱束不会善罢甘休的。"

林琦心想，这就是无脑反派吗？

"萧师兄，其实我有一个想法，"杜承影缓缓道，"不如我陪师弟一起去。"

萧莫瞪大眼睛："抱束能同意吗？"

"无须他同意，我自有法子。"

萧莫对杜承影的能力充分信任，他起身抹了把头上的汗，对呆坐的林琦说道："放心，有你杜师兄在，什么事都能搞定。"

萧莫乐呵呵地走入密林，没过多久，就传来一声惊呼："好壮丽的宫殿！"

萧莫风一样地跑出来，对杜承影说："杜师弟，你弄的？"

杜承影矜持地点了点头，尽量保持脸色平静。

"太厉害了。"萧莫由衷地赞叹，随即转头望向脸色微红的林琦，"林师弟，我能进去看看吗？"

"当然可以，杜师兄太客气了。"

萧莫露出遗憾的表情："可惜我比杜师弟早入门了。"

杜承影笑而不语。

萧莫"嗖"地又跑了进去。

"师弟，"杜承影凑了过去，俯身轻道，"改日我还是将那屋子推了，重新建一座你喜欢的。"

"不必了，"林琦也不由自主压低了声音，"这个我就挺喜欢。"他是真不想在萧莫面前还折腾出那么大动静。

杜承影面色一暖，林师兄就是这么体贴。

萧莫参观完之后，对着面前的杜承影发出了灵魂感慨——"以后我叫你师兄吧。"

杜承影拒绝得很干脆："不行。"

萧莫捶胸顿足，哀叹自己为什么早生了几十年，就没遇上什么像样的师兄，一个两个跑得比兔子还快。

林琦都被他逗笑了。

一个月的时间很快就过去了，入门考核的副本近在眼前，林琦原本打算在这一个月内临时抱佛脚，但是老师杜承影心思明显不在教学上，搬出了无数个不好笑的笑话，在喂食方面比教学更专注。

所以在入门考核前，林琦没学会什么新的招式，人倒是吃胖了一圈。

他本身是极清瘦的模样，胖了一些之后面颊丰盈，反而显出一种天然的娇憨，用萧莫的话说就是——"林师弟更可爱了"，说完之后又收获了杜承影一个稍带冷意的眼神。

杜承影说了要给林琦作弊，但没有说具体是什么法子，在林琦的再三追问下，杜承影才松了口："此次试炼安排在山影并天楼内，我已提前做好部署，你放心，我会悄悄跟在你身边。"

如此朴实无华又直接的作弊手段，让林琦都忍不住笑了。他觉得杜承影陪着自己去肯定又会发生些什么，不过也好，世界线总要走的。

入门考核的集合点在历练梯的顶端，林琦过去的时候人已经来了不少，都是一些林琦熟悉的面孔——在第一个副本就被杜承影打脸的人。

"瞧着平平无奇嘛。"

"是啊，那也值得争抢？"

"杜承影瞎了眼吧。"

议论声纷纷传来，林琦很淡定，这是炮灰的限定台词，都是"同事"，别伤了和气。

林琦一脸若无其事的样子，偷偷隐在暗处的杜承影却是拧紧了眉，他们凭什么这样说林琦？

真正让林琦颤抖的人还是出现了。抱束一身黑袍登场，生怕别人不知道他是反派似的，他降落在历练梯上头，弟子们纷纷行礼，林琦也跟着弯腰。

抱束一句话都不说，两指往山林隐秘处一指，语气烦躁道："山影并天楼里异兽众多，长了两条腿的都能带一个回来，进去吧。"

说完，他还特意看了林琦一眼。

不过很奇怪的是，林琦并没有从那一眼中感受到特别的恶意。

林琦跟在人群的最后进入了山影并天楼。

虽然大家都是一起进去的，但进去之后就各自散落在山影并天楼中，山影并天楼融汇了世间所有的山川河域，两人相遇的概率微乎其微，避免了组队闯关有人抱大腿的可能性。

像林琦上次游戏能遇上杜承影，那纯属任务安排。

林琦落在了湖边，身下绿草如茵，一棵高大的樱花树正遮蔽着日光，雪白的樱花纷纷而下，落在了镜面般的湖面上，如梦似幻般的场景。

林琦试探性地轻唤了一声："师兄？"

没有回应。

林琦又叫了一声，依旧没有回应。

山影并天楼果然强悍，把杜承影都不知道给冲哪儿去了。

林琦四处打量了一下。他在的这片地方极为空旷，没有杜承影，没有任务，他失去了目标，茫然地站在樱花树下，不由自主轻声喃道："杜承影……"

头顶一阵轻柔的风拂过，将沾在他乌发上的樱花扫落，暖融融的风吹过了他的发丝，又触碰了下他的脸颊。

林琦忽然觉得不对劲，眼睛一亮，嘴角微勾，惊喜道："师兄？"

杜承影在他身后，道："你终于笑了，刚刚是不是害怕了？"

"没有……"稍微有点慌是真的。

杜承影没有戳穿他，对他道："师弟想要什么样的坐骑？"

"我的坐骑？"林琦脱口而出。

虽然抱束说从山影并天楼里找个坐骑跟呼吸吐纳一样简单，但事实是，当年四位师父里也只有缘雨从山影并天楼里带出了坐骑，象征意义大于实际意义，她带出来的仅仅是一只灵蝶罢了。

像杜承影这样的主角才能从山影并天楼里骑着水麒麟浴血奔出，而林琦只能当个挂件。

林琦连忙说："我不想要什么坐骑，平平安安出去就好。"

杜承影道："水麒麟怎么样？"

林琦一怔，那是你的。

林琦在慌乱之中终于回过神了，他差点忘了自己是工具人了，就算真找到了水麒麟，水麒麟也不会跟着他走，"给男主角送装备"这件事他可干得很熟练了："水麒麟很好。"

杜承影满意地点了点头。

山影并天楼，林琦和杜承影都不是第一次进了，上一局他们是为了躲避凶兽追杀，跳入湖中。因为杜承影没有内力，在湖中不停地下坠，林琦不得不一路保护他，机缘巧合之下才发现了山影并天楼的秘密。

"师弟，"杜承影轻声道，"你相信我吗？"

林琦已经知道杜承影要做什么了："相信。"

杜承影听到了他想要的答案，拉着林琦慢慢往前，然后——一头栽入湖中。

跳入湖中的那一刻，林琦屏住了呼吸，准备接受冰冷湖水的洗礼，然而湖水并没有迎面袭来。

内力织成了一张无形的网，将冰冷的湖水隔绝在林琦的呼吸之外，晦暗的水下若有似无的轮廓鬼魅般如影随形地萦绕在林琦身侧。

是杜承影。

林琦感到肩头传来了温暖的触碰，仿佛是杜承影在说有他在，不必担心。

寂静的水下，两人无声地往下坠落，林琦耳边只有水波被分割开的声音，其余都隔绝在了杜承影内力的保护外。林琦做惯了工具人，习惯了用自己的躯体保护男主角，他没觉得有什么不公平，因为这就是他的工作。

可当一切都反过来时，林琦心里……还是觉得有点异样。

黑暗中慢慢透出了一丝光，林琦感到手上的力量骤然收紧，拉着他用力冲向亮光。

"哗啦——"

林琦睁开眼，才发觉滴滴答答的水在他的头顶处漫开，仿佛是透明的长袍一般，替他挡住了冰冷的湖水。

灿烂的日光洒下，在水流中如斑驳的星子，与雪白的樱花一起顺着水流而下，像从天上倾泻下的虹。林琦眼睛眨也不眨地看着这一奇景，不由得怔住了。

杜承影甩了甩湿透的长袍，低声道："上岸。"

林琦回过神的时候，人忽然失重地飘起，整个人被托出了水面，他落在了一个透明的怀抱里。他失措道："师兄，我自己……"

杜承影道："别动，危险。"

山影并天楼里以水为眼，一切都是镜像的，他们所接触到的都是虚幻的景象，只有穿过阵眼，才能真正触碰到山影并天楼里真实的存在。每一个湖都是一处阵眼，湖水之中混入了灵水，修为稍低的人别说从湖中硬生生地穿过，就是落入湖中都有可能在阴冷刺骨的水中迷失而丧命。

杜承影抱着林琦从湖中走出时，人已有点虚脱。他是死过一次的人，灵水从他身上淌过时，上一局他经历的苦难——在脑海中重现，最后定格在林琦嘴角沾血、目光含泪的模样上。还好……还好林琦就在自己的身边，在自己的保护之下，林琦是安全的。

林琦被放在树下站定，沉默了一会儿才轻声道："师兄，你怎么样？"

"没事，往前走。"

穿过湖水之后，面前的景色与湖对面的情景是一模一样的，但细心观察就会发现流云山川的走向全然相反。林琦对水麒麟的方位记不太真切了，总之就是依靠主角光环误打误撞，杜承影让他往哪儿走他就往哪儿走。山影并天楼里繁花似锦，只有白昼没有黑夜，景色美不胜收，林琦抱着春游的心态，只是没走几步又被杜承影按住肩膀。

"有动静。"杜承影轻声道。

林琦心想自己不仅鼻子不灵，耳朵也不灵了，他怎么完全没听到任何声音，不过既然杜承影这么说了，就一定是有问题。

"要不要找个地方躲起来？"

杜承影勾了勾嘴角，低声道："好啊。"

他们往碧草绵延的平原走去。一望无际的平原根本毫无遮挡，起伏的山岚似乎近在咫尺，可又远在天边，山影并天楼的这一头安静得出奇。

远处似乎有花开在碧草之间，浅淡的颜色星星点点，在一片茫茫的绿中极为显眼。

杜承影站定了，林琦也顺势站住，一脸疑惑："不走了吗？"

风吹过平原，日光照耀下散落的花朵微微摇动，杜承影忽然抬手一指："看。"

林琦的目光顺着他指的方向看过去，风骤然变大，落在碧草间的花朵颤动着飘向了空中，向林琦悠悠地飞来。

待那些花儿越来越近时，林琦禁不住睁大了眼睛，那根本不是什么不知名的小花。

晶莹的翅膀在日光下闪着透明的光芒，细长的尾翼如丝缕般在空中散开，数以百计的灵蝶像寻找到了主人一般在林琦四周飞舞，翅膀间簌簌落下由灵水结成的冰晶。一时之间，林琦周围犹如星辰倒转，令他眼花缭乱。

一只灵蝶扇动着翅膀，温顺地停在林琦的指尖，小心地用触须亲吻他的皮肤。

林琦忽然觉得眼眶一热，一种悲凉的感觉从他的身体席卷而过，他几乎要站不住。无形中有一股力量扶住了他，杜承影的声音在他耳畔响起："稳住心神。"

林琦心中一凛，吸了吸鼻子："我没事。"

灵蝶生在灵畔，能连通阴阳、承接生死，对他们这些习武之人洗练心性有极大的用处。缘雨当年从山影并天楼里带出了一只灵蝶，可惜那灵蝶离开了灵水的滋润，第二天就化作了烟尘，但这已经是很了不起的成就了。

林琦一下见到这么多灵蝶，不禁感叹果然男主角就是男主角，杜承影重启后金手指拉满。

"喜欢吗？"杜承影轻声道。

林琦点头："很美。"

杜承影微一甩手，远处山峦之中骤然传来一声长啸，啸声苍茫空灵，似能唤醒人的魂魄一般。

林琦一听就知道是水麒麟的叫声。果然，片刻之后，通体雪白的水麒麟如一团云雾，从山间奔下，眨眼之间就落在了林琦面前。

水麒麟头顶一个晶莹剔透的独角，龙脸虎身长尾，碧眼晶晶，像一座小小的雪山一般，十分冷傲。它的目光先落在了它透明的主人身上，得到杜承影一个冷冷的眼神之后，水麒麟对着林琦乖巧地歪了歪头。它的绒毛和胡须蓬松地散开，一张口，露出尖锐闪着寒光的利牙，细声细气道："喵。"

林琦觉得这也太离谱了。

杜承影不动声色地说："师弟，你的运气真好，水麒麟这是向你认主。"

哄他呢？

杜承影又接着说："有了水麒麟，就不必担心灵蝶离了灵水会消失了。"

林琦有点头疼。他的角色是工具人啊！带着水麒麟和这么多灵蝶出去，那不得出大事！这是抢男主角戏份啊！更头疼的是，这戏份还是男主角亲手塞给他的。

"呃……"林琦干巴巴道，"我其实……不是很喜欢水麒麟。"

水麒麟愣了愣，天哪，这个人在说什么啊，它把自己养得油光水滑，一身毛吹得蓬蓬松松，每天都洗得香喷喷的，他竟然说不喜欢！生气！

杜承影轻拧了眉，眼神严酷地望向水麒麟："为什么？你哪里不喜欢？是毛色？还是那个独角？"

水麒麟欲哭无泪。主人，别这样。

"不，我的意思是我不太适合水麒麟这样……这样威猛的坐骑，"林琦手忙脚乱地解释起来，"我资质平平，实在是配不上水麒麟。"

"畜生而已，有什么配不上的。"杜承影温声道。

水麒麟当然知道自己的主人性情冷酷，从来没有对它有过一句好言好语，但听到杜承影这样冷淡的评价，它还是忍不住流下了悲痛的泪水。

杜承影："看，它也觉得你配得上。"

水麒麟边流泪边"呜"了两声，伤心得连胡须都抽抽了。

林琦有点顶不住了。他上一次来到这个世界就非常喜欢水麒麟这样毛茸茸的生物，碍于水麒麟是杜承影的坐骑，与杜承影心意共通，他不好意思去摸，其实心里早就对这一身毛茸茸的水麒麟垂涎三尺了。

"我、我……"林琦咬住牙，内心对工作的坚定让他抵挡住了诱惑，大声道，"我皮毛过敏！"

杜承影柔声说："没关系，我们可以将它的毛发剃干净。"

水麒麟："……"

林琦："……"

林琦上学的时候没什么朋友，经常和路边遇上的小动物们说说话，给它们投喂一点食物，不过也不敢上手摸，他怕万一摸上了手，就会忍不住把它们带回家，自己一直都是一个人生活，无法给它们很好的照顾，这样远远地看两眼他也就心满意足了。

林琦这会儿看着眼里浸满泪水的水麒麟，一想到它会变得光秃秃的，实在于心不忍，小声说："其实我的过敏也不是那么严重。"

杜承影微微笑了，他早就看穿了林琦对水麒麟的喜爱，上一局林琦就经常用那种渴望又怅惘的眼神对着水麒麟发呆。林琦应该也是想拥有自己的坐骑的，或者说水麒麟本来就该属于林琦。当时他奄奄一息，是林琦拖着他爬到岸上，找到水麒麟救了他一命，分明是林琦先找到的水麒麟，水麒麟却认了他为主人。

水麒麟能通阴阳，所以杜承影重启之后，水麒麟立即就从山影并天楼里出来找到了杜承影。

重来一次，杜承影想弥补林琦的遗憾，资质平平又如何，他就是要让所有人都对林琦歆羡不已，顶礼膜拜。林琦说自己有什么皮毛过敏的毛病，其实就是想把水麒麟再次让给他，他的师兄总是为他人考虑良多，却往往忘记了自己。

"那就收了它吧。"杜承影淡淡道。

水麒麟摆脱了秃毛的危机，顿时松了口气，又趁热打铁地软软"喵"了一声，对着林琦低下头，凑上自己的独角。

林琦哭笑不得，好好的水麒麟学什么猫叫。林琦望着面前的水麒麟，还是踟蹰了一瞬，轻声道："师兄，其实我觉得水麒麟与师兄更相生。"

水麒麟心想林琦倒是说得不错，它与主人是天生的一对，经历过生死的主人更是执掌阴阳的不二人选，不过杜承影让它向林琦"认主"，它就认吧，反正他与主人早就绑在了一起。

"我倒觉得你与它最合适不过，"杜承影语意平缓笃定，"你们都生得很白。"

林琦：这算什么理由？

水麒麟：我成年以后是黑色的！纯黑！角是金的！纯金！

在杜承影的坚持下，林琦无可奈何，只得伸手轻碰了碰水麒麟的独角，水麒麟呜咽一声，拿独角蹭了蹭林琦柔软的掌心。

杜承影利箭一般的目光射向水麒麟，水麒麟顿时僵住了，它差点忘了，主人说不许它太过装模作样。

"坐上去，"杜承影道，目光望向起伏的山峦，"过去瞧瞧。"

水麒麟乖巧地蹲伏着，忽略它小声地喵喵叫，有力强健的背脊隐没在蓬松雪白的毛发之下，颇为威武。

林琦跃跃欲试，掌心往下挪，小心翼翼地在水麒麟的头顶揉了揉。好软！好蓬松！太好摸了！

"坐上去试试。"杜承影低声道。林琦沉迷在水麒麟柔软的毛发中不可自拔，由着杜承影搀着他，迷迷瞪瞪地爬上了水麒麟的背脊。一坐到水麒麟身上，林琦就恨不得整个人趴下去，全身都埋进水麒麟的毛里。

怎么会这么舒服，比起水麒麟的背，他屋里的那张软床都算不得什么了，水麒麟的背温暖又蓬松。

林琦轻轻抚摸了两下水麒麟。

水麒麟双腿直起，视线一下被拉高。林琦抓住水麒麟的皮毛惊呼了一声，发觉自己不自觉地用力之后，立即道："没事吧？弄疼你了吗？"

水麒麟受宠若惊地晃了晃头，还没等它"喵"一声示意自己没事，它主人冷冷的声音就传进了耳朵里。

"这畜生皮糙肉厚，师弟不必担心。"

林琦微微皱了皱眉："水麒麟是坐骑，怎可如此称呼。"

水麒麟：说得好！

杜承影轻拍了拍水麒麟蠢蠢欲动的屁股，慢悠悠地说："师弟说得对，不如师弟给它取个名字？"

林琦又是语塞了，名字这种东西是有灵性的，取了名字就会真正投入感情。林琦犹豫了一会儿，说："还是师兄你取吧。"

"畜生不好吗？"杜承影漫不经心道。

林琦一愣。

水麒麟：没事，我习惯了，已经不会为这种小事感到悲伤，最起码一身毛保住了。

山影并天楼囊九州拥四海，行走在其中常有迷失之感，但当水麒麟驮着林琦在山川前奔跑穿行时，那种天地间的壮阔之美才真正浮现在林琦眼前。

昼夜蔽日月，冬夏共霜雪。这般奇景真是世间罕见。

劲风被一双无形的手挡在呼吸之外，调皮地穿过他的长发与长袍，乌发飞舞。雪白的水麒麟如山峦间的王者肆意奔行，灵蝶顺着水麒麟口中喷出的灵气如影随形，山川大地映入眼中，林琦被这壮丽的美景所击中，太奇妙了。

山影并天楼，不愧是月露山镇山之宝。

水麒麟一跃奔向山巅，前脚踏地，仰头咆哮一声，山川齐震，风雨无形，灵蝶与它雪白的毛发一起散开飞舞。林琦抓着水麒麟的背脊，浑身一个激灵，心中郁气一扫而空，仿佛接受了天地洗礼一般有重获新生之感。

如果现在林琦面前有一面镜子，他就能发觉自己的面目神采奕奕，双眼也炯炯有神，这是内力大增的迹象。

水麒麟吼完之后，讪讪地合拢嘴，小心翼翼地回头。林琦低头，对上水麒麟剔透的眼睛，轻揉了揉它的脑袋："我可以叫你无瑕吗？"

无瑕？水麒麟一听就喜欢上了，高兴地哼哼了两声。它的叫声其实更像牛，一哼出来就对上杜承影冰冷的眼神，它打了个冷战，将功补过地"喵"了两声。

林琦不禁笑得更开心了，又揉了它两下："你为什么学猫叫？"

水麒麟："喵喵喵！"不管，反正主人让它这么叫，那它就这么叫。

"出去吧，"杜承影开口道，"待得够久了。"

山影并天楼里阴阳同极，林琦这样的凡人待久了也会有所损害。

抱束与缘雨，连同他们的座下徒弟一起，守在山影并天楼的出口外。抱束一改在杜承影面前的狂躁，手上捻着一支香，神情冷淡。

弟子们不断地从山影并天楼里狼狈地滚出来，的确是滚，有头破血流的，断手断脚的也不少。

缘雨看着抱束的大徒弟葛朗清分发药品给受伤的弟子，心中暗道山影并天楼的脾气真是越来越大，进去的人不被折腾个半死根本就出不来，他们所寄予厚望的杜承影进去之后，也是受了不轻的伤才出来，那个预言中能解万世之劫的人到底何时才能出现？缘雨想到最近的一次占卜卦象中表明劫数不远，艳丽的脸庞不由得染上了淡淡的忧郁。

已经好一会儿没人从山影并天楼里出来了，抱束捻着那支香，淡淡道："都齐了吗？"

"回师父，还差一位。"

"哦？"修长苍白的手指捻过淡绿色的香，抱束回眸，阴沉的眼扫过众人，目光微一闪动。

缘雨也看了一眼，她一直在留意出来的弟子，过目不忘的本事令她一下就想到了一个名字——

"林琦！"

抱束神色莫测，目光又移向山影并天楼的出口。

缘雨拧眉问受伤的弟子们："你们有谁在山影并天楼里碰上林琦了？"

弟子们纷纷摇头。山影并天楼太大了，他们进去就被凶兽穷追猛打，逃命都来不及，别提留意其他人了。

林琦资质平平……这么久还没出来，恐怕是凶多吉少了，缘雨的眉头皱得越来越紧，"噌"的一声，她拔剑就要往山影并天楼里闯。

抱束抬袖挡住她："你做什么？"

"找人。"

"一个废物，找他做什么。入了山影并天楼，生死不论。"

"抱束，我知道你的心思，这么多弟子看着，我不与你争，你最好也别拦我。"缘雨性情与她的外表一样艳丽张扬，毫不客气地就将剑尖对准了抱束。

抱束凝眸望着她，语气微沉："你知道我的心思？荒谬。"

缘雨已经忍了抱束很久了。抱束本就性情阴郁，自从杜承影上山之后，更是阴晴不定，简直就像是要走火入魔一般。

"抱束，"缘雨声音冷下来，"同门情谊在你心里看来是一文不值了。"

"你既知我的心思，自然明白我到底看不看重你所谓的同门情谊了。"抱束刻薄道。

一旁的弟子尴尬地对视了一下。跟在抱束身边最久的葛朗清随即站起身："缘雨师叔莫要冲动，我师父手上的香还燃着，说明那位师弟并未遭遇不测。"

缘雨眼神挪向抱束手上淡绿色的香，抱束却是冷着脸掐断了香："想切磋？我奉陪。"

葛朗清也是头疼："师父……您少说两句吧。"

抱束冷声道："你要管我？"

葛朗清顿时面露无奈之色。

缘雨简直是无法理解这个人："抱束你……"

一阵轻盈的风声打断了缘雨要说的话，一股清越冰寒之气从山影并天楼的出口袭来，不只是缘雨，所有人的目光都被吸引住。

是下雪了吗？一片片雪白晶莹的雪花从光怪陆离的出口中旋转飘出。

缘雨的眼骤然睁大，不是雪花，是灵蝶！

几百只灵蝶，扑闪着点点亮光飞出，充满了强大的生命力，全然不似她从前带回来的那只一样无精打采，她手中的剑不由得收回。

抱束脸色微变，双眼紧盯着山影并天楼的出口，忽然沉声道："后退！"

缘雨还未来得及反应，便被抱束一把抓住手臂，往后退了数十米。

一股更为强大的力量袭来，带着让人恐惧的压迫感，令缘雨也顾不上与抱束对峙，她单手捂住心口："这是什么？"

晶莹的灵蝶在出口飞舞，似是在等待迎接什么人的出现。抱束专注地看着出口，攥着缘雨手臂的掌心不由得用力，缘雨也被那股无形的力量所吸引，连呼吸都不知不觉屏住了。

在极度的寂静与停滞之中，传来一道涤荡万物的吼声，在场所有的人都为之一震。受了伤的几个弟子心头一颤，呼出血气，竟然觉得浑身舒适了不少。

抱束与缘雨都已紧张得手脚微颤。

一团雪白倏然从出口蹿出，落在众人面前。还未等众人看清，山影并天楼的出口便瞬间碎裂，碎片映照着山川河流，散落在身着蓝衣的人身后，灵蝶穿过碎片，停在蓝衣人四周。而那坐在高大坐骑之上的人，微微颔首："师叔。"

是林琦……缘雨掌心一麻，"当啷"一声，竟是从不离手的剑落了地。

林琦被众人盯着，耳尖控制不住地泛红，这就是"主角"的待遇吗？怪不好意思的，他不由得想低下头。

抱束看着浑身上下写满了"平平无奇"四个大字的林琦，难以相信他就是预言中解决苍生的救世主。从卦象推演来看，这个人应当是杜承影！可事实摆在眼前，杜承影进入山影并天楼之后吐着血出来一无所获，林琦却带出了千年不出的坐骑。

缘雨在震惊过后，仰头率先露出喜色："林琦！你出来了！"

她仰视的眼神令林琦有点不适应。林琦其实很想先下来，他已经轻轻按了水麒麟好几下示意它趴下，奈何水麒麟这时像是失去了灵性，依旧高傲地站立着，碧眼睥睨着脚下的众人，恨不得再哼两声，它主人……的好兄弟就是这么厉害！

林琦不好意思道："水麒麟带我跑了几圈，所以慢了点。"

他说得云淡风轻，缘雨却是忍不住惊喜地问："林琦，你是怎么找到水麒麟的？还有……"她的目光落在了灵蝶上，面露可惜之色，"这么多灵蝶。"

她的那只灵蝶死时，她便像是自己经历了一次生死一般，随着灵蝶的消逝，她的内力也更上一层楼，但若要让她选，她宁愿那只灵蝶不要消失。

"说来话长，误打误撞碰运气吧。"林琦也很难跟众人解释清楚什么叫主角光环，他脸有点红，感觉自己像偷了男主角的剧本。

抱束神色复杂地望向林琦，怎么看都看不出林琦身上有任何能拯救苍生的迹象。他严肃地对林琦说："你下来，我有话问你。"

林琦也很想下来，但是水麒麟山一样地站着，他没这个本事跳下来。

为难之中，水麒麟好似终于开窍了，慢慢俯身趴下。林琦松了口气，顺势从水麒麟滑溜的皮毛上滑下。

众目睽睽之下，抱束叫走了林琦，水麒麟也迈着优雅的步子跟了上去。缘雨倒没说什么，有水麒麟在，不必担心抱束会为难林琦。

水麒麟是传说中的坐骑，缘雨只在月露山的仙人堂里见过一幅画像，没想到林琦还有这般造化。虽然缘雨与抱束不对付，在看待林琦这件事上，她与抱束的意见倒也差不多，林琦不像是有这般机缘造化的人。

一直走到无人处，抱束才扭过脸。他其实生得很英俊，只是长久地皱眉，面上总是有挥之不去的阴郁，此刻面对林琦，也谈不上多和颜悦色。

抱束上下打量了林琦一番，眉头一跳，缓缓道："你家里几口人？"

林琦见抱束这么严肃的表情，还以为要开始探讨大道了，他认真回想了一下，老实道："算上兄弟姐妹，共有十二口人。"

抱束心想，这不对啊，卦象上分明说命定之人是天煞孤星之命。抱束不死心道："你确定那是你生身父母？"

林琦："确定……"设定是这样没错。

抱束的目光再次在林琦身上逡巡，一寸一寸地审视林琦，他看得太过投入，冷不丁地腿上忽然一凉。

"无瑕！"林琦忙喝止道，"松口！"

抱束面无表情地对上水麒麟散发着凶光的眼。水麒麟龇了龇尖利的牙齿，鼻子一皱，胡须根上都是杀气。

面前站着的是货真价实的水麒麟，虽然通体雪白，处于幼年期，但的确是水麒麟。抱束恍惚地想，难道卦象和预言都是错的？

林琦抱住水麒麟的大头，轻声说："快松口，听话。"

水麒麟这才松了口，晃了晃脑袋。林琦忙去看抱束的腿，发现只是法袍上多了两个大洞，没有真的伤到抱束。他总算松了口气，搂着水麒麟的脖子揉了揉，饱含歉意地对抱束道："师叔，对不起，无瑕……我还没教它。"

抱束一言不发，转身就走，离开的背影似乎有些踉跄。

这一次入门考核让林琦声名大噪，散月的山头都快被来往的人踏平了，为此萧莫不得不出面，蹲在雪松下一个个拦下劝退。

但这些人都来了，又怎肯轻易离开，千年难遇的人才不见上一面怎能甘心？无奈之下，林琦只好派出灵蝶陪同萧莫，让众人见识见识灵蝶，也不算是一无所获。

萧莫干脆坐在雪松下支起了摊子收门票："灵蝶洗练领悟体验，一次两百金，五千金包月啊，都排队排队。"

万竹枫回到山头时，看到雪松下乌泱泱的人群顿时吓了一跳："师兄，这是怎么了？"

萧莫正沉浸在数钱的快乐里，听到万竹枫的声音头也不抬地大声说："师弟，快来帮我收钱！"

万竹枫一头雾水，只得坐下来给自家大师兄收钱记账。

直到天色黑沉，萧莫大手一挥："今日收摊，大家遵守秩序，有序离开，明儿请早。有感悟的在自己屋内多打坐几天，不要盲目连续洗练，伤身。"

众位弟子非常恭敬地与萧莫和万竹枫道别。万竹枫收钱收得手指头都疼，有气无力地与众人拱手，待人都走完之后，才有工夫喘一口气："师兄，这到底是怎么回事啊？"

萧莫美滋滋道："起来，咱们边走边说！"

进入山内，萧莫将林琦的事情一说，万竹枫听得下巴都快掉下来，最后发出了来自灵魂深处的感叹："咱们师父……今年走运了啊！"

咸鱼集中地一下来了两位大神——天才杜承影和运气鬼才林琦，万竹枫一时都有些难以适应。当他看到面前堪称壮丽的宫殿时，挂在脸上的下巴终于掉了下来，他惊恐道："这……这……"他惊疑不定地望向萧莫，"这该不是用收的钱建的吧？师父的新屋吗？"

"不是。"萧莫朗声道，"林师弟，二师兄回来了，你要见见吗？"

万竹枫面色愈加惊惧，这……山上变得太快，他适应不来。

漆黑的屋内，两道亮光骤然射出，照在万竹枫脸上，万竹枫人一激灵，一头雪白的巨兽缓缓出现在他的视线中。水麒麟……这就是传说中的上古坐骑水麒麟……

萧莫开心地摆了摆手："无瑕，晚上好啊。"

万竹枫对萧莫侧目，心中惊骇，不愧是大师兄，对待坐骑态度如此随意，真是好大胆。

无瑕晃了晃蓬松的脑袋，细声细气道："喵。"

万竹枫怔在原地。

萧莫看了呆滞的万竹枫一眼："可爱吧？"

万竹枫："可爱……"

"师弟不在？"萧莫抻长了脖子往无瑕的身后看了两眼，没见到人影。

无瑕又"喵喵"了两声。

萧莫道："哦，和杜师弟出去了啊。"

万竹枫不解，他怎么什么也听不懂？

无瑕："喵喵喵。"

萧莫："行，那我等会儿再来。"

万竹枫：这个世界变得让我无法理解。

密林外，一道修长的身影正坐在石凳上，月光洒下，在他的蓝衣上留下斑驳的影子，他白皙的侧脸覆着一层虚影，宁静秀美，令人见之忘俗。

林琦心里苦啊，走了男主角要走的戏份一战成名，躲在屋内都不得安宁，更让他绝望的是……系统又不见了。剧情脱缰，系统出走，任务全灰。除了拥有了水麒麟，他的生活现在一片乱套。

手中的酒壶空了，林琦放下酒壶，轻叹了口气。

"叹什么气？"

忽然冒出的熟悉声音令林琦浑身一震"系统，你又跑去哪儿了？"

系统理直气壮道："我没有跑啊，我不是一直默默陪在你身边吗？"

林琦心道，是挺"默默"的，声都不出。林琦也不追究了，这系统日常就是不靠谱，只问道："杜承影的黑化度有降低吗？"

系统："稍等。"

过了一会儿，系统慢悠悠地说："我有一个好消息，一个坏消息，你要先听哪个？"

林琦："坏消息吧！"

系统："杜承影的黑化度还是100%。"

林琦头疼地将头埋入胳膊之中，杜承影对他很好，恨不得把什么都让给他，可是这跟他的任务宗旨根本就背道而驰。到底怎样才能让杜承影走回正道呢？杜承影成魔的契机是他死了，现在他好好地活着，为什么杜承影的黑化度还是那么高？杜承影到底想要什么呢？难道杜承影真想……

林琦痛苦地纠结了一会儿，因为喝了酒醉意来袭，感觉头更疼了，低声道："那好消息呢？"

系统欢快地回答："好消息就是017号复活赛成功啦，哈哈！"

他合理地怀疑系统这段时间不吭声就是在追综艺！好想骂脏话……他要忍住……

杜承影手上提着两壶新酒，远远地望着趴在石桌上的林琦，月光下的身影依旧落寞，林琦……又不快乐了……

杜承影的手指慢慢攥紧，得到了世间至宝水麒麟，让众人羡慕不已，可这对林琦来说好像也不是什么特别值得高兴的事情，林琦对于水麒麟的喜爱与对普通走兽的喜爱别无二致，摸一摸、揉一揉，脸上就能露出片刻满足的笑意。他的师兄是那么容易高兴，又是那么难以真正被取悦。

杜承影再一次感受到熟悉的抓不住的无力感，林琦，你到底想要什么？

"师弟，"杜承影温声道，"酒来了。"

林琦撑起脸回首，望见拿着酒来的杜承影，一时有些时空交错之感，上一局他与杜承影也是经常月下对饮，两人都是沉闷性子，不爱交谈，倒也自得其乐。

那时，杜承影在想些什么呢？

杜承影望着林琦酡红的脸颊，将酒壶放到一旁，轻声道："师弟，你醉了，回去吧。"

"杜承影，"林琦缓缓道，"你……喜欢和我待在一起吗？"

杜承影慢慢收紧掌心，冷淡道："师弟，你醉了。"

林琦慢慢眨了眨眼，呓语般道："你别缠着我……"手一软，头正要歪下去时，杜承影眼疾手快地用大掌托住了他。

杜承影的心慢慢沉了下去，在林琦心里，自己对他的好仿佛是一种负担。杜承影压下心中的苦涩，抱着醉酒的人往屋内走去。

将人放到软榻上，杜承影负手垂眸，水麒麟悄无声息地走到主人身边，乖巧地蹭了蹭杜承影的脚背。杜承影环顾了一下四周，屋子是他亲手布置的，里面摆满了他精心收集来的各种宝贝。三个月前，他重启之后，立即上了月露山，找散月拜师，觉醒了体内的内力之后，他又马不停蹄地去华源林氏寻找林琦。

青瓦红檐下，那人笑着，却不是他认识的模样。

还不是他。

杜承影未多留恋，让人暗中保护"林琦"的躯壳便离开了。对于重逢，他有太多的期待，他想给他的师兄最好的。但他却忽略了一点，他所想的"最好的"对林琦来说到底是不是最好的。

周围那些宝贝物件都未曾动过地方，有的甚至已经落了一层薄薄的灰，可见屋内的主人对于这些宝贝兴致一般，甚至吝啬去触碰一下。

软榻上酣睡的人在梦中都皱着眉，一副并不安宁的模样，再柔软的落霞也不能让林琦好眠。

他一厢情愿倾泻的关心并未让林琦感到快乐。

林琦醒来时，便觉得头疼不已，眼皮像被粘住般难以睁开，唇边适时地递上了一点冰凉。

"服下，解酒的。"

林琦下意识地张开唇，丹药入口即化，清凉舒爽的感觉传入四肢百骸，林琦这才睁开了眼。

杜承影正坐在榻边望着他，小山一样的水麒麟趴在一边"喵"了一声。

"师弟醒了，"杜承影轻声道，"可还有不适？"

林琦撑起身，虚弱地回道："尚可。"

杜承影沉默不语，屋子里弥漫着凝滞的寂静。

"林师弟，杜师弟，你们醒了吗？"

屋外传来萧莫中气十足的喊声。

片刻之后，水麒麟缓缓走出屋内，对着满脸笑容的萧莫狠狠瞪了一眼。萧莫讪讪地收回挥着的手，对一旁的万竹枫道："等等，再等等。"

万竹枫休息了一夜，总算恢复了点精神，清俊的面上满是对水麒麟的好奇。水麒麟打了个哈欠，盘腿坐下，俨然是金碧辉煌的建筑门口的雕塑，令人不由得联想起皇宫前的石狮。

屋内，林琦轻轻咳了一声："萧师兄来了，我出去瞧瞧。"

林琦出去的时候，被水麒麟庞大的身躯堵了门，干脆趴在水麒麟柔软的背上爬了上去，爬到水麒麟的头顶才见到了熟悉的青衣青年正弯着腰对着水麒麟"喵喵喵"。

一旁的萧莫眯眼忍着笑道："二师弟，你的发音有问题，无瑕听不懂的。"

万竹枫转了个音："喵喵喵？"

啊，万师兄还是那么单纯好骗。

万竹枫喵了半天没得到回应，腰酸背痛地直起腰，对上趴在水麒麟头顶一脸一言难尽的林琦，张了张嘴，鬼使神差地"喵"了一声。

萧莫："哈哈哈！"

林琦无奈道："萧师兄，你……"看着老实，真是蔫坏蔫坏的。

万竹枫也笑了一下："你就是林师弟吧，我是你二师兄万竹枫，一回来就听到了你的事迹，真是英雄出少年。"

　　林琦不好意思道："万师兄客气了，其实我也没什么本事，都是运气。"杜承影让他保守秘密，便是在萧莫面前也只说是林琦误打误撞遇上的水麒麟。

　　"运气也是实力的一部分，"万竹枫倒不是吹捧，面带温暖笑意，"天道宠儿才是真正的赢家。"

　　林琦被说得脸越来越红。

　　系统："呵，倒也不是什么天道宠儿，只是被杜承影宠着而已。"

　　林琦："你看综艺吧……"

　　系统："广告时间呢，要不谁有闲工夫跟你唠嗑。"

　　林琦与散月的两位弟子上一局就关系不错，两人都性情温和，三人聊了几句之后，趴着的水麒麟忽然站起，驮着林琦走到一边。

　　杜承影从水麒麟身后走出，万竹枫忙正襟站定："杜师弟。"对待杜承影这个师弟，他是丝毫不敢怠慢，谁让这师弟气势实在太强，简直就是散月门下的异类。

　　"万师兄，"杜承影拱手，"怎么这次回来得这么快？"

　　万竹枫脸色一垮，无奈道："一言难尽。"

　　"不如这样，林师弟去梳洗用膳，两位师兄入内，我们坐下详谈。"杜承影抬手示意两人入内。

　　萧莫道："甚好，"偏头望向趴在水麒麟身上的林琦，"林师弟，快去快回。"

　　林琦躲在水麒麟蓬松的毛发里，小声"嗯"了一下。

　　杜承影看也没看他，三人神情严肃地进了屋。

　　林琦被安排得明明白白，就连水麒麟也是在杜承影话音落下之后，若无其事地就驮着林琦往溪边走。

　　林琦趴在他的软毛里，小声道："其实你还是听他的，是不是？"

　　水麒麟抖了抖耳朵尖顺下的毛发，假装听不懂。

林琦将五指插入水麒麟蓬松的毛发中，以指为梳轻轻地替水麒麟梳弄，连声叹气。

系统："叹什么气？你不是都拒绝他了？舍不得？"

林琦："没什么舍不舍得的，我们不是一个世界的人。"

系统："是吗？"

林琦抿唇不语，他并不是觉得自己比起杜承影就高人一等，只是事实摆在面前，杜承影与他是比天涯海角之间更遥远的距离，他承认被一个人全心全意地关心的确是温暖得让人忍不住想依赖，可是不行，他最好是连想都不要想。

这是他的工作。

协调者迷失在小世界里的前车之鉴是上岗培训前老师敲黑板划的重点——"所有的预备协调者，你们要牢牢地记住，就算小世界里的角色再吸引人，也不能真正地迷恋上他们。他们有他们要走的剧本，你们有你们要过的生活，短暂相交，然后永别，这就是你们和他们的关系。"

水麒麟低头趴地，轻"喵"了一声。回忆中的林琦被唤醒，振作精神从水麒麟背上滑下。

水麒麟璀璨的碧眼正温柔地凝望着他，轻轻地拿头摩挲了一下他的肩膀。林琦伸手揉了揉水麒麟柔软的耳朵，触感美妙极了，但对他来说终究是假的，任务结束离开这个世界之后，他就再也触摸不到了。

林琦收回手，望向平静无波的溪面，水麒麟也凑过来，一人一坐骑在镜子般的溪面相视凝望。林琦微微笑了一下："无瑕，你很可爱。"

水麒麟抖了抖耳尖，肖似龙面的脸上露出一个类似笑一样的表情。

林琦拍了拍它的脑袋，低声道："我不能太喜欢你。"

水麒麟静静地透过水面看着他，望见他眼中的郁色之后，低头将脸埋入溪水之中，抬头对着他哗啦啦地甩头。

水珠不断地溅到林琦身上，林琦边挡边笑："无瑕，你太顽皮了！"

"师弟，你笑什么？"万竹枫不知道山下邪道肆虐的消息有什么好笑的，令本来一脸严肃的杜承影忽然勾唇笑了起来。

杜承影收回目光，笑意浅淡："没什么。"

他还是喜欢看林琦笑，就算林琦让他别缠着了，他也还是不想放弃，从第一眼就关心的人，怎么舍得放手？

第二章
任务完成

萧莫与万竹枫接连下山处理被邪道吸食内力的事件，萧莫一贯是只管家族事务，还以为只是自己家中的子弟倒霉，没想到邪道肆虐已经成了常态。

万竹枫搞得焦头烂额地回来，先蹲在那儿数了半天的银子，过了一夜才想起来向门下两位最有出息的师兄弟求助。

"事情已经这么严重，怎么我下山的时候却毫无风声？"萧莫皱眉道，难得收起了玩笑心思。

万竹枫缓缓摇头："各大家族各自为政，谁又肯率先放出消息示弱，求助其他家族？"

月露山说是不论出身，门派平等，到头来，四大门派不还是各管各的，争个高低先后。

杜承影一直一言不发，低头出神，一副完全不在听的模样。

万竹枫捻了手指，心中七上八下，踌躇着开口："其实我觉得杜师弟不错。"

杜承影是月露山里唯一一个不是出身于武林世家的人，让他开口最合适不过，不会伤了众多家族的面子。万竹枫说完，对上了杜承影冷淡的目光，接下来要说的话又不自觉地咽了回去。

"我看这事还是上报几位师父，由他们定夺。"萧莫作为大师兄，这点稳重还是有的。散月不管事，他也不愿意给散月惹事，他们门下从来都是低调行事，没那个本事也不揽那个责任。

"什么事要上报？"回来的林琦闻到了任务的味道，神色紧张道。

万竹枫将他在山下所遇之事又简明扼要地说了一遍。

林琦心中"咯噔"了一下，又是上一局没有的情节。林琦压下心中的怀疑坐下，轻声说："上报也好。"

"事不宜迟，我现在就去缘雨师叔那儿一趟。"萧莫敲了敲手边的桌子，对万竹枫严肃道，"二师弟你留在山上摆摊子。"

万竹枫一蒙。

萧莫又转向杜承影："杜师弟你照顾好林师弟。"

杜承影点头："萧师兄放心。"

交代完之后，萧莫转身便走，万竹枫也跟着站起身，老实道："两位师弟自便，我去忙了。"

屋内只剩下了林琦与杜承影二人。

林琦有些无所适从，坐立不安地想要起身，又觉得太过明显，毕竟杜承影也没什么错，这样伤人太过，不是他林琦的性格。

"想走就走吧。"杜承影淡淡道。

林琦垂首道："我没那个意思。"

杜承影直接起身："那我走。"

林琦颇为意外地眼睁睁看着杜承影离开。杜承影脚步不停，三步并作两步地径直消失在了林琦的视线之中。他这是……生气了？

系统看林琦望着门口魂不守舍的样子，恨铁不成钢道："你怎么那么笨？"

林琦："无缘无故为什么又说我笨？"

　　林琦一人无所事事，干脆抱着水麒麟专心致志地给它梳毛，弥补他对毛茸茸的执念。水麒麟极为乖巧，安静地跪坐在地上，一双明亮的眼睛幽幽地望着林琦。

　　"无瑕，"林琦的手轻轻划过水麒麟的长毛，低声道，"你说我是不是太狠心了？"

　　水麒麟沉默不语，连喵也没喵一声，用自己的耳朵拱了拱林琦的背。

　　"我知道他想和我做好兄弟，"林琦叹了口气，转头将整张脸埋入水麒麟的长毛中，"可他敬佩的也不是真正的我，你明白吗？"

　　密林中的杜承影睫毛一颤，嘴角无奈地往下一抿，真是个糊涂师兄，他崇拜的是谁，他自己会不知道吗？

　　林琦真的是快烦死了，背上人情债的感觉很不美妙，趴在水麒麟身上滚了两下，自暴自弃道："我这么普通的人，他到底觉得哪里好啊？"

　　被杜承影借壳的水麒麟转过头，温柔地用鼻尖点了点林琦的脸，林琦躲了一下，水麒麟又灵巧地追了上去。林琦笑了一下没再躲，拍了拍水麒麟的额头，眯眼笑道："你也喜欢我，是不是？"

　　水麒麟用鼻尖磨蹭了一下林琦的脸颊，有点痒，林琦笑着缩了一下，叹息道："要是能把你带走就好了。"

　　水麒麟抬起头，碧眼专注地凝望着林琦，目光中包含着一些很复杂的情感。林琦的手顿住了，他忽然听到了水麒麟所发出的声音。

　　"我不在乎。"声音浑厚如同梵音，似从灵魂深处传来，令林琦浑身一震。

　　水麒麟静静地望着他，催动人心的声音再次传来——"别内疚。"

　　林琦浑身一颤，直接翻身从水麒麟身上滚了下来。

水麒麟没动，依旧静静坐着，沉稳的模样令林琦有些陌生，坐在地上与水麒麟对视了好一会儿，浑身都僵住了。

在磨人的寂静中，水麒麟咧开了嘴，细声细气道："喵。"

林琦吊着的那一颗心终于落了下来，扑上水麒麟厚实的背，一头扎进水麒麟的绒毛中，闷声闷气道："无瑕，你刚刚吓到我了。"

水麒麟又轻"喵"了一声，林琦放心地在其背上蹭了两下，很孩子气。

杜承影叹息，如果林琦在他面前也有这么自在该多好。

缘雨听闻山下竟有邪道横行之事，一时又惊又怒："怎么一点风声都未曾听闻？"

萧莫只是笑而不语。

缘雨发完火就知道自己说的是多余的，还能为什么，不就是内斗搞的，谁也拉不下面子说自己区域内出了不可控制的事，萧莫肯捅破这一层窗户纸，已经算是不错了。

"我知道了，多谢你。"缘雨拧眉道，"这不是小事，我会与其他几位师父商议，你先回去吧。"

"是，师叔费心了。"萧莫行礼退下，自己该做的也都做了，也算是问心无愧了。

水麒麟出世是大吉，福兮祸之所倚，大吉之后必是大凶。缘雨眸色深沉，这世间……要乱了。

数天之后，山门令传到了萧莫手里，山门令中表明：月露山召集所有弟子下山行除魔卫道之事，各个门派弟子悉数出动，不得有误。

萧莫收了山门令，转头与三位师兄弟说明了情况，非常果断地分了组："我与万师弟一起去樊九，杜师弟你照顾好林师弟，一同去华源吧。"

林琦目瞪口呆道："可萧师兄你我同属华源。"

萧莫摆了摆手："可饶了我吧，一回去我娘就问我什么时候回家。"说完直接拉了万竹枫的袖子，"走了走了。"

万竹枫跌跌撞撞地跟了上去："师兄，还没收拾呢，就这么走了？"

"收拾什么收拾，赚了那么多银子不够你花的？"萧莫头也不回道，急匆匆地拉着万竹枫赶紧离开是非之地。两个师弟之间气氛如此怪异，他早就不想待了。

林琦已经多日不曾与杜承影交谈，杜承影似乎也是有意躲着他，系统沉迷综艺，根本不理林琦，林琦每天只能跟水麒麟说话。

水麒麟倒是越来越有灵性，见杜承影一言不发地走了，蹭了蹭林琦的长袍。林琦回身摸了摸水麒麟的耳朵，忽地做了个鬼脸："他不理我，我也不理他。"

水麒麟默默看着他，目光一如既往的温和包容。

分明是他自己说让杜承影别缠着他的，怎么杜承影做到了，他反倒有点失落呢？

杜承影虽是不声不响，倒也收拾好了来找林琦。

"林师弟，你若实在不想与我同行，我们便分开走吧。"

林琦手捋着水麒麟的长毛，心想自己还什么都没说啊。

杜承影见他垂头不言，放柔了声音："我并非故意激你，只是怕你不自在。"

林琦轻声道："我没有不自在。"

"当真？"

林琦揉捏着水麒麟的长毛："我们师出同门，无论如何，情谊还是在的，不必为了一些事搞得如此……不痛快。"

"我从未那么想过，"杜承影沉吟片刻，"这样，你有觉得不适的地方，就指出来，好吗？"

两人还是一起下了山。因为水麒麟的样子太过打眼，它将自己的体形变小了，变成了普通猫狗的大小，团在林琦臂弯里刚刚好。

林琦惊奇道："你能变小，你怎么早不变呢？"

水麒麟：没想到自己主人的好兄弟喜欢小的。

林琦对小了几号的水麒麟爱不释手。

到了山下镇上，天色已渐黑，杜承影引着林琦去投宿。

虽然是在月露山脚下，人烟却比之前稀少了许多。月露山灵气旺盛，不提那些求师问道的武林弟子，就算是普通人也会不自觉地想要靠近，山脚几间客栈常常爆满，可如今却生意凋敝。

事出反常必有妖，杜承影向掌柜打听了些消息，回了自己那间房打坐，一时又不放心林琦，他闭眼出窍，再次借了水麒麟的壳子。睁眼便觉屋内水汽迷蒙，他暗道不妙，想脱身时，身体已经被人从背后捞了起来，被人掉转过身，正对上一双澄澈的笑眼。

"无瑕，你要不要也洗洗？"

杜承影浑身都僵住了，敏捷地从林琦手上一挣，跳下地面，对着林琦略带不满地"喵喵"了两声。

"无瑕害羞了？"林琦微笑着俯身，迷你水麒麟更让他有饲养宠物的满足感，招手道，"过来，我帮你洗澡。"

杜承影忍无可忍，直接跳出了房间。

林琦轻唤了一声，没有追出去，孩子大了，需要私人空间了，他相信水麒麟这样的坐骑一会儿就会自己跑回来的。

这一个小插曲令林琦躺在床上入睡时，嘴角都含着笑意。

"师弟……"

迷迷糊糊的睡梦中，有低沉的声音在呼唤他，那声音很熟悉，却是刻意地压低了，林琦费力地睁开眼，对上了一张熟悉的脸。

"师弟，你真的那样讨厌我吗？"

林琦只觉得头脑昏沉，浑身重极了，仿佛被梦魇缠住一般。他正困在梦境中不知所措的时候，耳畔响起一道声音。

"其实你心中早怀疑我不是好人，是也不是？"杜承影面色愤恨，目光中迸出不平。

"多年兄弟情谊，在你心中根本一文不值，是也不是？

"你想杀了我好往上攀爬，是也不是？"

咄咄逼人的杜承影陌生得令林琦不敢认。

不可能，杜承影不可能会这么阴暗地揣测他。

林琦拧起眉，彻底明白了自己正深陷梦魇，面前的根本就不是杜承影！他咬牙集中精神，大喝一声："走开！别碰我！"抬手便挥了出去。

手腕被紧紧攥住，一道内力打入侧臂，林琦猛地睁开了眼睛，这次是真的睁开了眼。屋内亮如白昼，杜承影正静静地看着他，面色淡然正襟危坐，与方才他梦魇中感受到的癫狂判若两人。

"师弟，你被魇住了。"杜承影淡淡道。

林琦背后都出了汗，心头仍在乱跳："我没事。"

杜承影没有接话，而是缓缓道："你方才……一直在叫我的名字。"

林琦腹间忽地一痛，低头却看到一柄短剑插入了他的腹中。

杜承影神色冷淡："你太大意了。"

剧痛袭来，林琦白了脸色，勾唇一笑，坚定道："我的师兄不会伤害我。"

此时，一声仿若从地底传来的怒吼将面前的幻象吼得烟消云散。

林琦也再次醒来了。

"师弟，你怎么样？"杜承影神色紧张，眉头紧皱，眼见林琦眼神涣散，似乎还在梦魇之中，更恨自己调走了水麒麟，一瞬让人钻了空子，恼恨道，"都怪我……"

"师兄，你来了。"

杜承影轻轻揉了揉林琦的发顶："我在。"

林琦深吸了好几口气，才平复了过来："抱歉师兄，我失态了。"

"没关系。"杜承影轻拍着他的背，"在我面前，你怎么样我都不会笑你。"

突如其来的剧情改变令林琦也有些措手不及，原本他只要安安分分地完成自己的每个任务点就好，在小世界里他就如同一个旁观的局外人般，而现在前路未知，一切迷茫，他发觉自己越来越融入这个世界了。他方才是真的怕了。

"没事了，"杜承影见他依旧面色惨白、魂不守舍，低头轻声道，"之后我半步都不会离开你，刚刚那不是梦魇，是有人故意制造了幻象。"

林琦偏过脸，神色复杂地望向杜承影，他先前还对杜承影有所怀疑，真是不该。

"你放心，我只是陪着你，"杜承影见他神情有异，略带苦涩道，"我不会……"

"我没有那个意思。"林琦着急地打断道，单手抓了杜承影的袖子，"师兄，我知道你不是那种人，我真的没有看轻你。"

杜承影定定地望着林琦，又想起了初见这个人的场景，那双破开迷雾向他伸来的手，在他干涸的心上轻轻一点，从此他的世界有了温暖与色彩，总是在他最无助最痛苦的时候，给予他连想都没敢想的安慰。杜承影稳住颤抖的嗓音，尽量平淡道："你怎么出了这么多汗？"

"被吓得。"林琦不好意思地笑了笑。

"我已让灵蝶去追了。"杜承影拿了袖口里的帕子，轻轻替林琦擦拭冷汗，眼眸中情绪翻滚，"其实我方才也很怕。"

看到林琦躺在榻上，面色痛苦，脖颈上经络纠结发颤，杜承影一瞬心口都停滞了，他低了头，喃喃道："我受不起第二回。"

他说得没头没脑，林琦却听明白了。

到了这一刻，林琦才骤然醒悟，他死在杜承影的面前，于他而言只是一个任务的结束，于杜承影而言却是刻骨的疼痛。

想到这里，林琦猛地抽回自己的手，回避道："天还暗着，还能休息一会儿。"

杜承影依旧保持着佝偻的姿势，半晌才缓缓直起身，神色如常道："你睡吧，我就在这儿守着。"

林琦转过身，面对着里侧深色的墙，心里全成了一团乱麻——这是小世界，你在做任务，林琦，你全都忘了吗？

但是杜承影真的待他很好。上一局，他拉过杜承影一把，救了杜承影的命，为杜承影找到了水麒麟，无数次地在杜承影受伤时去照顾他，甚至为杜承影抵挡众人的谩骂攻击，的确付出了许多。

但剥离协调者的身份，客观地去审视那些任务，林琦才发觉杜承影也已倾其所有地回报了自己——

"师兄，"满是疤痕的脸上笑意羞涩，递上一个玲珑的小袋，"这是我历练得的。"

"师兄，这是水麒麟脱落的角，你收着。

"师兄，山下的小芙蓉开了，我带你去瞧瞧？"

为什么他一直选择视而不见？因为觉得不是一个世界的人，因为他一厢情愿地认为杜承影最终会成为那个至高的王者，一切都会顺着轨迹运行，他注定离开，所以一开始就不愿投入感情。原来……他真的是个很狠心的人。

"怎么了？"杜承影俯身察看，才发觉林琦在哭，一时慌乱不已，轻轻拍了拍他的背，"是又被梦魇缠住了？"

"我没事，"林琦吸了吸鼻子，抬手盖住了自己的眼睛，"我只是想起了一些事。"

杜承影轻声道："别想太多，都会过去的。"

林琦眼泪顿时流得更凶了。欺骗一个人的感情很不好受，欺骗一个一心一意待他好的人的感情更不好受。他终于理解老师所说的"协调者在小世界投入感情之后必定死路一条"的意思了。

根本做不到。

水麒麟在杜承影的召唤下跳了上来，对着林琦呼出一口灵之气。

在灵之气的包围下，林琦终于迷迷糊糊地睡了过去，梦中他似是回到了现实世界，在小公园里喂着一只雪白的大猫，很安心也很自在，心上的包袱不自觉地放下了。

翌日，林琦醒来时，水麒麟正盘在他头上，睡得正香。林琦以为自己哭着入睡，醒来一定会头疼，没想到却是神清气爽。没过多久，水麒麟也醒了，跳下来"喵喵"叫了两声。林琦将它团入怀中摸了两下："你睡得好吗？"

"还不错。"

清朗的声音传来，林琦抚摸水麒麟的手臂一僵，回首望向杜承影。

杜承影今日穿了一身月白长袍，笑意自然："师弟你呢？"

"我、我也还好。"

杜承影提步走到榻前："比起华源，我认为我们应当就近察看，你觉得呢？"

"我也这么认为。"林琦干巴巴道。

杜承影俯身，从林琦怀里捞起水麒麟："那我在外头等你。"

白日的月露镇安静得出奇，人烟稀少，只有零星几间店铺还开着门，但都没有人光顾，可是林琦也没有感受到任何邪道的气息。他忽然想起杜承影说灵蝶去追踪昨夜作恶的邪道了，于是问道："灵蝶追回来了吗？"

"还没有。"

林琦拧了眉："怎会突然这样？"

邪道的势力一直很内敛，怎么会忽然壮大了许多，连月露山下都不得安宁了。

杜承影与林琦并肩走着，杜承影忽然开了口："别太担心。"

林琦心道他怎么能不担心，这个世界的剧情走向越来越让他看不到结局了，面前的杜承影就是小世界里拯救苍生的唯一人选，却毫无主角该有的自觉。

"师兄，你好像不是很着急。"林琦踌躇了一会儿，还是缓缓说出了自己的感受。

"无论我急与不急，事实都摆在眼前了，"杜承影淡淡道，"我只需要能保护我在乎的就够了。"

林琦脚步顿住。林琦在刚刚那一刻彻底明白了什么是黑化值，拯救苍生的命定救世主根本不在乎这个世界。

杜承影走了半步，见林琦没有跟上，也停下了脚步，回头望向他："怎么了？"

"没事，"林琦舔了舔干涩的唇，讷讷道，"我……有点渴。"

杜承影轻笑了下，林琦不擅辟谷，他也一直就那么惯着："找个地方歇脚喝茶吧。"

"不必了，办事要紧。"林琦负手，神色稍冷。

两人走遍了月露山脚下的小镇，都未曾找到邪道的踪影，于是打算西行去往华源。

天色渐黑，林琦不想耽误："日夜赶路吧，我撑得住。"

杜承影却不赞同，坚持带着林琦回了客栈，叫了饭菜和水。为了不让林琦感到不自在，他靠在窗口遥望窗外，想将自己的存在感降到最低。

杜承影的态度让林琦越来越感到心慌，他时不时地瞟一眼杜承影在黑夜中的背影，不抱希望地呼唤了系统几声。

没想到系统还真回应了："什么事？"

林琦松了口气："我好像理解杜承影黑化值100%是什么意思了。"

系统："你才明白？"就这？真是耽误它追节目。

林琦："他好像不想拯救苍生了……"

系统："是啊，早不想了，他就想过平凡的日子。"

林琦无奈。

就在这时，杜承影忽然回了头。跟林琦视线对上的瞬间，杜承影微微笑了笑："是不合口味吗？"

林琦放下碗筷，鼓起勇气道："师兄，我们谈谈。"

杜承影坐在窗边不动："谈什么？"

"不如谈谈这个！"

"咚"的一声，门外似有什么重物落地，杜承影瞬间落到了林琦面前，挡住林琦，冷声道："谁？"

紧闭的门被一阵罡风打开，修长的身影站在月光之下，长袍飘散，指尖夹着一只缓缓扇动着翅膀的灵蝶。似是难以支撑，灵蝶痛苦万分地挣扎着。

"抱束？"林琦惊愕地起身。

抱束的脸上满是复杂的表情，目光射向挡在林琦身前的人，一字一顿道："杜承影，你太让我失望了。"

抱束回想起当年师父对他叮嘱的——

"尘谨，此人命犯五军，实为天煞孤星，身负苍生之途，生于极北拥海傍火之地，过三劫、生死别，乃担大任。你是我最信任的弟子，此事我托付于你，找到那个孩子……"

"师父，我怎么才能确定那就是我要找的人？"

"当你见到他时，你一定会知道。"

抱束按照预言找了足有数十年，在每一个有可能的孩子身上都留下了他独有的信物。杜承影上山的那一夜，山上符咒禁锢的星盘一瞬间迸发出巨大能量。抱束绝不会感知错，杜承影就是那个预言中救众生于水火之间的人。

预言中杜承影要过三劫，天绝、人辱、事厌。杜承影已是亲友尽死，独留一人，过了天绝，抱束所做的一切都是为了让杜承影过第二道劫数。他本以为时间还有很多，却未曾想预言中所说的天下大乱的情景提前了至少三十年，找回水麒麟的也变成了一个莫名其妙的林琦。

抱束绝不相信卦象会有错，林琦无论如何都不是卦象上所预言的救世主。抱束放了卦，下山却遇见了灵蝶正在戏耍虐杀一个邪道。

灵蝶有灵，翅膀沾染了主人的气息，是属于杜承影的气息。

抱束多年来就只为这一件事筹谋，前后稍作联想，便想明白了为何杜承影进入山影并天楼毫无收获，林琦却带出了水麒麟和灵蝶。更让抱束感到震惊的是，那只灵蝶身上全是暴虐嗜杀之气，比之邪道，更甚许多。

"这是什么意思？"林琦望着抱束脸上的那一团黑气，心中升起了不好的预感。

抱束处在失望与愤怒之中，卦象预言中的救世主就是这样一个人？

"师弟，你退后，"杜承影压低了声音，"我怀疑这并非真正的抱束。"

林琦骤然想到那日闯入他梦中的邪道，往后退了半步。杜承影已提气飞身而出，门在他身后重重关上，一切都被隔绝在外。

水麒麟站在门口，它的躯体慢慢恢复，化成庞然巨兽堵住了门口。

门外安静得可怕，林琦稍一反应，立即要冲出去，刚跨出一步，长袍便被水麒麟叼住，林琦急忙说道："无瑕，放开！"

水麒麟微一用力，将林琦甩到自己背上，长长的绒毛仿佛活了一般，此时强势地罩住了林琦。

林琦的手脚被他平常最爱撸的长毛捆住，心情愕然的同时，又开始求助系统："外面是抱束还是邪道？"

系统漫不经心道："你说呢？"

林琦心乱如麻，门外的毫无疑问是真正的抱束。他一直很相信自己的直觉，对杜承影的怀疑却像温水煮青蛙般化解了，甚至为自己曾经对杜承影的怀疑感到内疚。

如果不是抱束忽然出现……他说不定真会……真会什么，他不敢往下细想了。

不知过了多久，门被再次打开，控制住林琦手脚的长毛也终于放松了下来。林琦没动，躺在水麒麟的软毛中，心想自己到底是装傻还是质问杜承影。

鼻尖传来了血腥味，林琦浑噩的意识瞬间清醒，他从水麒麟背上滑下，见到的却是模样狼狈的杜承影。

杜承影肩上两道伤口都流着血，他单手按住了心口，鲜血依旧从他的指缝涌出。他面色惨白道："此地不宜久留，快走。"

这么重的伤让林琦不知所措，他只得将对杜承影的怀疑抛诸脑后，扶起杜承影爬上水麒麟的后背，轻拍了水麒麟的脖子："无瑕，走。"

林琦扶着杜承影，心思乱极了。他相信刚刚出现的人就是抱束，那么是抱束打伤了杜承影；但抱束其实算是个反派，所以杜承影到底是无辜的还是怎样，他真是乱得脑子都快炸开了。

水麒麟一路狂奔，直到一处雾气缭绕的水涧才停下。它一停下，杜承影就从它背上滑落下去，林琦都来不及伸手抓住，杜承影便坠到了地上，似是失去了意识。

好了，这下什么也不必说了。

林琦压下心中所有的疑问，决定先为杜承影治伤。他拉开杜承影的长袍，那些深可见骨的伤口散发着黑气，是邪道留下来的印记。

林琦看了看杜承影毫无血色的脸庞，心中再次出现了动摇的念头。

这样反反复复的，都快不像他了。

治伤林琦是老手了，他很快就帮杜承影处理好了伤口，衣物都沾了血迹，只好胡乱盖在杜承影身上。林琦静静地望着双眸紧闭的杜承影，忽然轻声道："你睁开眼睛吧。"

杜承影一动不动。

林琦站起了身："我走了。"

杜承影依旧躺在地上，沾了血迹的衣裳凌乱，身上包扎之处也隐约渗出了血，模样要多可怜有多可怜。

林琦慢慢蹲下了身，抬手拨了拨杜承影脸上被汗水浸透的湿发，心道：杜承影，你真的让我很为难。

林琦本来是想守着杜承影，可是不知不觉又睡着了，醒来的时候已经是天光大亮。水麒麟趴在他身旁，地面上只留下了一摊血迹，杜承影人已经不见了。

林琦拍了拍水麒麟："杜承影呢？"

水麒麟一脸无辜。

林琦小声道："别装了，你别以为我不知道你们是一伙的。"

水麒麟委屈地"喵"了一声，有点小心虚。

林琦伸手拨了一下水麒麟的胡须，面上流露出无奈的神情："就不能简单点吗？"

水麒麟心道它也不明白人为什么这么复杂。

"师弟，你醒了。"身后传来虚弱的声音。

林琦回头，只见杜承影长袍披在肩上，手上拎着一只五颜六色的山鸡，他脸色还是有点白，却强撑起了笑意"昨夜你都未曾好好用膳。"

林琦是真的不知道该说什么了。在他因为怀疑杜承影而烦闷的时候，杜承影却想着他昨晚没好好吃饭？林琦心想但凡是个人都不能这么冷血，嘴里质问的话也咽了下去，改口道："师兄，你受了伤就好好歇息才是。"

杜承影摇头："不碍事。"

火堆噼里啪啦地爆着火星子，两人相对坐着，水麒麟趴在前头，巨大的身躯挡住了来自密林的黑暗与凉意。林琦拿了一根树枝，在地上胡乱划着。杜承影坐在一旁，投下的影子在地面跃动着，昏黄的火光照出他垂眸若有所思的模样。

"师弟，"杜承影缓缓开口，"昨日那邪道假扮抱束，不知居心何在，也不知还会不会有邪道扮作他人，为了安全起见，我想我们之后尽量不要分开单独行动。"

"嗯。"林琦蔫蔫地答了一声，满脑子都是抱束的那一句失望以及杜承影那糟心的100%黑化值。他真想干脆与杜承影摊牌。

手上的动作忽然顿住，林琦抓住树枝猛力往地面一插，心一横道："杜承影，你别再骗我了。"

话音掷地有声，盘坐的水麒麟也不由得直起了身，平素呆愣可爱的模样不见，属于坐骑真正的威压正慢慢释放开来。

杜承影侧眼凉凉地一瞟，水麒麟顿时又缩了回去。

"我骗你？"杜承影脸色苍白，轻声道，"我骗了你什么？"

林琦狠下了心，攥紧树枝一字一顿道："那个分明就是抱束。"

杜承影脸色又白了一些，露出一个若有似无的苦笑："就因为这个？师弟你就这样质问我？"

"抱束一直对我十分厌恶，"杜承影扭过脸，似是不堪其苦，声音越发低沉，"他内力比我高，伤了我，我无话可说。可我不想让师弟你对师门灰心，也不想你为了替我抱不平，再与他起冲突，这样反倒会连累你，"他痛苦地看了林琦一眼，"没想到……师弟你会怪我……原来在师弟心里，我就是个骗子。"他轻咳了一声，捂住心口，踉踉跄跄地起身，"那我走……"

"师兄，"林琦忙站起身拉住杜承影的胳膊，急道，"你受了这么重的伤，万一遇到什么危险怎么办？快坐下！"

杜承影面色沉郁，缓缓摇了摇头："我骗了你，就算遇上危险也是我活该。"

林琦咬了咬牙："我错了。"

"师弟不必这样，无论你怎样看我，怎样说我，我都不会怪你。"

林琦顿时觉得，他真的好内疚！

似是为了扫除林琦的疑虑，杜承影一改之前的散漫，顶着伤也要快些赶去华源，林琦哪能真那么做，拉着杜承影让他先养好伤。

习武之人也是人，无论杜承影是好是坏，他身上的伤是货真价实的，林琦怎能忍心让杜承影奔波，自然是要放慢脚步。

"师兄你这样，若是伤势加重，让我怎么过意得去？"

"没什么，师弟你不必对我有任何歉意。"

杜承影越是这样说，林琦就越是过意不去，扶住杜承影的手臂，垂下脸轻声叹息道："师兄，你就听我的吧。"

月露山下的情况比林琦预想的还要糟糕，他带着杜承影想就近借宿在林间的猎户家中，却发觉院门大开，门旁边一具干瘪的尸身赫然在目，显然是遭邪道所害。

杜承影第一时间挡在了林琦身前："别看。"

"我已经看见了……"林琦闷声道，他还没有那么脆弱。

以前一直以局外人的态度对待这个世界，他见到尸体，心里浮过的往往是"啊，这个NPC样子有点夸张"的这种想法，从来不会害怕。

现在他依旧不怕，只是有点唏嘘。在"主角"没有看到的地方，这个"NPC"或许曾经也过得很幸福，可惜在这个故事里他终究只是背景板一样的存在，而且是以这样的形式。

林琦越过杜承影走到前面，眼神落在尸体上，轻声道："我去安葬了他。"

"你别去，"杜承影皱眉拉住林琦，淡淡道，"我来。"

林琦神情一动，眼睛慢慢睁大了。经过系统的点拨之后，杜承影在他心中的形象更趋向于"冷血"，对同门师兄弟都毫不在意，没想到此时杜承影会愿意帮一个凡人安葬。

这是有了一点点的改变吗？林琦满怀希望地去问系统，得到无情又熟悉的"黑化值100%"回答之后，人又蔫了。

"这屋子估计许久没人住了。"杜承影推开房门，看了眼四周的摆设，他注意到墙面上有个黑影紧紧贴着，像是烧焦后留下的痕迹，"师弟，你先坐一会儿，等我安葬好了他，再去收拾。"

林琦忙道："我去收拾吧。"

"不用，"杜承影轻拧了眉，语气坚决道，"你坐着休息就好。"

林琦很少看到杜承影对他如此强势的模样，也没多想，找回了做小弟的自觉后，乖乖地坐在一旁的矮凳上。

矮凳旁有两把柴刀，柴刀下是凌乱的木头和几张不怎么干净的动物皮毛，林琦可以想象这里原本的主人坐在矮凳上劈柴收拾猎物，汗洒地面的情形。可现在那努力生活的人却已经成了一具尸体。

水麒麟伸出尖锐的爪子，一爪下去一个大坑就出现了，杜承影面无表情地提起尸体，转身背对着林琦，不让林琦看到他眼中的漠然，随即像丢弃垃圾一般将尸体丢入坑中。

屋内的摆设很是简单，一张竹榻，不算很大，靠里缩在墙角，屋内挂了许多腊肉和收拾干净的光滑皮子，桌子上积了一层薄薄的灰。

林琦摸了一下桌面，手指捻了捻，低声喃喃道："我上山拜师时，还不是这样的。"

"世事难料。"杜承影神色平静，从袖中掏出一块软帕，将凳子擦干净以后，拉着林琦坐下来，他缓缓道，"师弟，其实……你不觉得这样生活很好吗？"

"这样生活？"

"就像这个猎户一样，日出而作，日落而息，过最简单的日子。"

林琦煞风景地回了句："然后被邪道吸干内力？"

"我不会让任何人伤害你。"

林琦最受不得这个，他猛地站起身，凳子突兀地在地面发出一声巨响。

"我累了。"屋子不大，林琦转头不知该往哪儿躲。水麒麟踱步过来，主动在他面前盘腿坐下，他干脆扑到水麒麟身上装死。

屋外，无风也无声，寂静得可怕。

杜承影抬手关上了门，确认林琦躺在水麒麟怀里入睡之后，眼睛瞟向墙边。

墙边的黑影一抖，慢慢从墙上剥落，变成一个模模糊糊的人影，他单膝跪地，冲杜承影恭敬道："拜见魔尊。"

杜承影重启的那一刻，月露山卦象倒转，世间魔气暴涨，邪道成员在那一刻都明白了，他们的主人——出现了。

杜承影冷冷看着黑影："滚。"

黑影跪在地上不肯离去："魔尊大人，请您回魔域。"

杜承影无动于衷。

黑影低声道："我们邪道多年以来一直受这些名门正派的欺压，大人，您不也厌恶他们吗？魔域一直在等待它的主人回来。先前是我们有眼无珠，才会对屋里那位下手……"

杜承影伸手掐住了黑影，一边收紧力道一边说："你们不配提他。"

黑影在他手中散落，灵蝶从袖中飞出，如鸟兽般啄食着残存的邪气，上下翻飞好不热闹。正道与邪道，在杜承影心里没有任何区别。弱肉强食，此消彼长。人可以以牲畜为食，邪道为何不能以人为食？都一样。邪道自以为与他是一路人，一路上对他穷追不舍，与一厢情愿让他做救世主的抱束一样，真是让人厌烦。

杜承影轻轻甩了甩袖子，抬手用力在自己的伤处刺了下去。伤口实在愈合得太快，天之骄子，多么讽刺，杜承影仰头望向晦暗的天空，不由得冷笑，天道，你选择了我，我未必肯听从你。

林琦不知自己是不是太累了，趴在水麒麟怀里就睡过去了，醒来时人已躺在了竹榻上，身上盖着一件薄薄的长袍。他坐起身时发现屋内有微弱的光亮，杜承影正坐在桌边给自己换药。

黑色的魔气萦绕着他的身躯，鲜血不断地从伤口中涌出，光是看着，就让林琦感到了难以言喻的疼痛，而杜承影却面不改色地抬手扯着伤口上的纱布。

"你轻点！"林琦情不自禁地喊道。

杜承影回眸，微微笑了笑："你醒了。"

林琦走到桌边，接过杜承影肩头的纱布，他刚睡醒，声音沙哑绵软："要换药，不会叫我吗？"

"怕吓着你。"杜承影轻声道。

"我也没那么容易就被吓着。"

换完药，林琦把杜承影染血的法袍和纱布揉成一团，拧眉自言自语："这被邪道所伤到底要怎么才能好，要不干脆还是回去？"

一直沉默不语的杜承影忽然道："你摸一下，说不定伤就好了。"

"我又不是天选之人，没有这种能力的。"

"那要不留下来跟我一起当个猎户？不想打猎的话，游山玩水也行，远离了江湖纷争，我就再也不会受伤了。"

林琦忽然间不想再逃避这个话题，他本来就只是游戏联盟里负责修补世界的协调者，他必须清楚明白地让杜承影知道这一点，他不会长期停留在这个游戏世界里。他破罐子破摔地说道："我说过，你别缠着我。"

杜承影抬眼望向林琦，苦笑道："你就这样讨厌我？"

讨厌杜承影吗？这个问题系统问过林琦，林琦自己也问过自己。答案是：不讨厌。

现实生活中的他一直都是孤单一人，没有朋友，不与人交际，这都是他成为协调者的优势，但他好像忘了一点，不曾拥有和不想拥有是不一样的。身为合成人，他其实也想交朋友，只是没有条件。进入小世界之后，他根本没有把小世界里的"人物"看作与他一样的人，当然也不会投入感情。

长久地压抑自己对感情的需求，他都误以为自己是个冷酷的人了。其实……他真的很渴望有个朋友，如果杜承影出现在现实中的他身边，他们一定能成为朋友，只是杜承影与他始终不是一个世界的人，情感投入的时候容易，那么到了该收回的时候，也有那么简单吗？

他不能，真的不能，对他对杜承影都是注定的悲剧收尾。

在林琦沉默不语、苦恼思索的时候，杜承影一直不动声色地观察林琦，见林琦神情逐渐坚定，正要开口时，他忙伸出手又捂住了林琦的嘴，低声道："算了，我不想知道答案。"

夜深了，林琦躺在竹榻上面对着里侧的墙壁，浑浑噩噩又难以入眠，所有的思绪像一团乱麻一样充斥在脑海中。理智与旁观远去，强烈的代入感与协调者的身份互相撕扯，可是不管向左走还是向右走，好像哪一条路都是死胡同。

他与杜承影就像现在这样，看似同在一间小小的屋子里，其实中间依旧存在无法逾越的隔阂。

系统在广告时间回来闲逛，见林琦眼神直直的，都快灵魂出窍了，感叹这年头傻白甜协调者还真稀有，一看就是没经过任务的毒打。

"你到底纠结什么？"系统无奈道，"我真的一开始就告诉你方法了，用爱感化不就完事了，100%黑化度就这一条路，别的你就别想了，等着任务失败登出世界吧！"

林琦咬唇："那不叫用爱感化，那叫欺骗。"

系统冷笑一声："你以为杜承影就不是在骗你？"

"我知道他在骗我。"

毕竟他也不是傻子，杜承影对他一定有所隐瞒，但杜承影从来没有真正地伤害过他，而且只要一想到杜承影是因他而成魔黑化的，他心情便又复杂了……

系统没见过这么傻的合成人，还真把小世界当真了。

系统说："我让你用心去体会小世界，可没让你变成小世界的人。

联盟最近很火的变异者游戏玩过没？玩游戏的时候体验身临其境的刺激，追着变异者打他们最痛快，但是游戏一关，不还是该上班上班，该生活生活，你难道还会惦记游戏里那个被你砸得头破血流的变异者躺在地上冷不冷？别天真了，你的基因里就没点有用的吗？"

林琦沉默了半天，缓缓道："我没玩过那游戏。"

系统："……"

林琦："好玩吗？"

系统："好玩……我有账号，借给你用用？"

林琦："等出去再说吧。"

系统无语，到底想没想明白啊这位大哥。

就当是一场完美带入体感百分之百的游戏，游戏结束之后……林琦转过头，余光望向独坐在桌旁的杜承影："师兄，别坐着了，快歇着吧。"

闭眼趴着的水麒麟隔开了两人，杜承影岿然不动："不必，我坐着就好。"

林琦见他不愿意休息，又开了口："无瑕，你出去，我有话与你的主人说。"

水麒麟整个都僵住了，尾巴直直地拉成了一条惊恐的线，听到了杜承影那句"出去守着"，它才松了口气，三步并作两步地跃了出去。

林琦蜷起双腿，抱拢在胸口，这是一个能给他勇气的姿势，他轻声道："杜承影，我想知道几件事，你能别骗我吗？"

"当然。"

林琦深吸了口气，这是他在这个"游戏"里投入的最后一点真诚，他不能再这么无休止地沉浸下去。这个选择，他决定交给杜承影来做。

"历练梯上，你是专门来找我的吗？"

"是。"

"水麒麟其实早已认你为主了是吗？"

"是。"

"那个袭击我的邪道……与你有关吗？"

杜承影顿住。

前两个问题他都答得很快，到了这个问题，却是长久又磨人的沉默。

林琦的心怦怦跳着，连耳朵都似乎在跟着震动。

"你怀疑……"杜承影终于开了口，声音和缓，"是我故意让他来袭击你？"

林琦没有否认："我希望你能诚实地回答我。"

又是漫长的沉默，久到林琦觉得呼吸都变得稀薄不畅。随后，他发现那并非是他的错觉，意识被压迫着离开大脑，眩晕袭来，他昏了过去。

杜承影快步接住垂下的林琦，伤口拉扯之后传来丝丝疼痛，他费尽心机地想守护林琦，不愿意再看到上一次林琦惨死在自己身边的那一幕，可是，不管他做什么，都没有用。

杜承影抱起林琦，转身走出，门外的水麒麟站起身，回眸小心翼翼地望向他。

杜承影微一抬手，尘封在水麒麟独角里的力量释放，漆黑的火焰从独角开始燃烧，海浪般涌过强健的背脊，片刻之后，通体漆黑头悬金角的成年水麒麟张牙舞爪地在原地踏了一脚，死亡的气息随之蔓延而去。

随着力量的回笼，水麒麟的记忆也彻底回来了，他的主人带着它投入了鲜红的地狱海，地狱海的业火倒灌人间，将世间燃成了一片漆黑，从轮回中攀爬而上，一切却依旧在往绝境与黑暗的宿命狂奔。

"主人。"成年的水麒麟声音浑厚。

杜承影低头看了一眼水麒麟，自嘲般笑道："无瑕，他给你取名叫无瑕。"

水麒麟沉默不语。

"无瑕……"杜承影仰天大笑一声，笑声中隐有狂乱之意，眼中星光点点，"他宁愿相信一个畜生，也不愿信我一分。"

水麒麟沉声道："主人，回魔域吧。"

"回魔域？"杜承影垂眸，神情是全然的冷漠，"我从来不曾去过，何谈'回'字？"

天下之大，他无处安生。邪道想捧他为主，借他的手主宰世间，武林则想让他救世，消除魔域。他好像只有这两个选择，从来不由他说了算，不如……不如……心口气血翻涌，有什么似要从胸口破茧而出。

水麒麟不安地望向杜承影隐隐泛红的眼，这是入魔的征兆……

发红的双眼在看到怀里的人安静白皙的脸时，这股气血终于还是压住了，杜承影苦笑了一声："师兄，你可以用尽你的一切来伤害我，但我……不会伤害你一丝一毫。"

林琦的意识在沉沉的睡梦里漂泊了很久，像是回到了培养皿，潮湿又温暖，有种奇异的安全感，水流柔和地包裹着他，像母亲的手一般轻轻将他往前推着，黑暗处的那一点光明向他迎来。

林琦慢慢睁开了眼睛，身下格外柔软的床榻和头顶富丽堂皇的装饰一下就让他明白他回到了哪里。这是他在月露山的屋子。

林琦猛地坐起了身，不似之前的死寂，此时自己耳边有风声，有树叶乱拍的声音，也有鸟叫声，杂乱的声音组成了这世间的安宁。林琦茫然四顾："杜承影呢？"

系统冷漠道："走了。"

走了？

林琦愕然，脑海里像是有嗡鸣声闪过："那个邪道……不是他派来的？"

系统还是一样的回答："你说呢？"

林琦彻底慌了，他想到失去意识前杜承影冷淡的表情，不知所措道："怎么办？"

系统："什么怎么办？"

"我……是不是把他气跑了？"

系统淡定道："没事，他还会回来的。"

林琦却不这么想，他觉得这次是真的伤到杜承影了。

系统冷酷道："那又怎么样？100% 的好感度，你可以对他为所欲为，就算伤了他又怎么样，他还是会回来的。"

系统说起杜承影的语气和自己说起游戏里的变异者语气一模一样。

"我会想的，"林琦眨了眨眼，泪从他的睫毛中落下，小声道，"我会想他躺在地上冷不冷……"

他拿最后一点真诚去赌，如果那个邪道不是杜承影派来的，如果杜承影没有算计过他，他就愿意去赴这一场注定的悲剧，不就是用爱感化让杜承影走上正道吗？不就是投入感情，离开的时候会伤心难过吗？林琦，你难道真的忘了你的初心了吗？！

作为唯一一个通过协调者测试的合成人，他一定不能丢前辈的脸。林琦深吸了一口气，坚强地站起了身，踌躇满志道："系统，杜承影在哪儿？我去找他。"

虽然这合成人纠结的时间长了点，但下定决心之后意外地倒是很干脆，系统欢快道："你捅自己一刀，他马上就出现了。"

林琦一愣。

系统："怎么，怕疼？捅的时候轻点，差不多意思意思就行了。"

林琦："你如果不知道的话，就说不知道好了。"

系统："不领情算了，哼，我看综艺去了。"

林琦心想，这系统真的也是初心不改，永远奋战在划水第一线。

虽然说身体是联盟复制的，但捅下去的痛觉是真实的，林琦是普通人，当然怕疼，捅自己一刀不现实。此时山上很安静，萧莫与万竹枫应该还没有回来，林琦也有点不好意思，说好的与杜承影去华源除魔，结果就在山下转了半天，还害得杜承影受一身的伤。

林琦叹了口气，又想起给杜承影留下那一身伤的抱束。说实在的，他现在也有点怀疑了，抱束脚踩邪道，望着杜承影的神情真是三分愤怒三分失望再加四分难以置信，怎么看怎么都不像是反派该有的眼神。再加上抱束平时的一些违和言行，林琦合理怀疑抱束这是忠臣装反派。

一旦情感上的纠结消失之后，林琦的智商又重新占领了高地，他带出水麒麟和灵蝶的时候，抱束震惊的反应与其余两位都不一样，他似乎认定了不该是他带出水麒麟。

林琦大脑一通高速运转之后，得出了结论：抱束是预言家。

抱束应该是早就知道杜承影的救世主身份，所以处处为难杜承影，上一局杜承影的确在抱束手下受苦良多，身上总是布满伤口，但仔细一想，每一次杜承影在受伤之后都会变得更强，这么说来，抱束的角色更像是个帮助男主角成长的角色。

抱束那时的愤怒应该是发现了什么。

其实林琦对杜承影的怀疑一直没有减轻，毕竟杜承影有100%黑化度，加上上一局杜承影入魔的剧情，只要一有邪道出现，林琦就不由自主地往杜承影身上想。当抱束对着杜承影大喊失望时，他就下意识地觉得那邪道是听命于杜承影的。林琦有些后悔问杜承影那个问题了，杜承影曾说过不会让他受到伤害……他没信。

林琦休整了一会儿，悄悄上了抱束的山。抱束的地盘林琦最熟不过，上去之后才发觉山上别说人，连活物都没有，一片死寂，这就有点不对劲了。

山上的弟子是下山除魔了，可也不至于如此毫无生气。林琦心中涌上一股不祥的预感，大踏步地进入了抱束的主殿。抱束为人简朴，殿内鳞次栉比地摆着草药丹炉，林琦揭开其中一个，发现连丹炉都停丹了，本该散发着丹芒的丹药全都黯然无光，丹香尽失，散发着一股令人不适的味道。

林琦缓缓盖上丹炉，手略微有些颤抖，四下环顾，死亡与衰败的气息给这座本就简朴的主殿染上了一层灰色。

这座山死了，难道抱束已经遭遇不测？

林琦虽然也很讨厌抱束，但这个念头一产生，他立刻就想到了杜承影，弑父可是重罪，会受天罚的！

林琦头也不回地冲了出去。

缘雨的地界离抱束最近，林琦立即赶了过去。他修为普通，这一来一去就已经精疲力竭，而更让他感到震惊的是，缘雨的山头与抱束的山上一样死寂灰败。

林琦站在密林之中，惶然地抬头，落叶纷纷扬下，犹如一场大雨般，苍翠的树叶落地便成了枯败的干黄。

林琦张大了嘴，难以想象面前会出现这样的场景，生命力如浪潮一般从这个世间消退。

系统："恭喜你，灭世开始了。"

林琦："这就是灭世？"

系统："是啊，男主角估计是不怎么想活了，他上一局也是不想活了，不过这次还好，过程比较含蓄，估计还能拖很久，你没死他也舍不得死，毕竟还给你留了块地呢。"

林琦没想到，他那一点点疑问会让杜承影不想活了。

系统冷漠道："100%的好感度和黑化度意味着他的世界只有你有意义，现在这个局面就是你无视我意见的代价。"

100%的好感度在林琦心里真的没有具象的概念，现实中都没有朋友，他根本不知道100%的好感度意味着这样重的分量。

仅仅只是他的怀疑，对于杜承影来说就犹如灭顶之灾一般难以承受。

林琦低头缓缓呼出一口气，从袖中的乾坤袋里掏出了一把长剑，这是杜承影给他的众多珍宝之一，让他防身用的。

现在痛一下也无所谓了。

系统贴心道："别往腰那儿捅，砍腿，血多效果好，又不会出大事。"

林琦：怎么系统看起来经验很丰富的样子？

虽然系统酷爱划水，态度恶劣，但事实证明，系统的确是对的，林琦那些逃避与纠结的想法都让这个任务往失败的方向狂奔。林琦撩开长袍，抬起左腿，一手提着长剑隔空在腿上比画。

系统："那里不行，有动脉，飙起来跟喷泉一样，画面会失去美感。"

林琦："那我……"

系统："小腿，小腿肚那儿，下手轻点，别养个伤十天半个月的，耽误事。"

林琦扶着一棵树，单脚站着，人微微蹲下，左脚勾上右脚膝盖，左手很笨拙地拿着剑要往左腿比画。

系统真是对这个合成人的表现有点不忍直视，没见过自残还同手同脚的，真服了。

林琦一狠心一闭眼，剑锋用力地往下一戳，没有传来预料之中的疼痛感，却有血腥味冲入鼻尖。

林琦睁开眼，剑尖被攥在一双比常人更修长的大掌里。

杜承影的脸上浮现出薄薄的愠怒："你做什么？"

林琦猛地松开了握住剑柄的手，却因为失去平衡整个人往下倒去，一双还在淌血的手以极快的速度甩了剑捞住了他。

杜承影眉头紧蹙，再次带着怒气道："你拿着剑，想做什么？"

"我……"林琦慌了一瞬，轻声道，"对不起。"

杜承影垂着手，血滴滴答答地落在地面上，所有的痛苦与绝望都在这简单的三个字里烟消云散。

"我知道，你无论如何都不会做伤害我的事……"林琦抬手轻拍了拍杜承影，低声道，"真的对不起……"

"够了。"杜承影哑声道，"只说一遍就够了，你没有那么多对不起我的。"

误会解开的瞬间，两个人都沉默了，还是林琦先打破了这份尴尬的气氛，推了推杜承影："师兄，我看看你身上的伤。"

杜承影攥紧鲜血淋漓的掌心，不在意地说："没什么。"

"不光是手，还有你身上的。"

杜承影将掌心负在身后，呼吸停滞了一瞬："我的伤恢复得很快，不要紧。"

这是老天对他的"恩赐"，一副捶不烂打不坏也死不了的金刚不坏之躯，只有坠入业火之中才能彻底燃烧殆尽，结束命运。

"那是两码事，先包扎手上的伤口吧。"林琦拉住杜承影的手，却看到了一幅令他震惊的画面，原本鲜血淋漓的掌心已经愈合，只留下一点斑驳的血渍。

林琦怔住，思索了片刻后猛地仰头望向杜承影。

如此强大的愈合能力，杜承影是怎么让自己一次又一次为他上药治伤的，林琦一想就明白了。

"为什么会这样？"林琦缓缓道。

杜承影低头望向自己的掌心，他也问自己，为什么会这样。他身负灵种，拥有强大的修为和不世出的坐骑，他已经拥有了毁灭这个世间的力量，但那个满脸疤痕一无是处的杜承影从没有真正地离开过他，犹如一道无法抹去的阴影般隐藏在他身后。

杜承影自嘲道："因为我不配。"他遇见了一个离他好远好远的人，远到他用尽全力也总觉得追不上。重启以后，他用最好的面貌去见林琦，用世间最尊贵的宝物去讨好林琦，用他力所能及的一切想让林琦开心，可这一切都没有用。

"其实，我该叫你师兄。"

杜承影将自己重启之事和盘托出。

"师兄走后，我想找你……"杜承影的脸上满是哀伤，那个自卑失意又受人凌辱的杜承影失去了生命里唯一存在的光，"我找不到。"

"对不起。"林琦终于忍不住流下眼泪，他的确做错了一件事，他没有在乎过杜承影的感受，从来没有，所以才能离开得干脆利落毫无愧意，"杜承影，对不起。"

剥去所谓救世主的外壳，那个伤痕累累的杜承影又出现在林琦面前，林琦心头猛地一疼。

"师弟，其实我一直都觉得你很出色，远比我出色，"林琦苦笑道，"像我这般资质平平的人根本不值得你如此对待。"

杜承影忙打断道："不是的，师兄你在我心中才是最好的那个人。"

"你所受的苦难之所以要比旁人多许多，只是因为你是天定的救世主，换成我，是绝对扛不住你所受的那些苦难的。先前我不断怀疑你，是我以小人之心度君子之腹了，如果那个受尽磋磨的人是我，或许我早就忍不住对这个世界产生恨意了。我说这些只想告诉你，你在我心中是个很了不起的人。"

杜承影呆愣道："多谢师兄……"

　　林琦："不必客气。"

　　管他的，都灭世了还管那么多。林琦猛然想起正事，对杜承影紧张道："你没杀抱束吧？"

　　"没有。"杜承影此时活像是被顺毛成功的大型犬，满脸写着乖巧，"他不是我爹，只是受先贤的嘱托磨炼我，我把他打伤关了起来。"

　　林琦松了口气："他让你受这么多伤，你打他一顿也没什么。"

　　"还是放了他吧。"

　　林琦眨了眨眼："不想放也可以。"

　　杜承影轻咳一声："关着也没意思，浪费灵蝶看守。"

　　系统冷不丁地在林琦耳边炸了一声："目标人物黑化度清零。"

　　林琦瞬间瞳孔地震……就、就这么简单？

　　系统冷笑，早听它的话就没这么多事了。

　　杜承影见状，试探性地问："师兄想与我一起去见见他吗？"从某种意义上来说，没有抱束，他与林琦也不会相识。

　　只是当林琦看到杜承影把抱束关在哪儿时，还是充分认识到了杜承影骨子里那一点劣根性。躺在鸡窝里的抱束英俊的脸上沾满了鸡毛，连灵蝶都嫌弃地靠在一边不凑过去。

　　杜承影解释道："当时时间紧迫，没别的地方扔了。"

　　林琦不甚同情地看了抱束一眼："他也是身不由己，算了。"

　　黑化值清零的杜承影很好说话："人人都是被天道左右，抱束虽武力高强，也有自己办不到的事。"就像他也挡不住上一局林琦之死。

　　杜承影抬手将灵蝶招回："抱束过半刻就会醒来，要等他醒来吗？"

　　"为什么？"林琦偏过脸，见杜承影面上神情略有些委屈，哑然失笑，"我不会再怀疑你了。"

　　重启后的杜承影除了整天在自己身上使劲，划拉了好几刀，其实真的没伤害过谁。林琦晃了下他的手："走吧。"

"去哪儿？"

林琦道："过你说的那种，日出而作日落而息，最简单的日子。"

杜承影面色震动："你……都还记得。"

"其实我也最喜欢那种生活。"林琦微笑，他不是哄杜承影的，他理想的生活就是按时上下班，最好路上还有一两只小猫猫可以摸一摸……林琦忽然想起了水麒麟，"无瑕呢？"

杜承影沉默了一瞬，面不改色道："它跑出去野了，大概是发情期到了。"

林琦惊讶："水麒麟也会发情？那怎么办，世上还有第二只水麒麟吗？"

"畜生的事，不必管它。"杜承影看了沉睡的抱束一眼，转移话题道，"快走吧，他该醒了。"

说好过平凡日子，两人便不想再回月露山，林琦的出生地华源依旧是旁系，不能去。杜承影的家乡是个小渔村，虽然留下的记忆也不全是美好的，但毕竟是个远离武林的地方，两人悄悄来到海边的渔村，甚至没有惊动村民。

渔村一眼望去全是松散零落的茅屋，泛黄的海水冲刷着粗粝的岸边，微咸的海风和缓地飘入鼻尖，带来悠闲放松的感觉。

在远离海岸的地方，一间摇摇欲坠的草屋在海风中只剩了个骨架子，杜承影平静道："这是我曾住过的。"

对于杜承影从前的经历，林琦也只是在待机时了解到四个字：受尽苦楚。这轻飘飘的四个字林琦当时只是一略而过，没做多想，现在却不一样了，他迟疑了一下，说："还难过的话，我们就换个地方吧。"

"不难过。"杜承影笑了一下，"你等等，我去收拾。"在遇见林琦之前，他的生命是没有色彩的，无所谓难过与快乐，只是漫无目的地活着，仅此而已。

"一起吧。"

轻柔的海浪卷起细沙，一层一层伴着海风温柔地拍上岸，洁白的水鸟拍着翅膀落在草屋顶上。

"哗啦！"一声巨响拉回了林琦的注意力。

坍塌的草屋上，水鸟们已经惊慌失措地分散开，似乎在撇清自己的关系。

"哈！"杜承影轻笑了一声，嘴角的弧度上扬，他摸了摸鼻子，看了一眼无奈的林琦，低声道，"师兄，看来只有我们一起搭一间屋子了。"

林琦心里痒痒的，那群水鸟像是呼啦啦地飞到了他心里："好啊。"

林琦在现实生活中的家是联盟安排的样板房，这是属于协调者的福利之一，不过林琦培训结束后就直接上岗，连轴转了一个月，刚回家没多久就又出来工作，真是家都没焐热过，第一次搭建属于自己的屋子还真是个新鲜的体验。

就算修为再高，在这些小事上也照样是与凡人一样。他们忙活了一整天，也只是搭出个空架子，勉强能立住，不至于让风一吹就倒。

坐在屋子里的茅草堆上，看着星光从散乱的屋顶投射而下，林琦感慨道："我现在知道你在我那屋子上花了多少心思了。"

两人静谧地坐着，谁也不说话，系统突兀地发出了声音："你该不是真打算和小世界里的人物做兄弟，就这样开开心心地生活了吧？任务不管啦？"

林琦没否认："你不用劝我，我已经做好承担后果的准备了。"

系统冷酷地开口："如果你指的后果只是离开时心碎的话，那跟我一点关系都没有。我只是想提醒你，别以为他现在黑化值清零了就没事了，你一走，他黑化值飙上去，再灭世，这不是白搭吗？"

　　林琦倒是没想到这一点，他半信半疑道："黑化值还会重新涨回来？"

　　系统冷笑道："不信你试试，跟他说你讨厌他，你刚刚都是装的，都是在耍他，你看他的黑化值会不会涨回来。"

　　杜承影适时地转过脸，目光比月光还柔和，嘴角噙了一丝笑意："为什么盯着我看？"

　　林琦紧张地吞了吞口水，才缓缓道："如果有一天，我离开了……"

　　他话都还没说完，系统已经无情地播报："黑化值上升50%。"

　　"师兄，你不是答应过我不会离开吗？"

　　林琦见他神色如常地就把黑化值飙了上去，内心一阵悲凉，本想自己痛苦就痛苦，最起码工作任务能完成也好，这下完了，真可谓是"人财两空"。

　　"我的意思是，"林琦艰难道，"人固有一死……"

　　杜承影斩钉截铁道："好兄弟可以同生共死。"

　　系统："黑化值清零。"

　　林琦：原来杜承影的梦想就是陪他一起死……

　　林琦满脸无奈，对系统道："我能不能一直留在这个游戏世界里？"

　　系统上岗多年，早就能熟练应对协调者的各种作死要求，以公事公办的语气回答："协调者的角色寿命都是联盟设定好的，到了该死的时候一定会死。"

　　这也是联盟怕某些协调者钻空子，在某个喜欢的世界赖着不走导致世界能量紊乱想出来的对策。

　　其实林琦也知道，一切都是计划好的，可杜承影对他的情谊，是计划之外的东西。他还有三十年的寿命，应该……足够了吧。算了，过一天算一天，三十年，日子还长着呢。

过了好几日，屋子搭得差不多了，在林琦的一再追问下，杜承影才终于放出了水麒麟。

林琦看着浑身漆黑、头顶金角、满脸写着狰狞的凶兽目瞪口呆："这是无瑕？"

水麒麟声音浑厚："二主人，你不认识我了？"

林琦说了句"我想静静"，就一头扎到了沙滩上。

杜承影黑着脸踹了水麒麟一脚："把毛剃了。"

水麒麟委屈地缩了缩脸："主人，剃了更丑。"

杜承影恨不得把它重新塞回山影并天楼里回炉重造。

不远处，林琦正在沙滩上痛苦地打滚，他不敢相信他可爱的水麒麟会变成这么一只……看着像会吃人的凶兽，一副不好撸的样子实在是让人绝望。

"喵！"一声堪比老牛劳作时的叫声传来，水麒麟咬了咬林琦的裤管，娇声娇气道，"二主人，你看看我，你看看我呀。"

林琦生无可恋地低下了头，水麒麟将自己的模样缩小了，蹦蹦跳跳地在林琦脚跟转悠，活像个小黑煤球，碧眼锃锃发亮，它高频率眨着眼睛，企图让自己看起来可爱一点。

林琦揉了揉它的头顶，发现还是那种熟悉的蓬松触感。

林琦松了口气，坐起身将巴掌大的水麒麟捞入怀里，小声抱怨道："你怎么长得这么快呀？"

"喵喵！"水麒麟低头舔了舔他的掌心，笑得一脸傻气。

林琦弹了弹它额头的迷你金角，脸上也终于露出了笑容。这就是他理想生活的样子，有一间属于自己的屋子，有可爱的宠物。

林琦回过头，杜承影正负手看他，他冲杜承影微微一笑，还有个意外的知己。

他们那里岁月静好，外头邪道肆虐的情形也有了好转。

正如杜承影所说的，此消彼长，他以邪道之主的身份重启，天下邪道都得到了他的助力，此刻他隐退渔村，心思平和，魔气自然而然地就被压了下去。

武林正道取得了阶段性的胜利，该回月露山的都回去了，就连一直在外云游的散月也回去了。

四位师父齐聚在抱束的主殿议事，散月面上笑呵呵的，脸上两个肉窝："我这回来一趟，怎么还少了两个徒弟。"

"杜承影带走了林琦。"提到杜承影的名字，抱束就面色僵硬，他活了这么些年，在鸡窝里醒来还真是头一次。

"卦象倒转的迹象倒是停了。"皈连缓缓道。

缘雨擦拭着手中的剑，面色冰冷："卦象卦象，难道这天下就由那一个卦象说了算？"她抬眼，眼神若有锋芒般望着其余三人，"我瞧我们这么多年苦练，都是无用功！"说罢"噌"地收了剑，第一个离开了主殿。

"缘雨的脾气还是那么火暴。"散月依旧笑眯眯的，对抱束道，"杜承影我收了，之后的事可不归我管。"

抱束脸色也不好看，"谁管得了？"

"'天道'二字，谁管得了。"皈连摇摇头，转身跟在缘雨身后走出了殿内。

抱束与散月相对坐着，抱束面色不悦，散月笑道："算了，世间缘法天定，我们都不过是棋子罢了，你也别每日徒增烦忧。"

"我知道，"抱束缓缓道，"我管不了……"

雪松下，萧莫与万竹枫向归来的散月行了礼："师父。"

"嗯。"散月不在意地挥了挥手，"你们俩当师兄的怎么把师弟全吓跑了。"

"师父，我也是一头雾水呢，怎么杜师弟带了林师弟回了趟华源，人就不见了。"萧莫无奈道。

散月脚步停下，抬手指了指前面金碧辉煌的屋子："那是谁的屋子？"

萧莫道："是林师弟的。"

"哦？"散月轻嗅了一口，是三芯莲的味道，"挺不错。"他扭头望向萧莫，"既然人都走了，就别浪费了，开府，收费参观。"

萧莫：不愧是师父。

林琦还不知道杜承影给他精心准备的屋子真被拿去当景点用了，他正和木头较劲，作为家政合成人，在手工方面的技能他绝对一流，但也仅限于打扫卫生、做饭之类，做椅子还真是他的知识盲区。

相比于他的"捉襟见肘"，杜承影就显得游刃有余多了，他脱了长袍，挥动着长臂，从容地将长木一劈为二。

"杜承影，你好厉害啊。"林琦赞叹道。

"师兄要觉得不好玩，就放下吧。"杜承影单手提起几人合抱粗的木头，"我做了鱼竿，可以去钓钓鱼。"

林琦有点不好意思："你做事，我在玩，不好吧。"

"没什么不好的，这一片水域鱼虾丰富，往前一点就是鲛人所居之地，说不定还能捡到一些珍珠。"

"鲛人？"林琦来劲了，扔了手里四不像的椅子蹲到杜承影身边，"你见过鲛人吗？"

杜承影微微一笑："见过。"

"我听说鲛人生得美艳至极，嗓音曼妙无穷，眼泪落海为珠。"

林琦满脸向往，"是这样吗？"

"差不多。"杜承影劈开手里的木头，淡淡道，"生得也就普通，嗓音不过寻常，眼泪化珠倒是真的。"杜承影拍了拍手，对好奇的林琦道，"不过，一个鲛人一生只流一次眼泪，流了泪的鲛人无法再次复活。"

"这样啊。"林琦点点头，"那他们是绝对不能哭了。"

"有些时候他们不得不流泪。"

杜承影带着林琦，走到海边。

天色渐晚，火红的夕阳燃遍了晚霞，天光被收束在云霞之中，绚烂又深沉，极美的夕阳景致真是令人百看不厌。

"趁这个时候捡珠是最好的，"杜承影拍了拍林琦的肩，微笑道，"去试试。"

当最后一缕晚霞落入海底时，杜承影的手忽然顿住了，心头一紧回首望向海边。水麒麟正绕着林琦打转，林琦低了头，手在沙面上不知在抓什么。

杜承影松了口气："师兄，你捡到什么好东西了？"

林琦依旧低着头，手在沙面上划来划去，杜承影抬步过去，伸出手去拍林琦的背："师兄……"

他的手穿过了林琦的背。

那是一个影子。

海水的气息在鼻尖萦绕，杜承影闭上眼，再睁开眼时，眼中已隐约有了风暴。

系统："恭喜，杜承影的黑化度再次飘到100%。"

面对着杜承影像坐过山车一样的黑化度，林琦已经无话可说，偏过头悄悄离鱼头远了一点。

他被一条鱼绑架了。

一开始，他拿了杜承影做的鱼竿在欣赏，对系统夸赞杜承影这样的男人真是上得厅堂入得厨房，然后在系统提醒他的同时，他就被一股浓雾给包围住了。浓雾散开之后，他就发现自己正浑身无力软绵绵地躺在一条鱼身上。

林琦："这鱼为什么绑架我？"

系统："我怎么知道，大概看你长得像条虫？"

林琦："……"

其实林琦也不是很怕，这鱼看着挺温和，离他设定的死亡时间也还有三十年，应该不会有事，就是担心杜承影找不到他心态会崩，万一暴起灭世怎么办？

系统贴心地给出了一个温馨小贴士："联盟不保证你一定能活到规定年限哦。"

林琦开口："鱼大哥，你为什么要抓我？"

身下的鱼一言不发，驮着林琦慢悠悠地在海面航行。天已经黑了，月光洒在风平浪静的海面上，平心而论，这是个挺美的场景，但林琦一想到黑化值满点的杜承影就一点也美不起来了。

"鱼大哥，你抓我肯定图点什么，咱们商量商量行吗？"

那大鱼似乎是烦了，转过脸，漆黑的眼珠嵌在白色的眼眶里，看得林琦心里直发毛。大鱼缓缓张开了嘴，犹如尖刺般的牙齿在它口中闪耀着光芒，林琦立刻乖乖闭上了嘴。

林琦相信杜承影的实力，杜承影发现他不见了，应该会很快找到他，他就乖乖地等着，不要做那个拖后腿的人好了。

杜承影快急疯了。他有在林琦身上种下一缕神魂，可海面升腾而起的雾气竟能切断这种联系，他只能隐隐约约地感受到林琦的方向。

是鲛人族。

落霞是他抢的，有本事就冲着他来，胆敢对林琦下手……

杜承影双眼微微泛红，水麒麟在海面上狂奔，黑足之下踏水为冰，口中喷洒出灵之气驱散雾气，灵蝶也四处飘散去找寻林琦的踪迹。

林琦躺在大鱼身上，被月光照得都快睡过去，猝然之间，他整个人都被甩了出去，落到了光滑漆黑的地面上。

一落地，几个生得极为貌美的人就将他团团围住，雌雄莫辨的美貌让林琦看花了眼，他不由得想起了杜承影所说的鲛人。

"你们是鲛人族吗？"

其中一个鲛人皱眉说道："你怎么生得如此丑陋？"

林琦一脸问号，这人声音好听成这样，一定是鲛人无疑了，只是他说的话也太过分了，自己是没有杜承影帅，但怎么也不算丑吧？！

"算了，凑合吧。"

"趁那该死的剑客没追来之前，赶紧准备好。"

"嗯，都快些。那剑客是有点本事的，属不一定能拦住他多久。"

从这些漂亮的鲛人嘴里，林琦总算知道了些有用的信息：一、杜承影一时半会儿赶不过来了；二、这事八成是杜承影惹的祸。这些鲛人说起"该死的剑客"时那甜美的嗓音可不是撒娇的语气，而是真的巴不得杜承影去死。

真没想到剧情虽然变了，他这工具人的剧本依旧如此稳妥，还是在帮杜承影拉仇恨挡伤害。

林琦紧张地开口："系统，我如果在这里死了，还能再重来一次吗？"

系统："你当重启世界是冲厕所啊那么容易，不能，谢谢。"

林琦沉默了一会儿："那杜承影该多难受。"

系统敏锐地提醒他："喂，合成人，你很危险啊。你现在把杜承影的感受都排在任务前面了，你怎么不关心关心任务会不会黄？你还有没有点职业道德？"

林琦深刻反省了自己，然后悲伤道："没有了。"

系统：真诚实啊。

当两个鲛人把他拖到屋子里脱他的衣服时，林琦整个人都是蒙的。他倒不觉得"如此丑陋"的自己在那些漂亮的鲛人眼里有什么吸引力，他们脱他法袍时的眼神也十分嫌弃。

"剩下的还脱吗？"

"不要了，就这样吧。"

"那海神会不会生气？"

"那你来……反正我不要碰。"

两个鲛人推来推去，林琦被嫌弃到了无语的程度，小声道："要不我自己来吧？"

"可以。"其中一个略高一点的鲛人拍了板，对略矮一点的鲛人道，"这人功夫低微，不怕。"

矮鲛人瞪了林琦一眼："快点，我们可盯着你。"

林琦眨巴了下眼睛："我动不了。"

矮鲛人嫌弃地拿了一颗丹药往林琦嘴里一塞。丹药入口即化，林琦手脚的力气也慢慢回来了。他坐起身，对鲛人道："我能问问到底为什么要抓我吗？"

矮鲛人立刻炸了毛："让你换衣服，让你多嘴了吗？信不信马上就把你喂鱼！"

高鲛人忙捂住了他的嘴："月丁，长老们不是说不能让他知道吗？！"

林琦："……"已经知道了谢谢。

林琦悄悄拉紧了衣领，往角落里缩了缩："我长得也不像鱼食吧？"

"闭嘴啊，"月丁甩开了高鲛人月蓝的手，凶神恶煞地对林琦道，

"你那么多话干什么，赶紧换衣服，再多嘴，别怪我不客气！"

林琦深吸了一口气，无奈地拉开了衣襟。月丁倒是先扭过了脸，拉着月蓝也一起转了过去，小声嘟囔道："皮肤还挺白。"

林琦很利落地就把衣服脱干净了，怕两个鲛人真嫌他慢而亲自动手，还是乖乖地穿上了他们准备的衣服。

衣服火红如晚霞般的色彩，触感柔软得如同云朵，林琦边穿，边想到了自己睡的那一床被子，不由得心里犯起了嘀咕。

月丁恶狠狠道："穿好没？"

林琦无奈道："好了。"

月丁猛地回过身，凶神恶煞的脸在看到林琦的模样时稍稍缓和，随即仰起脸，冷哼道："人靠衣装。"

林琦摸了下这身新衣服，满脸无奈："你们到底想干吗？"

"干吗？"月丁冷冷一笑，一挥手，一阵雾气袭来，林琦又倒了下去，只听月丁凶神恶煞的声音，"喂鱼！"

海面翻滚着浓白的雾气，一层接着一层，似是在预示着今夜的不凡，大鱼一条接着一条地围绕着地面翻腾。林琦浑身无力地躺着，鲛人族正围绕着他唱歌，歌声妖娆魅惑，词却是含混不清，他不抱希望地问系统能不能听懂。

系统淡定道："能啊。"

林琦大喜："他们在唱什么？"

系统："大概意思是，海神啊，今年的祭品虽然有点丑，但身上的云霞之气非常饱满，你凑合用，拜托保佑他们明年能顺遂多福。"

林琦："……"还不如听不懂呢。

随着歌声不断扩散，雾气也翻滚得越来越快。不知道是不是林琦的错觉，他觉得自己在往上升，视线越来越高。很快，他就发现那不是他的错觉，伴随着悠远低沉类似雷鸣的声音，他身下的"地面"陡然升高，所有的鲛人像下饺子一样落入海中，与那些黑眼珠的大鱼相互依偎，虔诚地望着月光照耀下的红色身影。

林琦这才发觉他躺着的"地面"触感就跟驮他来的大鱼一模一样，这是一条巨大的能承载一个城的鱼。

皎洁的月光照下来，林琦心中忐忑，小声道："系统，你有没有觉得这海上挺热？"

身上的热度似有魔力般从面上席卷到了全身，林琦热得快哭出声，浑身又软绵绵的使不上劲。

系统："这不是热……你这是中毒了。"

林琦：完、完了。

林琦："系统，我受不了了，我太热了，快烤熟了。"

系统还从来没听过协调者这样形容自己感受的，无情道："我进屏蔽了，你自己看着办。"

患难见真情的时候，连系统都抛弃了他，林琦现在真是叫天天不应，叫地地不灵，吸进去的雾气在他肺腑里燃成了火，连张口的力气都没有了，眼中不由自主地泛起了水汽，嘴唇微微抖了抖，他想叫"杜承影"，可他用尽全力呼出了那一句，却是无声无息地坠入海中，连他自己都听不见。

鲛人们手拉着手万分焦急地等待着。鲛人每一年都要向海神祈求平安，献给海神的祭品必须是鲛人族中最美丽歌喉最动听的鲛人，穿上天上的霞彩织成的嫁衣，由祖鱼送上夜空。可恶人剑客竟二话不说抢走了他们苦织三年的落霞，族内有多少鲛人迎着夕阳偷采霞光而落泪，不能化为鱼形，就这么让人抢走了真是叫他们不甘。

幸好……幸好那恶人未曾将落霞收为己用。

银盘似的月亮逐渐往下坠落，鲛人们漆黑的眼珠中散发着期盼的光芒，等待着海神的降临。

"我怎么觉得好冷？"月丁拉着月蓝小声抱怨道。

其实月蓝也觉得冷，牙齿都在打战，只是献祭海神这样神圣的时刻，他不好意思说出口罢了，于是也低头道："我也觉得好冷，水跟结了冰一样。"

鲛人对水的感知是不一样的，海水对他们来说应当是温暖的，犹如母亲的怀抱一般。

越来越多的鲛人感觉到了冷意，他们止不住地浑身发抖，颤抖从他们拉着的手传开，更让鲛人们感到害怕的是祖鱼也在发抖。

海水波纹般散开，月丁因为寒冷连话都说不利索了："怎、怎么回、回事？"

躺在大鱼上的林琦不觉得冷，他热得人都快冒烟了，眼里淌了两行泪，意识昏昏沉沉，无意识地呼唤着那个他唯一可以信赖依靠的名字。

就在这时，一股冰凉之气拂过脸颊，林琦还是睁不开眼，但他闻到了熟悉的味道——杜承影的味道，很让人安心的味道。他放心地闭着眼睛，胡乱拽了自己的衣服："杜承影，我……我要死了……"

杜承影垂眸看了一眼被冻住的鲛人族，淡淡道："不会的。"

水麒麟对着大鱼撩了撩牙，大鱼直接沉入了海底。

鲛人们被冻住了，意识还清醒，眼睁睁地看着他们的祖鱼落入海中，杜承影怀抱着说胡话的林琦，翩然降落在海面冰层之上。

鲛人们漆黑的眼中流露出恐惧的情绪。他们这才发觉那个实力强横的剑客从来没有向他们展示过他真正的力量，死亡般的寒冷掐住了他们的喉咙。

杜承影一言未发，转身带着林琦径自离去，跟在他身后的水麒麟回头对冰层中的鲛人们咧嘴一笑。

　　林琦没凉快一会儿又觉得浑身烧了起来，身上仿佛有无数条虫子在撕咬。杜承影低声安慰道："师兄，你再忍耐一会儿。"

　　水麒麟又喷出一口灵之气，林琦的神情总算缓和了一点。

　　当务之急，是帮林琦解毒。刚一回到他们住的简陋木屋，杜承影就把林琦放在了床榻上，随后自己坐在他身后，将掌心贴在林琦的后背上，将自己的内力输入林琦体内，希望能把毒素逼出来。

　　可是内力消耗了不少，林琦中毒的症状却没有得到缓解，他只觉得自己越来越痛苦，原本只是撕咬，此刻变成了钻心的疼痛。

　　"师弟，这样不行。"

　　"师兄，"杜承影发现了问题，"你我内力相左，你必须沉下心，放开丹田，让你的内力不要抗拒我。"

　　习武之人都有自己的一套内功心法，丹田守一，不是极度信任的关系是不会轻易让他人的内力入侵丹田的。然而即便是放下防备，开放丹田，他人内力的入侵对于习武之人来说也是一种难挨的折磨。

　　"师兄，别怕。"

　　林琦深深地低下头，咬住嘴唇的牙齿越来越用力，尽力打开自己的丹田。随着陌生的内力侵入，林琦体内的毒素终于被清除，他也在昏昏沉沉中睡了过去。

　　一觉睡醒之后，林琦发现自己脖子以下都不能动了，酸痛软绵，像是泡了酒一般。他武功修为低，杜承影为了救他强行输入了不少内力，体内两股真气互相斗争，虽然把毒逼了出来，但也留下了些后遗症。

　　"师兄醒了？"杜承影守在床边，见林琦醒来，欣喜不已。

　　体内毒素尽除，紧绷的弦骤然放松，林琦呼出一口气："醒了醒了，昨夜真是吓死我了。"

　　昨夜杜承影才真叫是被吓得灵魂出窍，闻言嘴角笑容淡了些，柔声道："师兄，你休养几日，生活起居由我来照顾，你有什么想做的、想吃的，尽管说。"

"我……我……那个……"林琦声音含含糊糊的，还是说不出口。

见状，杜承影将耳朵凑到林琦唇边，林琦才勉强把话说完，说完之后嘴巴又是闭得紧紧的，扭过脸不敢看杜承影。

杜承影听完便笑了："师兄放心，我的内力既然汇入你体内，就能为你所用，不会反噬。"

休息了三天，林琦总算能动了。双脚触碰到地面时，林琦有种瘫痪多年终于复健成功的喜悦，尤其是当水麒麟蹦蹦跳跳地叼着一捧山花献上时，林琦那种出院的感觉就更明显了。

心情复杂地接过水麒麟嘴里叼着的山花，林琦低头闻了闻，还是有点羞涩："好香。"

杜承影轻声道："虽然很煞风景，但我必须征求师兄你的意见，那群鱼，你想怎么处置？"

"啊？"沉浸在"重伤恢复"的喜悦里，林琦差点都忘了那群间接导致他瘫痪三天的鲛人。

大鱼与鲛人被冻在海水中，形成了一个冰冻的大圈，他们睁着漆黑无神的眼睛，幽幽地盯着坐在水麒麟背上的林琦。

其实林琦早就从鲛人唱的歌谣里知道了大概，鲛人抓他也并非师出无名，杜承影随手抢走了鲛人的物品，估计也没想到会惹出这些事来。

"毕竟是我们抢人家的东西在先。"林琦拉了拉杜承影的长袍，小声对站在身边的杜承影道。

杜承影转过脸凑到他耳边道："我若晚来一步，你便要七窍流血毒发身亡了。"

别说了，太有画面感了，简直太可怕了。

林琦脸色一阵红一阵青："那不是没死。"

杜承影似笑非笑："师兄很遗憾？"

林琦现在就想给杜承影一脚让他清醒清醒。

鲛人被冻了三天三夜，再次见到杜承影时他们已经十分恐惧，杜承影越是显得云淡风轻，他们就越是害怕接下来的下场。

林琦也看出来了杜承影有意恐吓，不动声色地配合他，水麒麟也跟着，不动声色地打了个哈欠，露出一口尖牙。

吓得差不多之后，杜承影终于转过了脸，冷冷地望着那群吓坏了的鲛人，缓缓道："我只给你们一次机会。"

鲛人们早就被吓破了胆，眼神中都透露出乖巧。

"谁指使你们的？"杜承影冷冷道。

林琦略有点吃惊，怎么还有人指使了？他疑惑地望向那群冰冻鲛人，鲛人们的表情里无一例外地透露出被戳穿的惊慌。

真是一群不怎么适合做坏事的生物啊。

水麒麟张口将一部分灵之气吸入腹中，覆盖在鲛人身上的冰层化开。

鲛人是异常团结的族群，瑟瑟发抖地拉着手团在一起，眼神恐惧地望着杜承影。

"不说？"杜承影偏头对林琦道，"师兄先回避吧！"

林琦配合道："好啊，别弄得太脏啊。"

"我……我……我说……说……说……"鲛人群中，那个林琦眼熟的矮个鲛人月丁张了口，说一个字嘴里就抖搂出一点白气，显然是被冻坏了。

月丁吸了好几口气，才哆哆嗦嗦地继续说："是……是一个剑客，说……说落霞……在……在他……他那儿。"

林琦怔住了。

杜承影似早有所料："怎样的剑客？"

月丁又吸了口气，寒气稍减，说得也流利了："那剑客改头换面了，没什么特别的。"

林琦的死一直是杜承影的一块心病，上一局杜承影曾怀疑过抱束，不惜用酷刑逼问抱束。抱束承认他一直暗中盯着杜承影，为了历练杜承影，他是做了不少小动作，但他没有理由杀害林琦。

残害同门是重罪，抱束将先师的话当作金科玉律一般遵守，他骨子里循规蹈矩，的确不像是会违背门规的人。

水麒麟驮着林琦与杜承影离去，杜承影沉默不语地坐在林琦身后。

林琦知道他心里在想什么，他很想告诉杜承影，没有意义的，就算抓到凶手也没有用，这只是他这个人物的角色设定而已。原本开心的气氛一下蒙上了一层淡淡的阴影。

"师兄放心，我不会让任何人伤害你。"

林琦闷闷地"嗯"了一声。

杜承影道："别担心，笑一下。"

林琦回头勉强笑了一下。

杜承影望着他愁眉不展的模样，轻声道："你是不是……知道是谁？"

尽管知道无用，林琦也还是交代了他上一次在这个世界察觉到的线索："那人身上有浓郁的丹香。"

杜承影果断道："并非抱束。"

"我也觉得不是抱束，"林琦道，"那人身上的丹香极为浓郁，像是故意的。"

林琦性子柔和，从不与人交恶，是什么人出于怎样的目的要杀害林琦，杜承影一直百思不得其解，他像无头苍蝇一般将所有怀疑的对象全酷刑拷问了一遍。

不过这一次他直接带着林琦远离了月露山，凶手反倒露出了马脚。

落霞藏在林琦的屋内，这个人必定进过林琦的屋内，也了解鲛人族的习俗……无论如何，杜承影都必须揪出这个人。

杜承影的手握成了拳："师兄放心，我会护着你。"他这话既是说给林琦听的，更是说给自己听的。林琦就在他的身边，他若还护不住人，怎么对得起他？

林琦心乱如麻，悄悄叫了几声系统。系统持续掉线中，毫无回应，估计是追综艺正追得上头。

三十年，林琦原本想三十年应该够长了，怎么才没过几天，他便觉得三十年也太短了，杜承影怎么受得了。

"我们不是说好了要远离江湖，当普通人？"林琦振作精神，微笑道，"普通人的人生，没有那么多打打杀杀，我会平安无事的。"

"嗯。"杜承影按下心中不安，"不管怎样，我这一生都会守护师兄的安全的。"

林琦垂下眼，只轻轻点了点头："好。"

两人依旧生活在渔村。

鲛人族被打服了，不敢作妖，老老实实地在海上放出了"蜃"，让人无法从海上通过，反过来保护了杜承影与林琦的隐居。

又是一个晴天，月丁不情不愿地骑着大鱼上岸，他背上用水草缠了个巨大的贝壳，一落地，就把它用力摔在地上，生气又大声地喊着："丑八怪！我送鱼来了！"

草屋内，小巧玲珑的水麒麟拱了门出来，龇着牙道："死鱼，你骂谁丑八怪？信不信我吃了你？"

月丁脸色一白，鲛人族世世代代记忆传承，现在他们一看到水麒麟就害怕。他往后缩了缩，嘴硬道："我没说谁，我自言自语。"

"无瑕。"林琦拢了法袍从屋内走出，水麒麟回过头，飞快地跳入林琦怀里，林琦微笑着望向月丁，"你来了。"

月丁的脸猛地发了烧，他火急火燎地往岸沿的大鱼那儿跑，边跑边大喊道："你这丑八怪，天天跟恶人剑客混在一起，我讨厌你！"

三十年的时间真的比林琦想象中要快了很多很多，他还记得中毒的那一夜，三天都下不来床，怎么一眨眼就过去了这么久。

海风吹起他身上的长袍，身后的密林里传来杜承影的声音："怎么出来了？"

林琦回头微微一笑："我听到鲛人说送鱼来了，就出来了。"

鲛人除了捕霞之外，捕鱼也是好手，林琦最爱吃一种脸似狮子的丑鱼，跟水麒麟也有点相似，一周不吃就念得慌。杜承影也因此练就了一手烤鱼的好手艺。

平凡的日子有的人可能会不习惯，但对于林琦和杜承影来说是会上瘾的。

林琦从来没有过过这种平静又缓慢的生活，杜承影也是一样，他的生活中曾充斥着许多与旁人的斗争，令他厌烦疲倦。

只是随着那个上一局林琦死亡的日子越来越近，林琦与杜承影都感到了不安，他们不约而同地选择了在对方面前掩饰这种不安。

"再过一段时日，山下的小芙蓉就该开了。"杜承影目光悠远地望向密林。

"其实我也不是那么喜欢小芙蓉。"林琦鼓起勇气道，"杜承影，不如我们到处走走吧。"

"师兄这是待腻了？"

"不，我只是想到从前你带着我在山影并天楼里遨游的情形，想亲眼去瞧一瞧那些山河是否真的那样美。"

"好，我陪你。"

他们骑着水麒麟，将山影并天楼的景致一处处走过，足足花了两个多月时间。这么多年一直在小渔村过着日出而作，日落而息的生活，出来走走，林琦兴致极高。林琦坐在山峰上看着太阳渐渐下沉感叹道："山上的夕阳比海上的夕阳要落得快些。"

杜承影没有回话，他直觉林琦有事藏在心里，或许现在林琦要把它说出来了。

"师弟，"林琦嘴唇嚅动了几下，缓缓道，"如果……如果我离开了……"他说到这里有些说不出口，声音哽咽。

杜承影一言不发轻轻地拍着他的背："师兄，你不属于这个世界，对吗？"

林琦大为惊讶，眼泪都止住了。

"师兄，"杜承影缓缓道，"你好像知道你什么时候会离开。"

杜承影作为这个游戏世界的救世主，对生死感知实在太过厉害，林琦一时也慌了，不知该说什么。

微凉的晚风舒缓又轻柔，杜承影沉默了许久，才轻声道："我能跟你走吗？"

"不行，你不能死。"

杜承影的神情一下变得了然又悲哀："原来我不能死，你是……"他不愿意说出那个令他心碎的字眼，咬牙道，"是去另一个世界活着？"

"我……我活着。"林琦很羞愧，羞愧于让杜承影对注定会离开的他投入了那样深的情谊，当杜承影为他的死伤心难过时，他却开心地回家准备迎接假期。

"好……那就好。"

林琦是哭着睡着的。杜承影没有睡，他已经很久没有睡了，他想再多看看师兄。丹香浮动，杜承影抬起眼眸，身边的水麒麟凶狠地望向来人。

被一身黑衣包裹的闯入者，直接摘下了兜帽，露出一张慈祥的笑脸："你留不住他。"

"是你杀了他！"

"非我，天也。"人人皆知先师最看重的是抱束，一手卜卦之术全教给了抱束，却不知那个闲散无聊的散月才是先师真正托付的人。

"你命中有此一劫，跨过去便能成为万众敬仰的人。"散月微笑道，"他的存在就是为了成全你。"

杜承影心中已经没有了恨意，什么阴谋"阳谋"在他心里都比不上"我活着"这三个字。

"你走吧，"杜承影淡淡道，垂眸望向熟睡的人，"我会让他如愿。"

散月笑意淡了，如此顽固，孽障。他翩然离去，心中却不以为意，他早在卦象指向林琦时，于林琦身上种下了丹毒，算算时间，也该发作了。

林琦醒来时，天色未亮，杜承影正坐在他床边，见他睁眼便低头道："醒了？想看看山上的日出吗？"

这是林琦第一次与杜承影看日出，他怔怔地望着升起的太阳，身体泛上一阵麻意，血腥的气息从他腹腔涌上，他忍着痛意将一口血含在口中，当最后的一点光洒向人间时，血丝从他的齿间溢出："好美……"

"师兄！"杜承影不可置信地望着与上一局几乎一样的场景。

"没关系……"林琦尽力笑着，雪白的齿间含着血丝，他抬手用力握住杜承影的手，"你……是……我第一个……真心交的……朋友……"

杜承影以为自己能够承受，可当这一幕真正来临时，他依旧做不到。他慌乱地握着林琦的手，无助又绝望地祈求："不、不……师兄……"

林琦登出世界后，第一时间就冲下控制台呼唤系统，系统也很紧张："别催，我在监控世界线。"

"平的，"系统冷静道，"你成功了。"

林琦的心怦怦乱跳，他成功了，可是为什么感觉心里闷闷的，眼睛也酸痛得受不了。

"我能看看他吗？"

系统："只有一分钟。"

世界线变成了具象浮现在他面前。

山崖上，日光照着相拥的两人，杜承影搂着那具空壳，神情恍惚，像是失去了全世界。

"师兄，你还活着，是吗？"杜承影闭上眼睛，喃喃道，"那你一定要……忘了我。"

系统关闭了世界线，对林琦道："结束了，别哭了。"

林琦滑坐在地，捂住了脸，泪水从指缝中不断涌出……好想问杜承影，他冷不冷……

第三章

合法致富

任务结束之后，联盟直接给林琦和系统批了一周的假，系统向林琦强烈推荐一个叫"情感收束"的服务："去做个情感收束，别整天在家里哭了，做完以后，你就不会再想到杜承影。"

林琦蔫蔫地在床上翻了翻："你去追综艺吧。"

"你在搞笑吧，都放假了还追综艺。"系统嗤之以鼻道，"只有像你这种死宅才会这样，我约会去了，拜拜。"

林琦想问系统也有朋友啊，又想到了杜承影陪他走遍山川河流的模样，抽了纸巾小声哭了起来。也许是以前从没有得到过，林琦现在才知道有人关心是多么快乐的一件事，就连哭都变成了撒娇，好幸福啊。

七天后，系统回来时看到人不人鬼不鬼的林琦吓得倒吸一口冷气："大哥，你就一直躺着？"

林琦麻木道："嗯。"

系统："我给你三分钟去做情感收束……"

一向乖巧的林琦这时候却坚决道："我不去！"

系统不想做情感导师，冷酷道："你不去我不管你，任务必须得接着做。"

林琦吸了吸鼻子，小声说："我做啊。"

系统："那就好。"

林琦爬起身，撸了一下乱糟糟的头发："我去洗个澡。"

系统："去吧……"

洗完澡之后的林琦依旧是一脸菜色："走吧。"

第二个世界，系统让林琦自己选，省得情绪激动的林琦进入游戏世界出什么幺蛾子。

林琦果断选择了孟辉的那个世界，因为孟辉是个性格孤傲的人，他死的时候跟孟辉的关系也很一般。在这个世界，他一定要把握分寸。

系统："行。"

"就这么点？"

冰凉的钱拍打在脸上，林琦落地还没调整好情绪，正好红了眼眶。

对面满脸痘痘的黄发少年葛建军咧嘴笑了："哎哟，哭了？"

林琦在这个世界还是个刚上大一的走读生，穿着宽大泛白的衣服，拉紧了肩膀上的书包带子，小声道："没有了，就这么多。"

"就这么点？"葛建军往地面"呸"了一声，吐出一口痰，吊梢眼上下打量着面前单薄的林琦，"今天收班费了吧？"

"班费我已经上交了，"林琦看了一眼葛建军手里夹着的几张钱币，紧张道，"我只有这么多了。"

"真的？"葛建军收回手，把钱揣在口袋里，又看了一眼墙角的林琦，"我怎么那么不信呢？"他指了一下林琦道，"站那儿别动，老子要搜身。"

林琦忙拉过背上的书包挡在面前："不行！"孟辉怎么还不出现！

他记得就是葛建军抢他钱时，孟辉从天而降，来了个猝不及防的黑吃黑。

他反应激烈，让葛建军起了疑心："好啊，你果然骗我。"葛建军二话不说地上来拽林琦的书包。林琦的书包用了好多年，装的书太多，本就不牢固，被葛建军一扯，书包带子立刻断了，掉到地上，里面乒乒乓乓地传来铅笔盒与饭盒碰撞的声音，在僻静的小巷里尤其突兀。

葛建军被吓了一跳，凶神恶煞地撸起袖子："你欠揍啊！"

话音刚落，巷头传来一声慵懒的"喂"。林琦听到那声音立刻来了精神，孟辉来了！面前这个黄毛小流氓很快就有得受了。

"喂什么喂，叫谁喂呢？"葛建军扬着拳头回头。

路灯把来人的影子拉得很长，高挑的身影出现在了葛建军的视线里。

来人棕色皮肤，头发短得只剩一点青草茬，一双眼睛在黑夜中亮得像野兽，宽大的旧外套没拉拉链，一身肌肉若隐若现，脸上表情放肆，语速缓慢道："谁搭理就是谁。"

葛建军有点怕了，对方比他高太多，也比他壮很多。好汉不吃眼前亏，他往身侧吐了一口唾沫，双手插袋小声骂着要走人，经过孟辉身边时被孟辉伸手拉住，攥住他的手臂疼得要命。

葛建军满脸痛苦道："哥、哥，错了错了。"

"我不当你哥，"孟辉偏过脸，不紧不慢道，"那样算不清辈分。"

离得近了，葛建军才发现这小子额侧还有一道刀疤，他腿软道："哥，我嘴贱，我真错了，我刚没看见你，我不该这么横，我认错行不行？"

"不孝顺。"孟辉抬脚，一脚踹上了葛建军的小腿。

葛建军"哎哟"一声抱着腿跪了下去，孟辉微笑道："嗯，这就孝顺了。"

葛建军疼得不行，知道自己这是碰上硬茬子了，求爹爹告奶奶地让孟辉放他一马，把口袋里的钱全掏了出来，硬币滴溜溜地在地上滚开。

孟辉不紧不慢道："捡起来。"

葛建军连忙把地上几个硬币捡了。

"让你捡书包。"孟辉手插在口袋里，人却是挡在巷口不让葛建军跑出去，眼睛瞟了一眼墙角的林琦，"把人好学生书包搞坏了，你还是人吗？"

葛建军不知道自己扯坏了一个书包怎么就不是人了，忙一瘸一拐地捡起书包。书包挺沉，他一只手按着腿，一只手拿着个爆满的书包都费劲，小心翼翼地对孟辉道："哥？"

"哥什么哥，是谁的，给谁去。"孟辉淡淡道。

葛建军提着书包一瘸一拐地又走到林琦面前，往林琦眼前一送。

林琦接过书包团抱在怀里，葛建军正要回头，却听孟辉道："别的呢？"

葛建军心道，碰上行侠仗义的了。他只好认栽，转身又把林琦的钱塞回了林琦手里。

林琦拿着皱巴巴的纸币，心想孟辉怎么不黑吃黑了？

葛建军瘸着腿回到孟辉面前，讨好道："哥，我能走吗？"

"不能。"孟辉垂下眼，眼中"凶芒毕露"，抽出葛建军手上剩余的一张纸币，轻拍了拍葛建军的脸，"就这么点？"

林琦：这才像孟辉……

跟上一轮一样，孟辉将葛建军洗劫一空之后才把人放走。孟辉把钱塞到自己口袋后，缓缓向林琦走来。

林琦抱着书包，往后躲到墙角紧靠在墙壁上。

孟辉堵着人，上下仔细打量了一番，忽然道："小时候挺清秀啊。"

林琦被这没头没脑的一句话说蒙了。

系统适时地出现了："检测到目标人物含有上一轮的记忆，好感度100%，黑化度100%。"

林琦讶异地张大了嘴。

孟辉低头看着少年时代的林琦，心道这人小时候看着还挺正常，怎么长大就面瘫了。太久了，太久没看到这张脸，久得他站在巷头时都怀疑对方是不是林琦。

"我叫孟辉。"

"你、你好……我叫林琦。"

"叫哥。"孟辉看着少年林琦，一颗沉寂多年波澜不惊的心忽然有了生气，扬了扬下巴，"叫声辉哥听听。"

"辉哥……"

青春的火车呼啸而过，拉着响笛后退，孟辉在那一声软糯的呼唤中终于有了回到少年时代的实感。

他回来了，回到了最穷困潦倒的年纪，回到了与林琦认识的地方。

"走。"孟辉长臂一展，忽地勾上了林琦的肩膀。林琦惊讶地一缩，惊恐地望向孟辉。孟辉一路奔跑过来，头上出了许多汗，发尖在月光下星星点点地闪着光，他勾唇一笑，"辉哥送你回家。"

孟辉垂下眼，嘴角微勾地打量这个少年期的林琦。林琦的眉头轻皱着，似乎是敢怒不敢言，白白净净，清瘦俊俏，眼睛微微有点眯，长而翘的睫毛在眼角粘连到了一起。孟辉懒懒道："少看点电视。"

没头没脑地又说什么，林琦小声道："我从来不看电视。"

孟辉看了一眼他怀里鼓鼓的书包："哦，读书读的。"

林琦干脆不理他。

真可爱。孟辉看了许多年戴着金丝边眼镜一脸冷漠的林副总，习惯了林琦冷冰冰地对他指手画脚，骤然之间看到少年林琦，恨不得扇自己两耳光，当年怎么就抢了葛建军的钱转身就走，把他留在原地。面前这个好学生林琦到底发生了怎样的变故，才会成了那个一脸伤痕，眼神警惕的辍学少年。

"我到了，"林琦指了指前面的筒子楼，"再见。"

孟辉的铁臂纹丝不动，依旧是懒洋洋的调子："送佛送到西，我送你到家门口，住几楼？"

林琦深知孟辉说一不二的脾气，也懒得跟他扯皮，低着头闷闷道："五楼。"

"不高。"孟辉勾着人往染青的铁门里走，推开铁门似笑非笑道，"爬不动我背你？"

林琦一言难尽地看了他一眼，眼神里写满了"有病"这两个字。

夏天天气热，正是吃晚饭的时候，许多人家里开着防盗门，留一道纱门，饭菜的香味和说话的声音混杂在一起，形成了一股让人留恋的烟火气。

"我看你今天是不想好好吃这顿饭了！"

一声咆哮般的怒吼传来，紧接着就是砸东西摔门的声音，林琦听到"咚咚咚"的脚步声后，反应迅速地转过去靠墙，躲在孟辉身后，短促道："别动！"

瘦高的男人怒气冲冲地从孟辉身边擦过，下楼梯的声音大得像是要踩塌这栋年久失修的筒子楼。

孟辉的眼神顺着男人下去之后收回，偏过脸望向藏在他身后的林琦。楼道里灯坏了，那张白生生的脸隐没在黑暗之中，透出一点皮肤的光泽和惊慌的表情，对上孟辉晶亮的眼睛，林琦立刻垂下了头："我到了。"

孟辉向前跨了一步，看到了楼上打开的门，回头看了一眼抱着书包站在楼道边上的林琦，可怜巴巴的。

"你爸？"孟辉漫不经心道。

"嗯。"林琦垂着眼道。

"大人吵架，跟小孩子没什么关系，你就这么想吧，总比像我这样没爸没妈的强。"孟辉语气和缓地安慰道。

那双长睫毛拢住的大眼睛"哗啦"一下打开了，轻轻瞪了孟辉一眼。

"刚那是我后爸。"

孟辉笑了，露出一口整齐的牙齿："不早说。"

林琦忍无可忍地抱着书包撞开了人，噔噔噔地上楼，进屋、关门一气呵成。

孟辉靠在楼道脱了皮的墙壁上，目光落在那扇掉漆的棕门上，手指和嘴唇都在发抖，从长裤口袋里掏出一支被揉得皱巴巴的烟。孟辉又笑了，自言自语道："我怎么不记得我以前就混成这么个德行。"

从富贵万丈一下掉到了一无所有，可孟辉觉得还挺高兴的，嘴角的笑都停不下来，抬头又看了一眼林琦家的方向，活生生的林琦，真好啊。

身边劣质的香水味一闪而过，烫着卷发的长裙阿姨满含警惕地看了站在楼道口的孟辉一眼，把背在身侧的小包悄悄挪到了身前。

孟辉自嘲地一笑，卷了皱巴巴的烟，摇摇晃晃地下楼了。

剧情再次发生了变化，林琦关上门之后已经镇定下来，变就变吧，走一步算一步，他现在对完成任务也没有最初那股澎湃的激情了。

"你还有脸回——"尖锐的女声在看到门口单薄的林琦时瞬间收住，林月娥尴尬地抚了一下长发，"琦琦回来了。"

"嗯。"林琦抱着书包，看了一眼凌乱的客厅，茶几上的饭菜洒了一地，番茄汤泼在了沙发上，一片淡红的痕迹，地上滚落的酒瓶子里还在汩汩地流出酒液。他收回眼神,轻声道,"我去写作业。"

"去吧。"林月娥眼眶红红的,显然是哭过了,在林琦面前还是强撑起笑容,"妈给你煮点饺子。"

"不用了,今晚上自习的时候,同学给我面包吃了,我不饿。"林琦抱着书包往他的小房间走。

林月娥道:"你等会儿写着写着不就饿了,不想吃饺子,那妈给你泡点麦片,你饿了就喝,好不好?"

林琦点了点头,没有再拒绝林月娥的关心。走入狭小的房间,林琦放下书包,有点烦闷地坐到书桌前。

林琦在这个世界的设定是个家庭遭遇变故因而辍学的优秀少年,跟了本就在外混生活的孟辉做他的小弟,从此开启了孟辉成为大亨的传奇一生。

以前林琦做任务非常专注,所有人在他眼里都是NPC,也没关心过谁,可今天他一进入这道门,看到客厅里凌乱的场景,就不由自主地觉得林母挺可怜的,原生婚姻不幸,再婚又遇人渣,毁了自己和孩子的一生。

一切好像都只是设定,可一切又都是那么真实,就像杜承影给他的感觉一样真实。

"咚咚!"

门被敲响了,林琦打起精神坐直,高声道:"请进。"

林月娥推开门,手上拿着一个小碗,面上已经完全不见之前狼狈的样子,清清爽爽的,把还冒着热气的小碗放到林琦书桌上。

"喝完了就放那儿,明天你上学后,妈给你收拾。"

"谢谢……妈。"林琦略有点别扭道。

林琦是为叫妈妈别扭,林月娥却误会是家里的事情又让林琦难受了,她弯腰摸了摸林琦的头发,安慰的话到了嘴边却无从说起。林琦七岁就没了亲爸，十五岁有了后爸，家里却是争吵不断，林月娥忍住眼眶的泪水，柔声道："你学完了，就冲个澡去睡觉，妈有事出去一下，别学太晚。"

"嗯。"林琦知道她是要去找那个离家出走的丈夫了，小声道，"你也别太晚，外面不安全，早点回来。"

林月娥很久没听到儿子关心的话语，高兴道："你放心，妈妈很快回来。"

门被带上之后，林琦又蔫了，趴在书桌上，手拉着书桌上台灯的开关，一开一关。

系统："不想学就睡吧，反正过半年就辍学了。"

林琦道："你怎么不去看综艺了？"

系统："完结了，综艺荒。"

林琦没滋没味地"哦"了一声。

系统看着他半死不活的样子，警告道："你可打起精神，孟辉比杜承影难对付多了。"

林琦气道："我没有对付杜承影！"

系统："随便你，我找电影看去。"

林琦："谢谢，不送。"

系统：小合成人长脾气了……

第二天，林琦醒来，抱上坏书包出了房门，没看到林月娥，客厅里也还是一片凌乱。他把碗里的麦片倒进马桶冲干净，洗了碗放回碗橱，洗漱之后叹着气下了楼。

抱着怀里一晚上没打开的书包，林琦蔫蔫地往学校走，头歪在一边，满脸的心事。冷不丁地怀里的书包被人提走，林琦顺着书包转过去，意料之外情理之中地看见了孟辉。

孟辉还是跟昨晚一样，宽松外套白背心，下巴长出了一点胡楂，笑得懒洋洋地看着瞪大眼睛的林琦："走路怎么魂不守舍的，小心摔了。"

"你干吗？把书包还我。"林琦不悦地伸手。

"吃早饭了吗？"孟辉答非所问，把书包甩到身后，眼睛锐利地在林琦嘴唇上滑过，"嘴上起皮了，缺维生素。"

"你……"林琦语塞了半天，憋出一句，"你管得着吗？"

孟辉伸出长臂，又是一把搂住了林琦："我请你吃早饭。"

"我吃过了，我不吃。"林琦挣扎着扒拉孟辉绕在他脖子上的胳膊，奈何力量悬殊太大，半点成效未见。

"没有咖啡和三明治，豆浆油条吧，怎么样？"孟辉自顾自道。

林琦绝望地放弃了挣扎："你这人怎么这样。"

"我怎么样？"孟辉垂眼，锋锐的眉骨上挑，"葛建军把你吓得瑟瑟发抖，你倒是一点也不怕我。"

林琦被孟辉说得怔住。孟辉的俊脸骤然靠近，近在咫尺地露出了一个灿烂的笑容："窝里横啊。"

林琦屏住呼吸，一个字也不敢说，生怕让孟辉这拥有野兽一样直觉的男人看出什么。

孟辉挪开了脸，放松道："相逢即是有缘，"眼角瞟了乖巧下来的林琦一眼，"还记得叫我什么？"

"辉哥……"林琦不情不愿道。

孟辉揉了揉他柔软的短发，将他的头发揉得蓬乱之后，才心满意足地停止了蹂躏他头发的动作。

一片凌乱的林琦心道这人到底几岁啊？

孟辉拉着林琦去早餐铺吃了豆浆油条，林琦没什么胃口，孟辉盯着他吃，他没办法，只好食不知味地吃了起来，权当做任务了。

孟辉靠在早餐铺子的塑料椅上，看着一脸蔫蔫的林琦，懒洋洋道：

"年轻的时候，感觉什么事都是天大的事，我告诉你，这世界上其实只有两件大事。"

"什么？"林琦在孟辉的虎视眈眈下接了话。

"吃饭，"孟辉飞快道，似笑非笑地看了林琦一眼，"谈恋爱。"

"谈恋爱"这三个字让林琦差点没把嘴里的豆浆给喷出来，他咳嗽了两声，把嘴里的豆浆咽了下去，低头躲着孟辉，飞快地起身道："我要迟到了。"

孟辉抄起手边的书包："走。"

到了校门口，林琦对身边的孟辉道："书包还我。"

"给。"孟辉没再为难林琦。

孟辉好多年没进过校门了，他大一的时候休学了，但老师给他保留了学籍，让他想读书的时候再回来，可是他却一直没再回过学校。公司上市的时候，林琦催着他去弄个文凭回来，说好歹以后也是上市公司老总了，大学肄业传出去不好听，他不乐意，还冲林琦发了一通火。

林琦当时也辍学了，但他还能坚持自考重新上大学、读硕士，浑身上下一股精英味。多年以后，年轻气盛的棱角从身上淡去后，孟辉才能承认，他当初就是自卑，越是觉得自己比不上林琦，就越是摆出一副不在乎无所谓的态度。

"政教处"三个大字印在门上，孟辉深吸了一口气，敲了敲门。

林琦进了教室，随便找了个座位，开始发呆。

"林琦，"坐在门口的同学传来呼唤声，"有人找。"

林琦放下书包出去，葛建军跷着一条腿靠在走廊的墙壁上，黄发枯草一样散开，眼里闪着恶劣的光："林琦，早啊。"

"你干吗？"林琦往后退了半步，"这里是学校。"

走廊上学生人来人往人声鼎沸，葛建军也不怕人听见，毫不避讳道："我告诉你，昨晚那个小王八蛋抢了我八十块钱，我给你算个整，一百，你看你怎么还吧。"

"谁抢你的，你找谁要去。"林琦转身直接进了教室。

葛建军"呸"了一声："在学校里挺横，看我怎么收拾你。"说完他一瘸一拐地转过身，可才走到走廊拐角口，就看见了昨天那个打眼的高个子，吓得他直接躲进了身后的一个教室。

"想继续读书是好事，你爸爸要是还在，看到你愿意上学，肯定很高兴。"张主任拍了拍孟辉的肩膀，"好好读，别捣蛋，知道吗？"

孟辉沉稳道："我会努力的。"

"加油，我一直都看好你。"张主任道。他是看着孟辉长大的，当年这孩子闹着要退学，他左右劝不住，好歹给改成了休学，学籍保留着，想回来读书的时候，还是能回来读书。这会儿得知孟辉要回来读书，张主任别提多开心了。

"就跟着大一的同学一起读，别担心。"

孟辉脚步停住，抬头看了一眼张主任："您放心，我跟得上。"

上课前的喧闹因为张主任带着人进来而停下。

"好了，同学们都停一下，都坐好。"张主任是建筑系大一的辅导员，把孟辉放在自己带的班他放心。

"那么，今天，我给你们介绍一个新同学……"

孟辉定定地看着低头在看书的人，所有人都抬头在听，只有林琦，脸埋在胳膊里，单薄的肩膀在宽大的外套里拱起，显得格外孤独。

"好，大家一起欢迎孟辉。"

埋头的林琦忽然听到孟辉的名字，猛地抬头。

高得出奇的个子，短得不能再短的头发，乌眼珠，高鼻梁，脸上懒洋洋的，不是孟辉是谁？

林琦惊讶地瞪大了眼睛，这人说好的讨厌学校一辈子不会再跨进校门呢?

"你就先跟班长坐吧,有什么问题都可以问他。"张主任指了指林琦身边的空座位。

孟辉"嗯"了一声,眼睛盯着惊讶的林琦,脚步挪动了一步之后回身,一副才想起的样子,对张主任道:"张老师,我没书。"

"那个……"张主任扫了一眼,眼神落到明显盯着他们的林琦身上,"班长林琦,记得带孟辉去仓库领套新书。"

林琦呆呆地坐着,连答应一声都忘了。张主任说完就走,也没在意他回不回答。孟辉靠在门边,对林琦笑了笑:"班长,帮个忙?"

林琦心情复杂地缓缓站起身,他在班里没什么朋友,否则肯定托人带孟辉去了。他不怎么情愿地走到孟辉身边,一言不发地往教室外走。

孟辉笑了笑,安静地跟了上去。

人潮之中,林琦低着头走得飞快。孟辉不远不近地跟着,心想这小子还是那么开不起玩笑,一点小笑话都能让他冷脸半天,偏偏自己就是改不了想逗他的坏毛病。

葛建军躲在门背后,看着孟辉跟在林琦身后,魂都吓没了。

教室里的其他同学看到这个出了名不好惹的不良学生也是敢怒不敢言,等葛建军一出去,立刻就把门关了。

仓库在学校明理楼的一层拐角,林琦闷着头走到仓库,见仓库门紧闭着,敲了门也没人应,憋着的那股气不由得叹了出来。

"人不在?"孟辉靠在墙边,随意道,"等等吧,又不着急。"

林琦不理他,沉默地转过身,却被孟辉拉住了胳膊。

"你干吗?"林琦紧张道。

孟辉一言不发,发亮的眼珠幽幽地盯着林琦,缓缓道:"不就早上跟你开了个玩笑,怎么那么大脾气?"

林琦挣了下手臂，没挣开，低头服软道："我没生气，你松手，我去找仓库老师。"

"我跟你一起去。"

"那我们都走了，万一仓库老师回来了呢？"

"那就再回来。"

"你……"

"哟，干什么拉拉扯扯的，"看管仓库的阿姨捧着个大搪瓷杯子过来，眯着眼笑道，"不要打架哦。"

林琦的脸瞬间红了。

"不打架。"孟辉松了手，对着仓库阿姨礼貌道，"老师好，我们来领套书。"

林琦瞟了他一眼，这个大奸商在这一世里提前把他在商场上那套装模作样给拿来用了，流氓气质收放自如，除了过于突出的外表之外，现在俨然就是一个学生样。

"大几的？"阿姨掏出一大串钥匙开门，看了一眼孟辉，笑眯眯道，"你大三了吧？"

绷着脸的林琦忍不住"扑哧"笑了出来。

孟辉偏过头看了一眼林琦怎么压也压不下去的嘴角，平静道："大一。"

开学还没多久，教材就在仓库门口堆着，孟辉拎了一套书，跟阿姨道了谢。林琦全程一言不发地站在他旁边，见孟辉拿完了书扭头就走。

"走那么快干什么？"孟辉三步并作两步地走到林琦身边，"不待见我？"

林琦小声道："我凭什么要待见你。"

孟辉勾了勾嘴角，那点散漫的气息又不加掩饰地散了出去："好歹昨晚也救了你吧。"

"谢谢。"林琦飞快道，一副想划清界限的模样。他可以等以后孟辉创业了好好帮助孟辉，其他的就敬谢不敏了。

孟辉也没想到少年林琦防备心这么重，微笑道："光口头感谢？"

"你要钱？"林琦故意道。

孟辉脸上的笑容果然淡了："交个朋友，不行吗？"

"我不跟学习成绩差的人交朋友。"林琦冷漠道。

孟辉又乐了："具体呢？"

林琦停下脚步。在他的印象里，孟辉极度讨厌学校，他有个任务节点要劝孟辉回去上大学，还跟孟辉吵了一架，这样的孟辉能是学霸才有鬼。林琦苛刻道："拿不到奖学金的都算差。"

"那你的意思是，"孟辉随手把手里拎的书放到一旁的花坛上，觉得小孩一样的林琦挺逗的，饶有兴致道，"拿到奖学金，你就跟我做朋友？"

"那也说不好啊，我还有很多其他标准的。"林琦滴水不漏，一点不给孟辉钻空子的机会。

孟辉瞥了一眼林琦身后，又四下打量了一番周围。林琦眼神顺着他也看了一圈，满脸写着疑惑地望着他。

"我看了一下，这里前后左右都没人……"孟辉声音低沉，"我问你最后一次，交个朋友，行吗？"

林琦："行……"

孟辉憋住笑意，依旧沉着嗓子："叫我什么？"

"辉、辉哥……"林琦再一次服软道。

孟辉不紧不慢道："记住了，下次别叫错了。"

林琦点点头，孟辉稍微让着他点，他就情不自禁地飘了起来，差点忘了孟辉资深奸商的身份。

"不管你有什么样的要求标准，"孟辉缓缓起身，拎起花坛上的书，眉骨挑起，放肆又狂妄，"我要当你的例外。"

到了午饭的时间，班里的同学三三两两结伴去食堂，林琦一个人坐在教室里，奋笔疾书地刷着题。

他热爱学习，学习才能带给他忘却当下现实的快乐。

"去吃饭。"头顶传来低沉的声音。

林琦头也不抬道："我不饿。"

"不饿就陪我吃。"

林琦攥笔的手顿住，恨不得抬起笔往孟辉胳膊上戳两下，大家都是男主角，都是得"双百分"的人，怎么这个孟辉身上就有一股浑然天成的欠揍味？他以前竟然没发现。

"我没带饭，"林琦抬起头，破罐子破摔道，"也没带钱。"

大学门口有一条小吃街，最火爆的就是其中一家麻辣烫，老板把锅架在门口，麻辣的香气能在夏日的热风中飘得很远，吸引了无数中午出来打牙祭的学生。

葛建军一人就霸占了两个位置，没人敢跟他拼桌，他吃着一碗重辣的麻辣烫，辣得他时不时喝口水。

"咚咚！"干净有力的指节在他桌上敲了两下。

葛建军抬头正要骂，对上孟辉平静的脸，吓得嘴里的粉都滑下去了。

孟辉嫌弃地皱了皱眉，大拇指往后伸了伸："你吃完了？"

葛建军不敢反驳，哆哆嗦嗦地起身。

"等等，"孟辉淡淡道，"碗拿走，桌子擦干净。"

葛建军小声道："哥，我打包行吗？"

孟辉轻轻瞥了他一眼。

"我这就收拾！"葛建军面如土色地一手端碗，一手抽了桌上的餐巾纸麻利地擦拭桌上的油点子。

"辉哥，能别吃这个吗……"林琦的话在看到葛建军时停住，两人大眼瞪小眼，一起愣住了。

"看什么？"孟辉一开口，葛建军立刻夹紧了尾巴，把手里的餐巾纸扔到碗里要走人。

擦肩而过时，林琦注意到葛建军狠狠瞪了他一眼，他受了半天的气，此时终于冒出点小小的恶劣，飞快地走到孟辉身边小声道："他今天骂你是小王八蛋。"

那一瞬间，毫不夸张地说，孟辉心里噼里啪啦地燃起了烟花。如果他稍微看点娱乐新闻或者电视，他就应该知道怎么形容这种感觉——被萌坏了。总是一本正经公事公办的林琦……居然偷偷地向他告状。

孟辉面上不动声色，微一低头："晚上揍他。"

一开始林琦对麻辣烫是拒绝的，但真的吃下第一口之后，林琦神奇地发现他的胃口回来了。辛辣的味道刺激着他的鼻腔和眼睛，眼睛里冒出了生理性的眼泪，舌头也疼，鼻子也呛，可没来由地觉得很痛快。

或许是积压在心里的悲伤从来没有真正散去过，林琦吸了吸鼻子，放了筷子，用手背抹了下眼睛，狼狈掩饰道："好辣。"

"坐这儿等着。"孟辉没有揭穿林琦，起身走了出去。

林琦放下手，扭头望向门口弯着腰的高大身影。不知道是不是他的错觉，他隐隐约约觉得孟辉在某些时刻给他带来一点与杜承影相似的感觉，见孟辉往回走了，他忙扭过脸继续吸鼻子。

不过一会儿，冰凉的触感贴在脸颊边上，林琦抬起眼。

"吃吧，不会那么辣。"孟辉个子很高，站在他面前，像一座永远不会倒下的山。

林琦把脸颊边的冰棍拿下，轻声道："谢谢。"

他们两个人虽然来得晚，但因为"打劫"了葛建军的座位，省去了排队的时间，所以离开得还挺早。

林奇是走读，不像其他同学，可以在宿舍休息，中午他趴在空教室的桌子上，又开始召唤起系统。

"孟辉真的对我好感度100%吗？"

系统："不会错的，这两个指标要是有浮动，我会通知你。"

林琦郁闷道："那他为什么要欺负我？动不动就来揪我的头发。"

系统愣了一下，心想合成人果然头脑简单："我不想跟你解释不是因为我解释不了，而是因为我要继续看电影。"

林琦："你走吧，反正你对我的好感度也一定很低。"

系统沉默了一下，缓缓道："你想知道我对你的好感度吗？"

好奇心瞬间占据了上风，林琦道："想。"

系统："你个笨蛋，系统对协调者没有好感度模块，谢谢。"

林琦："……"

下午的课开始之前，张主任叫了林琦去办公室，单独训了一下林琦，又关心他最近是不是有什么特殊情况，怎么有点不对劲。

林琦低着头道："老师，我没事，就是……家里有点事。"

家里的事，张主任就不方便再问了，安慰了林琦几句，最后交代林琦——"你作为班长要多帮助关心新来的同学。"

林琦郁闷地走出张主任的办公室，过了走廊拐角，一头撞上了一个人。孟辉修长有力的手臂扶稳了他："老是喜欢走路不看路。"

林琦才不想说他看见了，用尽全力就想撞孟辉一个人仰马翻。

只是没想到孟辉的胸膛如此坚硬，简直比他的头还硬，撞得林琦自己额头都疼了。

林琦真正笑出来是晚上从图书馆出来的时候，葛建军看到他和孟辉走在一起，连滚带爬跑得比兔子还快，一头黄毛在风中凌乱。

林琦看着葛建军抱头鼠窜的样子笑得很开心，见牙不见眼。

孟辉是第一次看林琦那么笑，那种纯粹的快乐他一次都没在记忆中的林琦身上看到过。即使是两人合伙的公司上市敲钟时，林琦也只是淡然地勾了勾嘴角，端着水晶酒杯矜持地跟他说一句"Cheers"（干杯）。

孟辉望着笑得书包都快抱不住的林琦，心想他之前过得可真是失败透顶。

"咚咚！"

房间的门被敲响了，林琦回头，林月娥已经推了门进来，脸色有点严肃："琦琦，妈妈有话跟你说。"

"妈，你说。"林琦忙放下了手中的笔，转过身坐得端端正正地看着林月娥。他现在已经很有做儿子的心得，完全投入到了角色之中，叫林月娥"妈"也一点都不别扭了。

听话懂事的儿子一直是林月娥最大的骄傲，她在商场做百货销售，白班晚班来回倒，没有太多的时间去管林琦，幸好林琦一直乖巧懂事，无论是生活上还是学习上，都很少让林月娥操心。

"琦琦，你老实告诉妈妈，你最近是不是交什么坏朋友了？"林月娥忐忑道。

林琦微微睁大了眼睛。

林月娥一看他这个反应，心立刻就沉到了谷底，脸色灰暗道："你马上跟那个男孩子绝交。"

既然说是男孩子，林琦百分之百肯定林月娥说的是孟辉了。

上一局的孟辉现阶段应该在街上游荡到处收保护费，而现在的孟辉已经老老实实上学一个月了，就不说算是个好学生吧，也跟"坏"字搭不到什么边。不过有时候真是挺坏的，林琦想到孟辉时不时地就要捉弄一下他就有点气得牙痒。平复了下心情之后，林琦道："我没有跟坏学生交朋友。"

"楼上赵阿姨都看到了好几回了，你跟一个看上去就不太听话的男孩一起回家，是不是？"

林琦：噗，有点想笑。

"妈，真的不是，"林琦无奈道，"那是我们班新来的同学，张老师说让我这个做班长的多带带他，他也是本市人，没有住校，我们回家也顺路，所以我俩就走得比较近点。"

林月娥还是不放心："都到家门口了，什么时候你让他上来，我也认识认识，妈以前也没听过你交什么朋友。"

林琦脸色有点黯淡，林月娥说是关心他，其实早已经自顾不暇，对他的学习交友情况完全不知情不说，连他的书包坏了都一直没发现。

自从一个月前他继父出走过一次之后，就不住家里了，只是时不时地回来一趟，也是捽捽打打拿钱就走。林月娥暗地里总是在抹眼泪，林琦想安慰她，也无从开口。

"好，有机会我让他上家里来。"

"乖，"林月娥脸色缓和了，"妈去上夜班了，你学习完早点睡，大小门窗都关紧了。"

林琦"嗯"了一声，目送着林月娥出了房门。

其实她也就四十岁不到的年纪，却有不少白发掺杂在黑发里显得格外刺目，岁月从来不曾善待过她，林琦叹了口气。

"系统，我能改变林月娥的命运吗？"林琦小声道。

系统没有理他。

林琦伸手拉了台灯开关，忽然想笑自己，他连自己在小世界里的命运都左右不了，还怎么谈帮助别人改变命运呢？

夕阳西下，伴随着蝉鸣，一个个小摊贩出现在了学校道路两旁，等待着课程结束后的那群皮猴子。

很快，铃声响起，下课的队伍热热闹闹地出来了，三五成群地点燃了沉闷的夏夜。

空气中弥漫着各种刺激人鼻腔味蕾的味道，烤串、炒饭、鸡蛋饼、冰棍，甜的咸的辣的交织成一张挑逗人食欲的网。"刺啦刺啦"的烤肉声，"啪"的一下点燃煤气灶的声音，最响亮的还是少年们放松的笑声。

林琦手里拿了根烤肠，忧愁道："我都胖好几斤了。"

"没那么夸张。"孟辉弯着腰，从保温箱里挑出一支林琦喜欢的香草口味冰激凌，付了钱递给林琦，"拿着。"

林琦挣扎了一下，还是接了过来，夏天的黄昏，一口烤肠一口冰激凌，简直就是天堂。

两人从人群中挤出，走向回家的路。

冰激凌化得快，林琦两只手不够用，先两口解决完了滚烫的烤肠，嘴上还油滋滋的，又赶紧开始舔手上剩下的冰激凌。

孟辉单手拎着林琦坏了的书包，不紧不慢地走着这一段他现在很熟悉的路，偶尔余光瞟一眼吃冰激凌的林琦。

林琦吃冰激凌很认真，从底部开始吃起，一点点刮到顶端，严肃得像是做什么很细致的工程，一双忽闪忽闪的大眼睛透着一点干净的星光。

"好吃吗？"孟辉沉静道。

林琦警惕地猛吸了一口冰激凌："干吗？"

"我尝尝。"孟辉道，作势要将脸凑过来。

林琦飞快地背了过去："你、你想吃自己回去买。"

孟辉弯着腰靠向林琦，夜风吹过他那件陈旧的外套，呼啦一下像飞出了一群鸽子，长长的影子把林琦整个人都罩住了。孟辉带着笑意道："这支不是我买的吗？"

林琦不好意思地红了脸，虽然一开始是孟辉拉着他去吃夜宵的，他也没法反抗，但沉迷路边摊的人也确实是他。

"我给你钱。"林琦掏了掏口袋，掏出三个硬币回身塞到孟辉手里，"去吧。"

硬币黏糊糊的，沾了林琦手上化开的冰激凌，孟辉攥紧了放回口袋，站直了懒洋洋道："怎么跟你辉哥说话的？"

林琦舔了一口化开的冰激凌，心道又来了，忍辱负重道："那辉哥，我回去买？"

孟辉重新迈出了脚步："今天算了，明天放假，请我吃饭吧。"

林琦满脸不情愿，随即又想起了林母的嘱托，灵机一动道："行啊，明天上我家吃饭怎么样？"

孟辉再次伸手勾上林琦的肩膀，林琦第一反应是一口把剩下的冰激凌全塞进了嘴里，这样做的后果就是"嘶嘶"地龇牙咧嘴，活像是被烫到了一样，清秀的五官全粘在了一起。

"我不吃葱不吃姜不吃香菜。"

林琦边咽下最后一口冰激凌，心道还挺好意思提要求的，闷闷地"哦"了一声。

送林琦到楼下后，孟辉没上去，之前好几次都撞见楼上那个烫卷发的女人，每次都用防备的眼神看他。为了不给林琦惹麻烦，孟辉在楼下跟林琦告了别："走了，明天中午我过来。"

"拜拜。"林琦蔫蔫道，心想这日子什么时候是个头啊。满打满算，离他被车撞死也还有十年，十年，太长了。

"想被车撞死？"系统凉凉道。

林琦被吓了一跳："你怎么突然又回来了？"

系统没回答他这个问题："你现在是在消极做任务知道吗？"

林琦无法反驳，他是挺消极的，孟辉100%黑化值他连想都不去想。林琦打起精神，稍微给自己辩解了一下："孟辉现在又上学了，那也算他往好的方向在变化吧。"

系统冷冷道："在上一个世界我就提醒过你，用心去关注小世界的人物，孟辉是孤儿，他现在上学了，住哪儿，靠什么养活自己，你都了解吗？"

林琦被系统劈头盖脸地都问傻了。

系统："你到底还要逃避到什么时候？"

楼道里灯坏了，一闪一闪的，林琦抱着旧书包，白皙的脸半明半昧。他定定地站着，灵魂像是出了窍，来到了很远很远的海边，微咸的海风吹起那人乌黑的长发，以及宽大的长袍，那人回眸一笑，君子无双。

"系统，我想知道杜承影现在的情况。"林琦喃喃道。

系统直接道："办不到，你当他死了吧。"

林琦用力抱紧了胸前的书包，呼吸有些急促，良久才平复了心情："系统……我真的再也见不到杜承影了吗？"

系统没有停顿地立刻回答道："是的。"

林琦缓缓道："我知道了。"

系统以为林琦的"知道了"是接受现实，没想到林琦开了门，发现家里没人直接进了自己的房间，书包一甩，扑床上就"呜呜呜"地开始哭。

系统：现在就是后悔，非常后悔。

"别哭了……"系统咬牙切齿道。

林琦抽噎："我哭、哭也碍着你了吗？你……嗝……你滚去看电影吧，呜呜呜……"

系统：真的出息了，竟然叫我滚？

系统勉为其难地哄道："木已成舟，你伤心也没有用，就别想了，你要是像现在这样不思进取不求上进，到时候完不成任务，不给你们合成人丢脸吗？"

系统这句话戳中了林琦的心事，作为唯一一个顺利通过协调者测试的合成人，林琦一直是很骄傲的。

"我会努力做的，"林琦抹了把眼泪，吸着红红的鼻子小声道，"我也不想忘了他。"

系统敷衍道："行行行，随便你。"

林琦眨了眨眼，用力忍住眼眶的泪水，再次将头埋入胳膊之中。

林月娥一晚上没回来，到了白天也还是没回家。林琦打了个电话给她，林月娥说要给同事代班，晚上才能回来。

林琦本来想跟她说孟辉会来，听她这么一说，把话咽了回去："妈，你辛苦了。"

"不辛苦，你还有钱吗？中午你去楼下买碗馄饨吃好了，门口鞋柜里有个蓝色的饼干盒，里面我放了钱，你去翻。"

"好。"林琦挂了电话，心想等孟辉来了请他吃碗馄饨算了。

到了快中午的时候，门那儿传来了响动，林琦忙从房间走出来迎接孟辉，却不想是继父孙重海。孙重海头发凌乱，眼珠通红，一副宿醉的模样，对站在房间门口的林琦喝道："你妈呢？"

"妈有事出去了。"林琦没有说林月娥在商场上班，怕孙重海去百货商场找林月娥麻烦。

孙重海不理他了，开始翻箱倒柜，如若无人般把客厅的茶几下、冰箱、电视柜都翻了一遍，又进了他和林月娥的卧室，没过一会儿出来，口袋里明显鼓了点："臭娘们，藏内衣里。"

孙重海随手从冰箱里拿走了两瓶牛奶才尽兴地完成了扫荡，摇摇晃晃地走到门口，却被门外高大的身影吓了一跳："谁啊！"

孟辉垂下眼看着这个满脸酒气的中年男人，他面无表情一言不发，寸头在阴暗的楼道里格外瞩目，只是静静地站着，甚至在人看清他的五官之前，就已经先散发出了不好惹的气息。

孙重海本能地感觉到危险，也不管身后就是他的家、他的继子，头也不回地一侧身从孟辉身边挤了出去，逃窜一般地下了楼。

"你来了……"林琦站在自己的房间门口，小声道，"不好意思，我家里没大人做饭，我也不会，要不我们去楼下吃一碗馄饨吧？我请你。"

孟辉进了门，关上防盗门，脱了鞋，光着脚走到林琦面前，凝视了林琦一会儿，淡淡道："眼睛肿了。"

林琦尴尬地揉了揉眼："昨晚没睡好。"

孟辉忽然低了头，凑到林琦耳边，轻声道："我让他消失，怎么样？"

上一局林琦死的时候，孟辉公司刚上市不久，当时孟辉年少有为非常轻狂，与林琦在公司经营上产生了分歧，在公司内部逐渐开始架空林琦的权力。林琦与孟辉在一次会议后大吵一架夺门而出，然后出门就被车撞死了。

联盟设定这个下线情节是要给当时春风得意的孟辉一个当头棒喝，让他沉下心来脚踏实地地做事业，是孟辉这个人物完成质的蜕变的重要节点。

系统："蜕变了，黑化了。"

孟辉的呼吸就在耳边，少年的气息清爽又干净，可林琦清楚地意识到现在在这具少年躯体内的是黑化值满点的大佬孟辉，就算孟辉平时表现得再像个少年，他的骨子里也已浸透了狂傲。

林琦这才意识到系统说的"孟辉比杜承影难对付多了"是什么意思。

孟辉勾唇一笑："开个玩笑。"他四下环顾了一眼，客厅里被翻得很凌乱，"别吃馄饨了，收拾一下，我带你去吃顿好的。"

林琦耷拉着脸，看着孟辉排队的背影，再次感到迷惑，孟辉这是薛定谔的心智吗？

薯条、炸鸡、汉堡、可乐，经典又熟悉的香味，店里学生不少，还有一些拿了书的，男孩女孩面对面坐着，笑容羞涩明亮。

孟辉端着餐盘回来，顺着林琦的目光望过去，眼神也放柔了。他还记得他与林琦一起吃的第一顿饭就是在快餐店里，满脸伤痕的林琦冷着一张单薄的小脸，狠狠咬着汉堡，泪在眼眶里倔强地不肯落下。

餐盘放下，孟辉高大的身影挡住了林琦看小情侣的视线。林琦歪了歪肩膀，依旧兴致勃勃地看着，小声兴奋道："哎，那两个好像是我们隔壁班的。"

建筑系有两个班，林琦作为一班班长，时不时要跟二班接触。

"是吗？"孟辉分了汉堡放在林琦面前，"不认识。"

"你成天都躲在班里，当然不认识了。"林琦低头拿了汉堡，闻了一下，一丝丝的辣味，他喜欢的口味。

孟辉淡笑不语，他对跟小孩交朋友没兴趣，除了面前这个吃了满嘴沙拉酱，一下把所有烦恼都抛诸脑后的林琦。是谁让这么可爱灵动的林琦变得冰冷而充满防备心的？真该死。

"你这个十二块。"孟辉不紧不慢道。

"我请，"林琦指了指孟辉面前的餐盘，"今天说好了，都我请。"

孟辉笑了笑，抬起了手。

林琦立刻往后一躲，左右看了一下，小声道："这么多人呢，别摸我的头。"

"谁说我要摸你的头了？"孟辉漫不经心道。

面前的林琦活像只防备的小仓鼠，圆溜溜的眼睛闪着警惕的光，又不敢真的逃走，躲避着人伸进笼子的手指，躲不掉也只好享受人的抚摸，乖巧极了，孟辉的目光放柔了。

吃完了一大盘的垃圾食品，林琦又撑又满足，抱着冰可乐边吸边打着小嗝。

孟辉没怎么吃，只吃了个汉堡，捻了几根薯条，他对这些垃圾食品没什么兴趣。

"好，吃完了。"林琦放下可乐掏口袋，一张一张地数着纸币。他没动鞋柜里的钱，这些全是他平常省下来的零花钱，数清楚了，连纸币带钢镚一起放到桌上，"给你。"

孟辉瞟了一眼摊得平平整整的钱，没拒绝，直接一把抓了过去塞入口袋。

"那……回去了？"林琦试探道，"我想回家学习。"

只有知识，才能改变命运，系统不肯告诉他答案，他就只能自己去尝试。

孟辉冷不丁道："今天是我生日。"

林琦愣住了，他完全不记得孟辉的生日。憋了半天，他小心翼翼道："祝辉哥生日快乐。"

孟辉双手交叉垂在桌下，短得贴头皮的头发在这一个月稍微长长了一点，但还是粗硬地挺着，长短不一又凌乱，让孟辉整个人的气质显得更加狂放。

"没礼物吗？"孟辉嘴角带笑，又是林琦熟悉的逗弄人的态度。

林琦双手摩挲着可乐杯子，眼神游移道："我请客了呀。"

孟辉似笑非笑地看着林琦面前的一堆食物垃圾。

林琦的脸顿时红了，说是请客，大部分都是他吃的。

"你想要什么，我暂时没钱，我攒钱给你买。"

孟辉道："我想要的礼物，你不用攒钱也能送。"

林琦咽了下唾沫，没接话。

孟辉道："接下来我要做的事，你不许拒绝，就是给我的生日礼物了。"

林琦低着头，小声道："那还是要看什么事的。"

孟辉直接起身，提溜起林琦的衣服领子把人拉起，目光中映照出林琦惊慌失措的脸孔，带着威胁的意味道："由不得你。"

"重吗？"

"还行……"

"手再用点力。"

"别用力了，"林琦拉了拉孟辉的胳膊，一起躲避了售货员的目光，小声道，"万一扯坏了怎么办？"

孟辉单手掂了掂他背上的书包："不买个结实点的，又像上个书包一样带子坏了怎么办？天天抱着上学跟抱孩子似的。"

林琦轻轻瞪了他一眼，抬手放下背着的书包："你过生日，为什么给我买书包？"

"你管不着。"孟辉淡淡道。

林琦被气得噎住，把书包挂回货架："我不要。"

"不要也得要，"孟辉又重新摘下来，"就这个了，轻便结实。"

林琦刚被孟辉强行背上书包时就已经看过了，这个书包的标价是588元，对于孟总来说，当然是九牛一毛，但对于现在的孟辉来说，却是一笔巨款，林月娥一个月的工资才1500元，588元的书包绝对算是奢侈品了。

"我真的不要。"林琦急道。

孟辉垂眸瞥了他一眼："一个月了，老是背那破书包，想背到毕业？"

"我书包坏了，我自己会换的，"林琦拉了孟辉手里的书包带子，急得眉毛都快拧起来了，"你快放回去。"

"真不要？"孟辉挑眉道。

"不要。"林琦语气重重道。

孟辉也没再勉强了，把手上这个当下最时新的书包挂了回去。

林琦松了口气。

孟辉转手又拿了一个书包，比起刚刚那个帆布与牛皮拼接的书包，现在他手上提的只是一个很简单的帆布书包："那试试这个。"

"我都说不要了。"林琦回避道。

孟辉转了一下书包上的价格标牌，白色标牌上黑色数字显眼地写着188元："这个不贵。"

比起刚刚那个夸张的"588元"，这个"188元"看上去就好多了，其实价格也不算便宜，但是人对数字的认识上，一百多与五百多可差得远了。孟辉在商海混了这么多年，这么一点小伎俩拿来哄小孩还是没问题，他半强迫地让林琦背上了书包。

"这不挺好的。"

镜子里，清秀单薄的男孩背着一个淡棕色的帆布书包，短发柔顺，眼神清亮，一脸乖宝宝的模样。他身后的高个男孩虽然穿着挺正气，看着却像是街头随时会卷入斗殴的不良少年。

"就这个吧。"孟辉轻拍了拍林琦的肩膀。

林琦别扭道："算了吧，我……"

"用你的钱付一半。"孟辉直接招了手，售货员一直盯着，马上就过来了，"就要这个。"

一直到付账的时候，林琦还在碎碎念："你生日，干吗给我买书包，我就给了你五十块，那五十块里一大半还是我自己吃的。"

"那你打算怎么给我过？"孟辉接过售货员装好的书包塞到林琦怀里，眼里闪动着林琦熟悉的要捉弄人的光，"再答应我件事。"

林琦忙不迭道："不行。"

"那就这样了。"孟辉揉了一把林琦的短发，将他的头发揉乱，勾着稀里糊涂的林琦走出了商场。

到了林琦家楼下，孟辉潇洒地挥了手："明天见。"

林琦站在原地，看着孟辉高大的背影渐行渐远，怀里抱着散发着崭新味道的书包，咬了咬牙，心道：我就只是关心一下孟辉。

于是，他悄悄跟在了孟辉身后。

孟辉顺着街道，在离林琦家东边两条街的一家游戏厅门前停了下来，然后走了进去。

林琦躲在街角，心道什么嘛，还有闲钱和时间去游戏厅玩，系统对他说了那一通话后，他还以为孟辉过得有多惨呢。

其实，本来的世界线是林琦与孟辉初次相遇后，两人隔了半年才再次相遇，这半年的空白随着世界线的改变忽然被填满。

不可否认，这一世的孟辉有时候是有点讨厌，动不动就薅他的头发，跟他勾肩搭背，要么就是说话挤对他，可大体上真的对他还是挺好的。

怀里"新鲜热乎"的书包就是最好的证据。孟辉的生日，却给自己买新书包。

林琦有点烦，拍了拍自己的脸，觉得自己实在太难了。孟辉怎么会对他有100%好感度呢？林琦皱着眉再次望向游戏厅门口。

"嘭！"一张椅子从游戏厅里飞了出来，随着椅子飞出来的是个挑染了头发的青年。

林琦吓了一跳，下意识地要离开，可紧跟在青年后面的高大身影让林琦把迈出去的脚收了回去。

孟辉脱了外套，身上一件被汗渍浸透的背心，松松垮垮的黑色运动裤，面无表情，整个人散发着一股林琦从未见过的狠劲。

倒在地上的青年爬起身，抄起别在牛仔裤后面的刀就要砍，一直盯着他们的林琦忍不住大声道："孟辉小心！"

孟辉分神朝林琦的方向看了一眼，刀锋险险地从他面颊边上滑过，他迅速地飞起一脚，直接把拿刀的青年踢在地上爬不起身，捂着肚子翻滚呻吟。

孟辉身后也走出了几个青年，身上都是相似的逞凶斗狠的劲，孟辉跟身后的一个人说了什么，那人点了头，孟辉便三步并作两步地朝林琦跑来。孟辉跑到林琦面前，问道："跑这儿来干吗，不学习？"

"你……你干吗跟人打架啊？"林琦瑟瑟发抖道，有点后怕地偏过脸看了孟辉的侧脸一眼，幸好没伤着，以后孟总可是要做本市第一钻石王老五的。

"来闹事的，"孟辉淡淡道，"我看场子。"

林琦愣住了，呆呆地望着孟辉，汗渍顺着孟辉的短发流下来，桀骜不驯的面孔上却满是柔和的神情。

"回去吧。还有，跟你说多少次了，叫我辉哥。"

游戏厅可以说是这个年代最赚钱的行当之一，同行的恶性竞争也非常厉害，没几个人看场子，开店就会挨砸。

孟辉在这里看场子，包吃包住，每天一百块，受伤自负。其实他也不是单纯地在游戏厅里卖苦力，他有他的想法，只是不方便和面前一脸不解的林琦说。

"回去，"孟辉直接按住人的肩膀往后转了一圈，轻轻往前推了一把，"好好复习。"

林琦被推入了小巷，回头时孟辉已经大步流星地走了，似乎有谁要往林琦的方向看，被孟辉一把拉了回去，几人说说笑笑地进了游戏厅。

林琦抱着书包，隔着一条街的游戏厅仿佛是另一个世界，"黑化"的孟辉当起了游戏厅的打手。林琦脑内一阵眩晕，进退两难地站在街角口，心想他要怎么拯救一个黑化的孟辉。

林琦抱着书包蹲下，眼睛盯着游戏厅门口，一刻也不敢挪开目光，生怕下一秒飞出来的就是孟辉。

大概半个小时左右，孟辉又出来了，外套搭在臂弯里，犀利的眼神准确无误地捕捉到躲在街角露出两只眼睛的林琦。

"好了，上楼。"孟辉把林琦送到楼下，揪着他后衣领把他塞进楼道，头一次对他板起了脸，"让我再看见你过来，信不信我砸你家玻璃。"

"啊——"身后传来女人的尖叫声，孟辉一回头，脸被飞过来的女士皮包砸了个正着，"小流氓！欺负我家琦琦！"

金属锁扣正打在鼻梁上，孟辉闷哼一声，一股温热的液体从鼻间流下，血腥味立即弥漫在鼻腔周围。

"妈！妈！别打了——"林琦赶紧上去抱住林月娥，"这是我同学！"

一阵兵荒马乱鸡飞狗跳之后，林月娥平复了呼吸，冷冷地看了一眼抹鼻血的孟辉，将林琦拉到身后，警惕道："琦琦，这就是你说的新同学？"

果然跟楼上王阿姨说的一样，一点好学生的样子都没有，还威胁什么要砸他们家玻璃，简直太不像话了！

林琦打心眼里佩服林女士刚刚的气势，未来的孟总捂着鼻子不让鼻血流嘴里的样子实在狼狈得可笑。林琦忍不住弯了弯嘴角："嗯，妈，他不是坏人，刚刚跟我开玩笑呢，叫我回家复习。"

"对了，"林月娥转过脸，"你不在家复习，你出来干什么呢？"

林琦笑容僵在脸上。

"阿姨，是这样的，"孟辉捂着流血的鼻子，沉稳道，"我今天生日，在班上就跟林琦熟一点，所以来找他一起过生日。"

开口倒是蛮像大人的，林月娥又看了两人一眼，忽然注意到林琦怀里抱着个商品袋："这是什么？"

"阿姨，这是我们玩游戏套圈套中的奖品。"孟辉直接替林琦回答。

两人的目光在不算太亮的楼道里短暂接触了一瞬，像是交换了什么心照不宣的秘密一般，孟辉的眼神中透露出笃定淡然的讯息，在三人之间奇异地占据了交谈的主导地位。

林月娥迟疑了一下，拉上林琦的胳膊："走，上去。"

孟辉自觉地往边上退了一步。

林琦却是不动，小声道："妈，我同学流鼻血了。"

"没事，一会儿就好。"孟辉还捂着鼻子，手指沾了不少的血迹。

林月娥神情犹豫了一下，摸了一下包上坚硬的金属锁头："上来先处理一下吧。"

孟辉坐在沙发上，拿着林琦给他的热毛巾擦脸，鼻血还没止住，拿了卫生纸堵了鼻子。

"该不会是里面骨头断了吧？"林琦忧心忡忡道。

孟辉瞥了厨房里的林母一眼，压低声音道："没这么脆弱。"

林琦也压低了声音，低头凑过去："要不要上医院？"

"不去。"孟辉放了毛巾起身，"我走了。"

林母到了家，孟辉自然也不用担心林琦还会再跑出来。

林月娥端了水果出来，见孟辉已经站起了身，微微一愣："要走了？"

"嗯。"孟辉恭敬道，"阿姨，我先走了，不耽误林琦休息了。"

林月娥把水果放下，搓了搓手："那阿姨送送你，"回头对林琦道，"琦琦，你进屋休息。"

两人说着一模一样的话，林琦有种被"父母"混合双打的错觉，不觉得讨厌，甚至心里还觉得暖暖的，乖乖地进了屋，关门前还小幅度地悄悄对孟辉挥了挥手。

孟辉眼睛微微弯了弯。

孟总鼻孔塞卫生纸的样子也很靓仔呢，林琦关上门，小声偷笑了一下。

林月娥与孟辉一齐收回目光，她拿了挂在门后的钥匙，对孟辉道："你出来。"

关上了门，楼道里没窗户，不见光，上面一闪一闪的灯干脆坏了，两人站在楼道的阴影之中，林月娥冷漠道："我希望你以后不要再跟我们家琦琦来往，他是个单纯的好孩子，老师说什么就是什么，也不懂分辨朋友的好坏，你们俩不是一路人，以后你还是跟更适合跟你在一起玩的同学来往吧，我们琦琦不行。"

孟辉静静地听她说完，脸上表情丝毫没有变化："阿姨，我知道您是关心林琦才会对我说这番话，但我也要反过来问您一句，您懂得分辨人的好坏吗？"

少年清冷的眼锐利又成熟，像是经历了人世的沧海浮沉，几乎是一下就刺进了林月娥的心里。

林月娥攥紧了手里的钥匙，突然觉得喉咙像被掐住一般发不出声音。

"如果您只是觉得我家境不好，成绩不好，那我会努力学习，毕竟我也答应过林琦，要拿奖学金的。"

"对了，今天您丈夫回过家了。"孟辉点到为止，轻轻弯了弯腰，"不用送了。"转身一步一步走下楼。

林月娥看着孟辉的身影消失在拐角处，人忽然虚脱般地靠在了门上。刚刚孟辉反问她时，她像是被人看穿了最软弱的地方，在一个孩子面前无所遁形。

是，她没什么资格对林琦的交友指指点点，因为她自己就遇人不淑，还是一次不如一次。

第一次看中的男人是个抛妻弃子的懦夫，客死他乡好歹也给娘俩留了套房子。第二次为了生活匆忙出嫁的男人，没好两年便原形毕露，沉迷赌博夜不归宿。

林月娥闭了闭眼睛，眼中有些湿润。生活越是苦难，她就越是希望她的林琦能好好的，至少……过得比她好。

之后一连一个月，孟辉都没送林琦回家，早上也不来等林琦了，在学校里倒还算是如常，下课也偶尔来逗林琦，拉着林琦一起去上厕所，跟之前的形影不离差了很多。

林琦虽然心里有疑问，但想着这样和孟辉保持距离也挺好，于是很愉快地适应了。

天气转凉，学校宣布要举行运动会，大家兴致都很高。

体育委员到处拉壮丁报名，拉来拉去也还是缺口巨大，于是把主意打到了林琦身上。

"我？"林琦手里的笔顿住，一脸惊讶道，"我能干什么啊？"

他这具身体的运动天赋约等于零，无论是跑步还是跳远都只能用"废材"来形容，他慌张道："我不行的。"

"你不行……"体育委员低下头，眼角往后扬了扬，"有人行啊。"

林琦顺着他的目光向后望去，是孟辉的空位。

"你想让孟辉去啊？"林琦缩回脸，摆了摆手，"别想了，他不会去的。"

孟总复学已经是奇迹，还指望他参与运动会，和一群小朋友过家家就属实有点异想天开了。

"哎，你不问怎么知道他不乐意去呢？"体育委员着急道。

林琦眨了下眼："为什么不是你去问？"

体育委员理直气壮道："你俩不是关系最好嘛。"

林琦低头："我不去。"

"班长！"

人高马大的体育委员拉着林琦的细胳膊扭来扭去地撒娇，林琦的表情顿时一言难尽："你自己去说吧……别晃我了……不行不行……"

"哎呀，好班长，你就帮帮忙嘛。"体育委员把自己扭成了个麻花，声音也越发娇哆，听得林琦头都大了。

体育委员正晃得起劲，肩上被轻轻拍了一下，他本能地感觉到了危险，放下林琦的手，对林琦道："你再考虑考虑。"连头都没回地快速溜走了。

林琦对回来的孟辉道："你都听见了吗？"

"听见了，"孟辉翻了下林琦桌上的书，"你想让我去？"

林琦忙撇清关系道："没有没有，我尊重你自己的意见。"

"那我想征询你的意见呢？"孟辉道。

林琦握着笔，低头回避道："我的意见就是没意见呗。"

孟辉靠在林琦桌旁，整个人的影子都罩住了林琦，静静地看着林琦奋笔疾书，过了一会儿，悄无声息地走了。

林琦这才把屏住的那一下呼吸吐了出来。

已经逐渐习惯了现在的距离，林琦觉得现在这样很好，不远不近，学校里的普通朋友，正合适。

到了运动会真正开始的那一天，林琦刚进教室就被孟辉叫住："过来。"

"干吗？"林琦放下书包走了过去。

孟辉脱了外套，露出里面的黑色短袖。天气逐渐凉了，孟辉还是穿得不多，万年不换的外套是半永久，背心可算不穿了，成天穿两件游戏厅发的短袖，今天的短袖上面印着"无敌争霸"，是一款现在流行的游戏的名字。

"给我贴上。"孟辉转过身，从课桌抽屉里抽出一张号码牌。

林琦微微一愣，接过号码牌道："你报名啦？"

"嗯。"孟辉淡淡道。

林琦撕了号码牌背后的粘纸，给孟辉平平整整地贴上号码牌。孟辉虽然穿得少，身上温度倒不低，后背火热，林琦小声道："我以为你不喜欢这些活动呢。"

孟辉拿了一旁的外套穿上，揉了揉林琦的头顶："为了班级荣誉。"

这种话从孟辉嘴里说出来简直违和感爆棚，林琦愣了一会儿以后，看着孟辉小跑出去的背影，还是忍不住笑了起来。

开幕式结束之后，第一个项目就是男子 100 米，林琦坐在看台上，看到了并排的运动员中，孟辉显眼的黑色 T 恤。他那异常高大的身影穿插在一群学生当中，林琦总觉得像是在做梦，没有想到孟辉还有这种闲心思呢，跟一群毛头小子站在一起跑步。

林琦越看越觉得有趣，笑得眼睛都眯了起来。

这时，在活动手脚的孟辉忽然将目光投向了看台，准确无误地在人群中抓到了正乐着的林琦。

林琦有点心虚地想挪开视线，孟辉似乎看出了他的意图，先一步挪开了目光。

林琦反倒怔住了，孟辉最近好像变了个人似的，有意保持着和自己的距离。

发令枪响了，林琦的思绪也被拉了回来．身边的同学全都在声嘶力竭地为孟辉加油，林琦疑惑地想，什么时候他们这帮同学和孟辉的关系也近了。在一片呐喊声中，林琦也跟着喊了几句。

不出意料，孟辉在这一组中跑了个第一，他本身要比同年级的学生大一两岁，身体素质又强，跑完之后慢悠悠地回到班级看台，一点也不见他有什么吃力的样子。

林琦坐在看台第三层，静静地看着女同学争先恐后地给孟辉递水，孟辉抬手拒绝了，自己从班级的箱子里拿了一瓶矿泉水喝。

少年英俊的脸在日光下汗水涔涔地散发着荷尔蒙的味道，孟辉已经不像刚入学那样拒人于千里之外，头发也更长了点，更有学生样了，自然也吸引了无数女孩的目光。

林琦托起下巴，心想这才是他认识的孟辉，美女环绕、魅力十足，真挺好的。

"哎，"肩膀被人轻轻撞了一下，林琦转过脸，是体育委员，他放下了手，"怎么了？"

"不去给你好兄弟送瓶水？"体育委员挤眉弄眼。

林琦又瞥了一眼看台下面，孟辉已经下去准备复赛了。

林琦道："他有水啊。"

体育委员道："人家为了咱们班级争光，你这个做班长的不表示表示？"

林琦一头雾水："大家不都为班级争光嘛。"

体育委员道："你不知道啊？"

林琦蒙了。

"后来实在报不满，我就单独去找孟辉了，他二话没说就……"体育委员顿了顿，对林琦咧嘴笑道，"就拒绝我了。"

"那我就跟他说，这是班级荣誉，到时候颁奖，是要班长上台领奖的，不能让我们班丢脸啊。"体育委员挑了挑眉，"懂了吧？"

男子100米，孟辉得了第一，顺便打破了学校纪录，然后马不停蹄地就去跳高。跳高一向是人气项目，各个长腿少年站成一排，已经足够吸引人的眼球。

林琦拿着一瓶水忐忑地躲在围观的同学当中。

孟辉排在人群中间，前后都是穿着运动短裤的专业跳高队队员，他胸前挂一个色彩斑斓的"无敌争霸"标志，穿着一条沾满灰尘的裤子，即便是这样的搭配依旧鹤立鸡群。

林琦听到身边女孩子已经在窃窃私语地笑着议论孟辉了，"好帅"之类的字眼不断传出。林琦心想哪有那么帅。

每个跳过去的少年都能引起人群的一阵欢呼，轮到孟辉时，他还没助跑，人群中已经有尖叫声了。孟辉也不负众望，长腿一迈，没费什么劲就跳过去了，引来比别人更激动的一阵欢呼。

林琦夹在人群中嘴角抽搐，心想孟辉该不会是为了享受校园生活的追捧而参与运动会吧？孟辉最近都跟他淡了，哪有体育委员说得那么夸张，体育委员的性格是看热闹不嫌事大，林琦摇了摇头，从人群中挤了出去。

运动会很热闹，林琦却没什么心思，拿着一瓶水漫无目的地在操场上游荡，最后找了块空草坪坐了下来。

蓝天白云，碧草红坪，一切都是青春的学校的模样，林琦在这个游戏世界待了两个月，心里的那些情绪似乎被平复了，只是偶尔想起来，依旧抽抽地疼，如果不刻意去忽视的话，他觉得自己可能连一天都坚持不下去。

他现在最重要的还是好好在这个世界待下去，跟在孟辉的身边，别让孟辉走弯路。其他的事，就暂且压在心里吧。

林琦微微笑了笑，觉得自己又看开了一点，回忆是具有力量的，他希望那会是正面的。起身拍了拍裤子上沾的草屑，林琦还是乖乖地回到了跳高圈。

不回不知道，回去吓一跳。人比林琦刚离开时至少多了两倍，水泄不通地围成了一个圈，林琦依靠着单薄的身材，勉强从一个缺口挤了进去。

场上就剩了两个人，一个是穿着专业运动服的男孩，另一个，就是孟辉。

围观的人群激动地指着在做准备的两人，从身边人的议论声中，林琦听明白了，这不仅是决赛，两个人这是在挑战学校的跳高纪录，大家纷纷猜测他们谁能成功。

林琦不用想都知道答案，肯定是孟辉啊！孟辉是这个世界的男主角，什么风头都该是他的。

孟辉挥了挥手，示意他做好了准备。

林琦虽然很相信孟辉会赢，但还是不由自主地有点紧张。

周围的人群声音也静了下来，都在屏息凝神地等待这个忽然跳出的黑马能不能在这个运动会力压专业的跳高选手，创造一个新的纪录。

孟辉懒洋洋地助跑过去，到了杆前直接停下："跳不过，认输。"

人群一片哗然。

孟辉平静地从人群缺口中走出，林琦犹豫了一下还是跟了上去。

孟辉走得很快，林琦只能小跑步跟上："辉哥。"

孟辉听到声音停下了脚步，林琦跑了几步就有点喘，把手上那瓶水往孟辉手里一塞，匆匆道："加油。"然后加了速从孟辉身边跑过。

孟辉看着林琦跑得飞快又跑不动停下来快走的身影，掂了掂手里的水，微微笑了。

林琦一口气走回看台，气都喘不匀了，拍了几下心口才缓过去，目光游移，感觉自己像做了贼似的。

"孟辉加油！"身边一声尖叫拉回了林琦的思绪，他抬眼往下面看去，孟辉又站在了赛道上准备，是4×100米的接力赛。

林琦一下就明白了孟辉刚刚为什么直接选择了放弃跳高，他是为了赶场。

从运动会开始到现在，孟辉一直没停过，汗湿的发尖在阳光下闪动着微光，他皱了皱眉，晃了晃头，甩掉头上的汗水。

林琦定定地看着孟辉，身边加油的声音越来越大，只有他一个人安静坐着。林琦四处看了两眼，还是抬起了手放在唇边："加油！"

林琦的声音在众人的呼喊中微不足道，但就在他喊出那一声时，孟辉回头了，深邃的目光再一次准确无误地在人潮中锁定了他。

孟辉很快就挪开了目光，林琦却是怔怔地望着他的方向出了神。

孟辉刚刚那个眼神好熟悉，就像是……就像是……

发令枪"嘭"的一声响了，林琦的思绪也被打断，等他再去思索刚刚在想什么时，却怎么想都想不起来了。

4×100米接力赛，孟辉不负众望地在最后一棒力挽狂澜地拿了第一，他在终点被同学抱住，他回拍了一下，把接力棒交给他们。

孟辉拿了放在终点边上的水，顺手抹了把头上的汗，对上蹿下跳欢呼的体育委员道："结束了，我走了。"

"行行行，孟哥您辛苦了。"体育委员夸张地鞠了个躬，"您那边请。"

孟辉笑了一下，摆了摆手，小跑步回到了看台，脚步在看台下面停住，他看了一眼坐在第三层的林琦，坐到了林琦面前二层的空位上。

林琦挪开了脚。

孟辉背上的号码牌已经被汗浸湿，隐隐约约地要往下掉，脖颈上也全是汗。林琦犹豫了一下，拿出书里夹着的纸巾，正要递过去，孟辉边上有个女孩已经先递上了纸巾，他火速把纸巾藏回了书里。

"擦擦汗吧。"女孩腼腆道。

孟辉握着水瓶，看也没看女孩一眼："不用。"起身直接走了下去。

女孩遗憾地收回纸巾，也不生气，感慨道："好酷哦。"

林琦的目光追随着孟辉，直到人消失在操场入口，脸上笑容还没扬起来，就看见张主任向他招手，神情很是紧张。

林琦指了指自己，用口型道："我？"

张主任用力点了点头，林琦赶紧跑了下去。

张主任一言不发，先拉了林琦出了人声鼎沸的操场，走到教学楼的走廊下才严肃道："你妈妈刚刚打电话到学校里来了，她今晚可能不回家，你自己在家里当心。"

林琦"哦"了一声："谢谢老师。"心里觉得挺奇怪的，林月娥今晚本来就是夜班不回家，为什么还要专门打电话到学校里说一声？

张主任拍了拍他的肩膀，欲言又止："你……你先玩去吧。"

张主任模棱两可的态度让林琦有点慌，他小心翼翼道："老师，是我家里出什么事了吗？"

照理说，他们家的家庭变故至少还有几个月才发生。孙重海背着林月娥拿家里的房子抵押贷款跑路，林月娥被气得一病不起，突发心梗去世了。原来的剧情是这样，现在剧情变了，剧情怎么走，林琦就不知道了。

张主任没透露："有事我再找你。"

林琦稀里糊涂地往操场走，想事情心不在焉地差点又撞到人，在连续跟几个人快碰上时，一直跟着他的孟辉终于忍不住过去拉了人。

"想什么呢，好好走路。"

林琦抬起头，恍惚地对上孟辉水淋淋的脸："对不起……"

孟辉松了手："回去看比赛。"没多说什么，攥着水瓶走了。

到了下午运动会快结束的时候，有学生过来找林琦，说张主任找他。

一旁的体育委员对林琦道："你快去快回啊，马上颁奖了。"

林琦"嗯"了一声，没来由地觉得有点心慌。

张主任在操场出口等着林琦，见了林琦直接道："上车，老师带你过去。"

"老师，去哪儿啊？"林琦心里突突的。

张主任轻叹了口气，面上神情复杂："派出所。"

"琦琦——"林琦一下车，就被痛哭的林月娥扑了个满怀。

"妈，我在。"林琦拍了拍林月娥的肩膀，心跳如鼓，"没事，我在。"

孙重海死了。

死亡原因是溺水，泡了好几天，人已经面目全非。林月娥过来认尸，也是从孙重海背部一处旧伤认出来的，再加上孙重海的那一身衣物和口袋里的身份证。

林月娥一直拉着林琦的手在哭，刚刚警方问了她好几个问题，然后又让她打电话把林琦叫来。骤然面对一个身边人的死，无论是出于哪种情绪，她都哭得很伤心。

可林琦就不同了。

审讯室里，警方看着面前这个冷静的清秀少年，微微皱了皱眉："你别紧张，我们只是例行询问。"

林琦点了点头。

"你上一次见到孙重海是什么时候？"

"我、我记不清了，他很少回来，我起得早，回家晚，很难有机会碰上。"

"你和孙重海之间的关系怎么样?"

"一般吧,"林琦低头,"他是我后爸,不是亲的。"

警察:"理解,那你妈妈和他关系怎么样?"

林琦攥了手,轻声道:"也一般。他最近几年老是赌钱,回来就是跟我妈吵架拿钱。"

警察点了点头,做好了笔录:"行,你出去吧,多安慰安慰你妈,她还是挺伤心的。"

"嗯。"林琦起身走了出去,他表面虽然镇定,其实内心早已翻起了巨浪,他的脑海里浮现了一双野兽般的眼睛。

——"我让他消失,怎么样?"

林琦咽了下唾沫,派出所到处都是监控,他木着脸坐到哭泣的林月娥身边,拉了林月娥的手,低声道:"妈,别伤心了。"

"妈不是伤心,"林月娥抹了把脸,"妈就是……那么一个活生生的人……说没就……"她又低头哭了起来。

林琦拍了拍林月娥的背,手有点抖:"没事的妈,没事的……"

张主任送他们母子回去,顺便给林琦批了两天的假,母子二人谢过了张主任,拉着手上楼了。

两人进了屋,都还有点怔怔的。林月娥攥了攥林琦的手,似乎恢复了平静:"妈给你做饭吧,你休息会儿。"

林琦点了点头,回了自己房间,关上门以后他才放肆地让自己急促的呼吸暴露出来。

"系统,"林琦着急地呼唤道,"系统,你快出来。"

系统慢悠悠道:"急什么,叫魂呢?"

林琦紧张得话都快说不利索了:"孙重海死了。"

系统:"哦,然后呢?"

林琦咽了下唾沫："是谁杀的？"

系统："上个游戏世界我就告诉你了，世界线变了之后，我没法解答你这个问题。"

林琦失魂落魄地坐到小床上。

"会不会……会不会……"他说不出口。

系统替他接了下去："会不会是孟辉？"

林琦咬住了唇，他心里是不愿意去怀疑孟辉的，有了杜承影的前车之鉴，他不想一有什么坏事就往男主角身上联想。就算是黑化值100%，也不代表他就是个坏人，林琦一再地告诫自己。

但是，孟辉最近莫名其妙的疏远、反常的态度，加上那个时候孟辉说的那句让孙重海消失的话最让林琦感到忐忑。

孙重海，真的消失了。

同时他又想到另一个问题，孙重海消失了，那林月娥呢？林月娥还会发病死去吗？还是她会活下来？如果林月娥能活下来，那么他自己呢？

在上一个游戏世界，系统告诉他，他的人物角色设定在死亡线来临时一定会死，他没有挣扎，还是按照原来的设定死在了杜承影面前。

如果其实他可以改变自己的命运，那么杜承影岂不是白白承受了那个悲剧的结尾？

林琦越想越心慌，倒在小床上抱住头，太阳穴突突地疼。

林琦没有在家里休息两天，没什么可休息的。死的是他的后爸，林月娥也不急着办丧事，林琦就直接回学校了。

他一进教室，就感受到了周围同学异样的目光。

警方还没有结案，孙重海是自杀还是谋杀尚未有定论。对于看戏的人来说，当然是谋杀更具有刺激性与话题性。

林琦顶着众人的目光，镇定地坐到自己的座位上。先凑过来的是体育委员，他满脸笑容，背在身后的手"唰"地向林琦展开："当当当当，班长，奖状！"

——运动会丙组团体一等奖。

红底烫金，非常喜庆。

林琦笑了一下："第一名啊。"

"那是。"体育委员像没事人一样把奖状摊到他面前，又拿出了几张粉红色钞票，"还有奖金。"

"奖金拿来请老师跟同学吃饭庆祝怎么样？"

"行！"

一听说集体庆祝，班里的气氛立刻好多了，凝滞的空气重新流动起来。林琦感激地看了体育委员一眼，体育委员心领神会地往后努了努嘴，压低了声音细声细气道："谢谢班长，谢谢孟哥，今年太有面子了。"

林琦回过头，孟辉正懒洋洋地趴在座位上。

林琦攥了攥手，不会是孟辉的，这次他选择相信。

下课之后，林琦独自去上厕所，从厕所出来，就看到在门口等他的孟辉，他顿时心中一紧："辉、辉哥……"

"你怎么样？"孟辉淡淡道。

"没事啊。"林琦低头掩饰自己面上异样的神情。

孟辉抬手拍上了他的肩膀，搂着人大步往教室走："今天我送你回家。"

"啊？"

孟辉低头："怎么，不乐意？"

乐意当然是没什么不乐意的，就是有点奇怪。

林琦忽然起了好奇心，问道"那个跳高，你要真跳，能破纪录吗？"

　　孟辉脚步停住了。

　　两人停在了走廊上，人来人往的也没人看他们，孟辉对一头雾水的林琦道："你来看我了？"

　　林琦偏过脸，眼神闪躲，语气倒是理直气壮："来了啊，我不是还给你送水了吗？"

　　孟辉沉默地盯着林琦，他的眼神无论锐利还是温柔，都是那样让人无法忽视。林琦每每被孟辉盯上都觉得有点坐立不安，更糟糕的是，他有时会在孟辉的凝视中产生一种错觉。

　　那种错觉在他脑海中一闪而过，让他抓也抓不住。

　　孟辉揉了揉他的头发："谢了。"

　　两人久违地结伴一起回家，天气冷了，街边的小吃都换了一轮，现在流行鸡蛋仔，一个个圆溜溜的装在纸袋里，吃起来一股奶香味，下课的时候几乎人手一个。

　　林琦捧着鸡蛋仔饼，咬下一口："辉哥，你为什么不背书包？"

　　孟辉肩上挂着林琦的帆布书包，慢悠悠道："我承受不起知识的重量。"

　　林琦："……"

　　"你也少背点，"孟辉伸手比了一下林琦的头顶，"高了点。"

　　"还行吧。"林琦对身高没什么执念，反正是设定好的，1.75米，一毫米都不会差的。

　　孟辉轻轻刮了下他的眼皮，惹得林琦轻瞪了他一眼："眼睛怎么样？"

　　"一直这样吧，稍微有点近视。"再过个一年半载，林琦就该戴眼镜了。

　　"自己注意点。"

林琦心想孟辉是对他的眼镜人设不满意吗？这可是第二次说起有关他眼睛的问题了。

林琦脑海里又骤然浮现出一个念头——他……他能不能不近视呢？

联盟对于他这个人物的设定事无巨细，从外貌到性格都有固定的数值，可系统又说世界线已经变了，连它也不知道未来的发展，既然这样，凭什么他就一定会死呢？

"想什么呢？"孟辉轻拍了拍他的肩膀，"走路老走神。"

林琦回了神："没什么，想家里的事。"

孟辉："别多想了，大人的事，不用你小孩操心。"

林琦逐渐也觉得自己一开始对孟辉的那一点疑问太神经质了，笑了一下："也没什么大不了的。"

上楼之后，林琦推开屋门，林月娥已经到家了。林月娥精神很不错，见林琦回来，说道："琦琦回来了，吃夜宵吗？"

"妈，怎么还准备夜宵了。"林琦把书包放到沙发上，没好意思说他回家的时候已经在路上吃了一个鸡蛋仔饼。

餐桌上是一碗芳香扑鼻的皮蛋瘦肉粥，一碟剥好的糖蒜，都是林琦爱吃的。难得林月娥一片母爱之心，林琦就坐下来，拿了勺子开始喝粥。

从厨房出来的林月娥也拉开凳子，在林琦对面坐下。

"琦琦，"林月娥小心翼翼地开口，"你孙叔叔没了，你怎么想？"

林琦低着头，轻声道："我没什么想法。"

林月娥静静坐着，脸上流露出不忍，抬手轻轻盖住了林琦的手。林琦抬起脸，对上林月娥含泪的双眼，林月娥轻声道："宝贝，妈妈让你受苦了。"

林琦怔住了。

"妈妈没用，眼光不好，害自己也就算了，让你这么多年跟着我吃苦受罪，妈妈真的对不起你……"

眼泪一滴一滴地落在玻璃台上，散成了花。

林月娥的头发比之前白得更多了。

在林琦来这个世界前，这个世界是平面的，一切都只是设定，林琦也没有太大的实感，但对于林月娥这个 NPC 来说，从林琦激活这个位面起，前三十多年的岁月就是真实的，所有苦难所有经历都清晰地刻在她的脑海里。

林琦反手盖住了林月娥的手，郑重道："妈，有很多时候，你也没得选。"

听了儿子安慰的话，林月娥哭得更厉害了，低下头用力忍了一下，哽咽道："以后会好的，妈妈会更用心地照顾你。"

"我都这么大了，该我照顾妈妈才对。"林琦拍了拍林月娥的手背，"你明天是不是要上白班，早点休息吧，吃完了我自己会洗碗的。"

"嗯。"林月娥起身，深吸了一口气，"琦琦，妈不反对你交朋友，有时间就叫你那个朋友到我们家吃顿饭吧。"

林琦呼吸骤然一滞："妈，你怎么突然……"

林月娥蓦地想起了在派出所的那段对话。

"这个孩子，你见过吗？"派出所的民警将一张照片放到林月娥面前。

照片上的男孩穿着一件印有游戏字样的 T 恤，靠在游戏厅门口，光影晦暗闪烁，脸上神情成熟得不像这个年纪该有的模样。

林月娥拉紧了包带，缓缓道："见过……我儿子的同学。"

林月娥把思绪从前几天的事情上抽回来，轻轻揉了揉林琦的头："你都这么大了，也从来没见你带过哪个朋友上家里来，"林月娥眼眶红红的，神情却是很温和，"既然是你的朋友，妈妈也喜欢。"

躺到床上之后，林琦还在想林月娥与孟辉之间关系的一百八十度转弯，再联想到孙重海的死，脑补了十万字犯罪剧情然后又在脑海里推翻，一晚上都没睡好，第二天起床眼睛浮肿得都快睁不开。

餐桌上有林月娥留下的字条——

"琦琦，把早饭吃了，妈妈上班去了，晚上回来给你做夜宵。"

林琦摘了字条，心里违和感更重了，这都怎么回事。

孟辉又在楼下等他了，见了林琦就伸手摘他的书包，跟那些小学校门口接孩子的家长一个操作。

林琦抖了抖肩膀，把胳膊从书包带子里抽出来，冷不丁道："我妈说让你有时间上我们家吃饭。"

"好啊。"孟辉自然道。

林琦盯着他："你是不是私底下跟我妈见过了？"

孟辉没有正面回答林琦，又是那一句"大人的事情，小孩子少管"，勾着林琦的脖子揉乱了他的头发了事。

以前的遗憾，他不想重蹈覆辙，林琦希望他读书，他就读，林琦该有个好的学生生涯，他就给。

第四章
第二项任务完成

"怎么样？"

"没什么异常，说得也很清楚，没有隐瞒。"

"照我说，确实也有点牵强了，尸体是在游戏厅附近的河里发现的不错，这小子和这小子，"民警点了点一张没在林月娥面前拿出的照片，是监控的截图，两个少年在商场买书包，"是朋友也不假，不过这也还是太牵强了。"

另一个民警眉头微皱，目光落在照片里的孟辉身上："我想找他谈谈。"

"怎么谈？人家是学生，跟这个案子没有直接关系，无缘无故的，我们无权传唤。"

"山不来就我，"那民警起身，"我便去就山。"

走廊上，张主任领着孟辉去校接待室，面色微沉："没犯事吧，小子。"

孟辉平静道："我最近努力学习，争取赶上以前落下的课程。"

校接待室内，穿着便服的男人笑容满面："张老师，谢谢啊。"

张主任也是勉强笑着，没多说，拍了拍孟辉的肩膀："我们孟辉挺好一孩子，别吓着他。"

"哪能啊，我就随便问问。"男人微笑道。

两人又寒暄了几句，张主任给了孟辉一个安抚的眼神，才走出去关上了门。

"张老师真是个好老师，"男人坐在了沙发上，对孟辉道，"坐，坐下说。"

孟辉坐了下来，面色沉静："张老师是很好，如果不是他不放弃我，我可能已经辍学了。"

男人上下打量了一下孟辉，比起黑白的监控，孟辉真人看上去更沉稳也更正气，倒没有照片里看起来那么不良了。

"我今天找你，主要是想问问你，"男人掏出了照片，"认识吗？"

孟辉低头瞥了一眼："认识，孙重海。"

又是一个不隐瞒的。

孟辉知无不言言无不尽，清楚地讲明白了他与孙重海认识的经过。

"他喜欢玩老虎机，脾气特别暴躁，输了也霸着不肯走，我帮着劝过几次，早就熟了。"

"那你知道他是你同学林琦的父亲吗？"

"知道，在他家见过一次。"

"你私下去商场找过林月娥，"男人目光如炬地望着孟辉，缓缓道，"我能方便知道你找她说了什么吗？"

——"那天他来商场找我，我也很意外，其实我们第一次见面是闹得不太愉快的。"林月娥脸上浮现一丝尴尬，"我对他有偏见，以貌取人，觉得他看上去不像好孩子。那天他来找我，其实就是跟我说，他跟林琦是好朋友，林琦帮助他学习，他也没什么坏心思，反正就是跟我解释了一下。"

"有一回我去林琦家的时候，碰上林琦的妈妈了，他的妈妈不太喜欢我，觉得我会带坏林琦，我挺珍惜林琦这个朋友的，你也知道我辍学了很久，很多课程跟不上，我找阿姨聊了一下，希望阿姨不要反对我和林琦来往。"

两人的口供大体相似，也不像是提前对过，基本上可以说是毫无破绽，男人却还是觉得心里有淡淡的违和感："那她为什么那么激动？"

——"我激动是因为，孟辉这孩子挺成熟的，他说我看上去关心林琦，其实连林琦书包坏了一个多月都没发现，我、我心里被他说得挺难受的，就……"林月娥忍不住又激动地哭了起来，"我就琦琦一个孩子，我真是对不起他！"

"我那天说话有点冲，挺不尊重阿姨的，所以阿姨有点生气。"孟辉神色淡淡道。

——"林女士，我最后问你一个问题，你为什么在事发前一周，忽然给你的丈夫孙重海，买了这样一笔高额保险。"

少年棱角分明的脸浮现在林月娥脑海里，那双野兽一样的眼睛闪动着洞悉一切的光芒。

"这是最关键的问题，如果警方问你，你千万不能慌，你可以生气，可以委屈，情绪化地来表达你的想法，甚至可以告诉警察，你对孙重海的死乐见其成。"

林月娥抬起头，脸上有些被侮辱的隐忍，苍白的脸上全是泪："警察同志，我不瞒你说，我就是巴不得孙重海死了！"

"他一回家就是到处找钱，连我藏在内衣里的两百块也不放过，除了赌还是赌。"林月娥泣不成声，"我自己受罪没事，是我自己活该，谁让我嫁给了这个狗东西，但是我们家琦琦成天战战兢兢的，写个作业都怕那畜生忽然闯回家。

"他一天到晚出去赌，我听说他借了高利贷，我很怕，我真的很怕，万一他死了，高利贷让我还，我怎么办？

"我听我们商场的人说现在新出来的这个保险能算个保障。

"我都是为了以防万一，可我、我……"林月娥哭得伤心得快昏厥过去，"我没想到他真会出意外……"

看似前后矛盾，前言不搭后语的态度让男人对林月娥的怀疑降到了最低。林月娥嫁给孙重海后，也有过一段恩爱的时间，只是后来孙重海生意失败，陷入赌博。林月娥在理性上当然是对此深恶痛绝，但在感性上，这也毕竟是她曾经恩爱过的丈夫。

女人，就是这么软弱的生物。

孙重海的死亡时间是晚上十点到十一点，那个时间段，林月娥在商场值夜班，有监控做证，错不了。可是游戏厅周围的监控却早就被破坏了。

便衣民警合上记录的本子："行了，你回去吧。"

孟辉站起身，面上是同龄人都没有的冷静成熟："我能问您，今天为什么来找我问这些吗？"

幼稚的反问让男人终于找到孟辉身上的一点孩子气，他拍了拍孟辉的胳膊，道："游戏厅不要去了，既然张老师把你找回来读书，就用心读书吧。"

"好的，我之后还打算考研呢。"孟辉微微笑了一下。

男人失笑，上下打量了一下孟辉："看不出来，还是个小学霸啊！"

"我每天晚上在游戏厅里复习。"孟辉挠了挠头，看上去竟然还有些憨，"我人长得高，老板觉得我能唬住人，其实也就在那儿白领一份工钱，能养活自己。"

"我知道了。"男人再次拍了拍孟辉的肩膀，目光复杂道，"好孩子，加油，努力，未来会好的。"

周末，孟辉上林琦家吃饭，林月娥做了一大桌的菜，林琦都惊呆了："妈，你发财了？"

林月娥面上笑容淡淡："你这孩子，吃丰盛一点就算发财了？"

林琦撇了撇嘴。他心情很放松，孙重海的案子以失足落水结案了，生活总算回到了正轨。

"我给你们倒橙汁。"

"谢谢。"孟辉点头道。

"不客气。"林琦给两人都倒完了，也给自己倒了半杯，"咱们碰个杯吧。"

林月娥笑道："好啊。"

三人轻轻碰了碰杯子，喝了饮料。

"吃饭吃饭。"林月娥夹了个鸡腿放到林琦碗里，又夹起另一个放到孟辉碗里，"多吃点。"

"谢谢妈。"

"谢谢阿姨。"

一顿饭吃得比林琦想象当中还要融洽，谁知道林月娥和孟辉初次见面还闹得那么不愉快呢。

晚饭之后，林月娥盛情邀请孟辉在家里留宿："两个人都是男孩子，挤一挤不就好了。"

"妈，不行，他这么高的个子。"林琦忙拒绝道，用胳膊碰了碰一旁的孟辉。

孟辉晃了晃，却只是淡淡说道："我睡相还行。"

林琦瞪大了眼："你……"

孟辉勾上了他的脖子，眼微微眯了眯，语气中是淡淡的威胁："嫌弃我？"

"好了，"林月娥将两人一起推到卫生间，"赶紧，洗漱睡觉。"

门关上，也关上了两个孩子嬉闹的声音。

林月娥的手握在门把手上，久久不动，她回忆起之前与孟辉的碰面——

"你说什么？林琦会辍学？这不可能。"林月娥激动道。

"你不相信，可以等。明天下午三点，会有一场台风，刮倒你们商场的门面，砸伤了七个人。

"想让林琦好好的，那就照我说的做。

"我会让他消失。

"你跟我的手……都不会脏。"

林家的卫生间不大，两个孩子挤在一起，镜子都快装不下并排的两个人。

孟辉倒是挺开心的，拿了洗漱台的一个漱口杯："新的？"

"好像是。"林琦看了一眼郁闷道，看来林月娥今天叫孟辉来家里吃饭，就是做好让孟辉留宿的打算了。他就是没想到为什么林月娥忽然对孟辉的态度有了这么大的转变，他也懒得细想了，反正孟辉身为男主角的人格魅力不用他来质疑。

"蜜瓜味。"孟辉嗅了嗅林琦的牙膏。

林琦有点不好意思："我妈买的。"

"挺好，挺适合你。"孟辉泰然自若，林琦也稍微放松了一点。

洗漱完之后，林琦拖出了洗脚盆，孟辉一直眼角似笑非笑地看着他，林琦差点就想说"孟总，您要是不习惯就出去"。

先接了冷水，再倒了热水壶里的热水，温度调得差不多了，林琦才道："洗脚吧。"

孟辉往凳子上坐下："一起吧。"

"你先洗，洗完了我再洗，热水还有呢。"林琦道。

孟辉慢条斯理地脱了鞋："浪费水资源。"

"你不浪费，你别洗了。"林琦忍不住回嘴道。

孟辉抬起眼皮看了他一眼："行啊，我不洗了，我熏死你。"

林琦嗤之以鼻："谁熏谁还不一定呢。"

当然，两人都不是臭脚，只是说笑而已。

孟辉脱袜子的时候，林琦注意到他脚踝上有一点结疤的小伤口，静了一会儿道："辉哥，你就想一直在游戏厅看场子吗？"

"不做了。"孟辉把脚伸进水里，对着林琦微微一笑，"专心学习。"

最讨厌学习的孟总终于彻底想开了，林琦乐得不行："好啊，学习好，知识改变命运。"

看着林琦高兴的样子，孟辉心道既然再来一次，他就不会让自己再有失误。

林琦洗脚前，孟辉竟然主动先出去帮他带上了门。林琦有点蒙，提起水壶的手都顿住了。

收拾完了卫生间，林琦回了房间，孟辉正坐在他书桌前，半撑着头看墙面。

墙面上是林琦制订的学习计划，从日到周，从周到年，一步步地很清楚，最顶端用红笔写了"清辉大学"，旁边画了颗五角星。

"你想考清辉大学的研究生？"孟辉回过头。

"嗯。"林琦在小床坐下，晃荡着两条腿盘上床，"我觉得我应该能行。"照这个剧情发展，孟辉八九成是不会辍学了，那他也应该要陪着孟辉读书。

孟辉："你觉得我能行吗？"

林琦不假思索道:"当然。"

林琦回答得很快,甚至比孟辉在心里给出答案更快,孟辉心中一暖,原来林琦对他这么有信心,目光在昏黄的台灯下柔和了下来:"那我努力。"

"咚咚"的敲门声响起,打破了房内的交谈,林月娥推了门,笑眯眯道:"喝杯奶再睡,好不好?"

"谢谢妈。"林琦下床接了两杯牛奶。

林月娥拍了拍他的肩膀:"好好睡觉。"轻轻带上了门。

林琦面色略有点尴尬地把两杯牛奶放到桌上:"你喝吗?"

"喝。"孟辉拿了一杯,"你也喝,长个子。"

两人一个坐在椅子上喝,一个坐在床上喝,把一杯奶喝出了无限的时长,林琦从来没觉得时间过得这么慢过。

"你睡吧。"孟辉把空了的杯子放下,拿起林琦书桌上的一本数学教辅,"我等会儿去客厅沙发上睡。"

他背对着林琦,宽阔的背影缩在林琦狭小的椅子上,刺头比之前又长了点,终于有歪倒下来的迹象。

林琦盘着腿,手上还捧着大半杯牛奶,想说什么,又还是没说,过一会儿抿一口牛奶,终于下定决心道:"辉哥,还是你睡这儿,我睡客厅吧,你毕竟是客人。"

孟辉手上翻书的动作顿住,抬眼道:"你这是把我当外人了?"

"不是不是,"林琦脸红了,"我不是那个意思。"

"别说了,睡你的。"孟辉直接把人塞进了被窝,目光从林琦白皙的脸上扫过去,弹了弹他的脸,"别把猴子屁股冻红了。"

林琦:孟总,成熟稳重邪魅狂狷的孟总你在哪儿,把这个小学生给他换回去。

林琦是真困了,缩在被窝里没一会儿就睡着了,少年的睡眠就是这样，沾了枕头就睡。

孟辉把台灯的亮度拧到最小，坐在那张小小的椅子上看着熟睡的林琦，白皙的脸上没有一点伤痕。望着眼前健康、活泼、鲜活的林琦，孟辉露出了一点笑意，他现在只有一个愿望，林琦一切都好。

林琦一觉醒来，睁开眼在一眼望到头的卧室里没有看见孟辉的身影，看来孟辉是睡在外面了。他深吸了一口气，抬手摸了摸自己的额头，好奇怪，他昨晚竟然梦见了杜承影，这还是他离开小世界后，第一次做梦梦见杜承影。

从那天起，孟辉就成了林琦家的常客。

林月娥辞了百货商场的工作，开了一家服装店，她在百货商场工作多年，积攒了不少人脉，开起来倒也不困难，没过几个月，生意红火得不行。

学期末，林琦考了班级第一，年级第四，孟辉班级第四，年级名次就差远了。张主任高兴坏了，要让孟辉去他家过年。

虽然没有拿到学院的奖学金，但是张主任看他进步很大，私下给他包了个小红包。

"不了张老师，谢谢您，我有地方过年。"孟辉恭敬道。

"去林琦家吧？"张主任笑眯眯道。

孟辉点了点头，神情柔和。

张主任看着孟辉变成现在这样的好学生样子，心里的喜悦说不出来，只轻拍了拍孟辉的肩膀："好孩子，考上研究生，老师给你包个大红包！"

"该是我给老师包红包才是。"孟辉微笑道。

筒子楼里热闹极了，过年的氛围极其浓郁，林月娥忙上忙下的，赶着贴春联、贴窗花，又不让林琦插手，一个人忙得脚不沾地。

林琦开心的同时，心里却不由自主地蒙上了一层淡淡的阴霾。

上一局，林月娥就是死在了大年初三。

大过年的，家家户户欢天喜地，只有林琦守着久病在床的林月娥，家里的房子外被泼了讨债的红油漆，催收房的高利贷三更半夜也来砸门，"咚咚咚"地闹得整栋楼都不得安宁。

"琦琦，妈对不起你，妈拖累了你，妈真该死……"

"琦琦，"林月娥中气十足的声音传来，打断了林琦的回忆，"谁敲门啊，快开门，是不是孟辉来了？"

"哦，妈，我去开门。"林琦连忙起身过去开门。

门一打开，孟辉高大的身影映入眼帘，楼道里的灯前段时间修好了，明亮的光从孟辉的头顶照下，他站在门外，面上笑意暖融："新年快乐。"

"是孟辉来了吧？"林月娥从厨房走出来，在围裙上擦了擦手，"快进来，别站门口了，外面冷，这天要下雪呢。"

"阿姨新年好。"孟辉温和地笑着，"空手来的，不好意思。"

"什么不好意思呀，人来就行了，快进来。琦琦，别傻站着了，快让孟辉进来，关门关门，寒气都跑进来了。"

怔住的林琦忙往后退让。

一阵热闹之后，三人都进了屋。

"大年三十吃的饺子呢，一定要自己包，"林月娥从厨房里端出一盆拌好的肉馅、一袋饺子皮，对坐下的两人笑道，"看谁包得好。"

林月娥放下东西，又去厨房倒了碗水出来放在桌上："蘸水，林琦是会包的，孟辉会包饺子吗？"

"会。"孟辉脱了外套，挽起袖子。

林月娥又道："小孟，这么冷的天，你穿得也太少了。"

林琦瞟了孟辉一眼，酸溜溜道："妈，他身体好，不冷。"

一件单薄的外套成了孟辉从夏天到秋天的半永久穿搭，林琦以为天冷了，总该不穿了吧，谁知道孟辉来了个反向操作——穿两件外套。

"是，我不冷。"孟辉里面穿了件起了球的棕色高领毛衣，长脖子宽肩膀，坐在那儿像个模特，显得穿得圆滚滚的林琦格外稚嫩。

"我给你们插个电暖器。"林月娥新买了个电暖器，功率大起热快，插上没一会儿客厅里就热了起来，林琦干脆也把身上的棉外套脱了。

两人坐在一起，一高一矮，一色的高领毛衣，距离不远不近，说不出的和谐。

林月娥准备了两个硬币，让两个孩子包在饺子里讨彩头。

"那我得作个弊。"林琦在自己放硬币的饺子上捏了个小小的角。

孟辉失笑："都作弊了还能灵验吗？"

"反正是讨彩头嘛，没关系的，是不是，妈？"林琦笑眯眯地把做好标记的饺子放在了正中间。

"有福气的事，怎么都灵的。"林月娥纵容道。

林琦嘿嘿笑了一下，得意地瞟了孟辉一眼。

孟辉低了头，嘴角一勾，悄悄地也在自己包的那个硬币饺子上轻轻掐了一下。

林月娥笑着看在眼里，低头轻摇了摇。

年夜饭很丰盛，鸡鸭鱼肉样样都有，洋洋洒洒地摆了一大桌，最突出的还是中间的一大碟饺子。

饺子刚摆上来，林琦就笑了："我看到我的了。"

孟辉没说话，眼神也落在自己做标记的那个饺子上。

林月娥笑了："看到就吃。"

林琦站起身夹了自己做了标记的饺子，直接放到了林月娥碗里，林月娥笑得满足又爱怜："自己包的给你自己吃，给我干什么。"

"妈有福气，就带着我有福气了啊。"林琦笑眯眯道。

孟辉伸出长胳膊，夹出了其中一个饺子，落到林琦碗里："吃这个。"

林琦偏过头看他，他神态自若地又给自己也夹了一个，一口咬下去，对林月娥赞道："阿姨，好吃。"

"自己拌的馅，肯定好吃。"林月娥夹起那个福气饺子，轻轻咬破了皮，对林琦催促道，"琦琦，你也尝尝。"

林琦收回看孟辉的目光，"哦"了一声，筷子刚夹起饺子就感觉到了重量，取暖器吹起的热风，吹得他脸慢慢红了，他小声道："辉哥，你也作弊啊。"

"有福气的事，"孟辉偏过头对他笑了一下，"怎么都灵的。"

林琦的脸又热又烫，用手背拍了一下脸："妈，是不是有点太热了。"

"热吗？还好啊，妈给你倒饮料。"林月娥拿了大瓶的可乐给林琦倒满。

这一年，林月娥难得想守岁。

去年过年，家里情况不好，林月娥下午陪林琦吃了顿"年夜饭"，晚上就去商场值班了，今年自己开店做生意，反正歇业三天，想怎么安排作息都行。

三人一起在客厅的沙发上看春晚。

其实春晚并不一定有多么好看，就是图个气氛，电视里载歌载舞的热闹喜庆，外头烟花爆竹砰砰地放个不停，在窗户外炸开一朵朵绚烂的花。

林琦缩在沙发上吃小橘子，着迷地望着窗外嗖嗖蹿起的烟花，过年真好，郑重又幸福地在自己的生命里留下岁月的标注。

"阿姨，"孟辉半身前倾，对正看着相声津津有味的林月娥道，"家里有烟花吗？"

"看别人家放烟花不挺好的，还跑出去买什么烟花，"林琦边穿外套边碎碎念道，"现在还有卖烟花的吗？"

"有，就街口那个店，没关门。"林月娥拿了个大红的袋子出来，也是她考虑不周到，总觉得家里没人能放烟花，又怕林琦放不安全，对默默穿鞋的孟辉道，"小孟，外面冷，穿这个。"

林月娥从袋子里掏出来一件淡灰色的长款棉服，样式很素净大方，她拿在手里展开，蓬蓬松松的。

"本来想大年初一早上给你，看你穿得这么单薄，还是先穿上吧。"

林琦穿外套的动作顿住了："妈，他不……"

"谢谢阿姨。"孟辉干脆道，接过棉服，拉开拉链利索地穿上了，"很合身。"

林月娥眯眼笑了下："这件衣服在我店里挂了好几天都卖不出去，就得你这样的大高个子才能穿。"

林琦偷笑了一下："辉哥是高。"

两人在林月娥"早点回来"的叮嘱中走下了楼。

街上，人也不算少，个个都穿得很光鲜，路灯上都挂了小灯笼，一片喜庆的氛围。林琦在手心哈了口气，心情很放松："辉哥，明年咱们就大二了，你有目标了吗？"

"什么目标？工作？"孟辉手插在口袋里，眼睛盯着林琦不停哈气的掌心，"随便吧。"

林琦把搓热的手藏回口袋："怎么能随便呢，那你想好将来做什么了吗？"

孟辉挪回目光，天上又爆出了一朵火红的烟花，细细碎碎地落下，在他的眼中映出点点星光。曾经关于财富名利地位能得到的全得到了，开心吗？那是他真正想要的吗？孟辉抽出手，抹了下脸："我想做点能让自己高兴的事。"

林琦顿时警惕起来。

"这个，世界上没有绝对的自由啊，我们要适度，适度。"林琦小声道。

"将来的事将来再说，快去买烟花。"

烟花是还有的卖，只不过就剩礼炮了，老板搬了一箱出来："288发，就这个了。"

"这也太多了。"林琦瞠目结舌道。

"挺好的，吉利。"孟辉拍板了，直接解开棉服，从校服兜里掏钱，"就要这个。"

林琦在一旁道："288 发，这要放多久啊。"

老板边拿袋子替他们包起来，边乐呵道："这不是越久越好嘛。"

"我想买能拿在手上放的呢。"林琦小声道。

"有啊，我还剩几根，送你了。"老板大方道。

林琦喜出望外："谢谢老板。"

……

"就这个啊……"林琦拿着几根仙女棒，一脸的郁闷。

"这不挺好吗？"孟辉抱着烟花，看了看周围走过的人群，"你看，好多人手上都拿着这个。"

"都是小孩，还有小姑娘拿这个。"林琦无奈道。

"我口袋里有打火机，"孟辉拱了拱侧身，"你点着玩。"

"这有什么好玩的。"

林琦不情不愿地从孟辉口袋里拿了老板刚送的打火机，对着手里的那几根仙女棒，正要点，便听孟辉道："离眼睛远点，小心溅着。"

"哦。"林琦乖乖地把仙女棒拿远了，"啪"地点燃了其中一根，仙女棒的头子凑在一起，一下几根都"噼里啪啦"燃起来了，好看是好看，手上攥着个小星星一样，林琦脸上也不由自主地浮现出了笑容。

孟辉偏头看着，笑容在嘴角扬着就没下来过，他将来想做的事，就是像现在这样，看着林琦笑。

"你挥两下，"孟辉道，"快，都快没了。"

"幼不幼稚啊。"林琦嘴上说着，手却是跟着孟辉说的在空中划起了圈，光亮一圈一圈，转瞬即逝的美丽在心中留下的是最深刻的印象。

几根仙女棒都燃尽了，林琦倒还有点依依不舍地拿着不撒手，承认道："还是挺好玩的。"

"明天再去买，"孟辉掂了掂手上抱着的礼花，"还有这个呢，到时候我们在楼下放，点了，就去楼上阳台看。"

"好啊。"林琦欢乐地仰起头，笑容忽然凝固在嘴角。

不远处，浓浓的烟雾正顺着寒风飘散，若有似无的尖叫声飘来，林琦手里燃尽的仙女棒掉了下来。

"妈——"

人群围着年久失修的筒子楼指指点点，少年冲进包围圈，疯了一样往上跑。

沉重的烟花落在地上，高大的身影紧随其后，在人群的一片惊呼声中两人跑进了烟雾重重的楼道。

不会的，不会的，还没有到大年初三。飞快的脚步声在楼道里与他的心跳重叠，林琦的心脏都快要爆开，在看到烟雾蹿出的大门时，不假思索地用力撞了上去："妈！"

防盗门发出沉重的撞击声，林琦往后退了半步，被人用力攥紧了肩膀，抬头对上孟辉的目光，清秀的脸庞已经淌满了泪水。

"辉、辉哥，我、我没带钥匙……"

孟辉嘴唇微抖，仿佛看到了当年与林琦初见时的情景，那个伤痕累累一无所有的男孩冷漠又防备，对这个伤害他至深的世界充满了敌意。

"闪开。"孟辉将人推到一边，后退之后，全力撞了上去。

"嘭——"防盗门发出刺耳的声音，可依旧纹丝不动。

林琦抹了把泪，后退助跑，也用力撞了上去。

里面的是林月娥，他投入感情的"第一个妈妈"，不是那么出众，就像千千万万普通的妈妈一样，有时埋头顾着自己的那点事，甚至连孩子书包坏了一个多月都不知道，也会言辞难听地不允许儿子和她看不上的"坏孩子"交往……

里面存在的也不只是林月娥，那是林琦的——希望。

两人"砰砰"用力撞着门，孟辉停了下来，拉住林琦的手，眼睛紧盯着林琦，他的目光似乎有让人安定的魔力，镇定道："这样不行，我数一二三，我们同时用力。"

"嗯。"林琦抖着嗓子道，攥紧了孟辉滚烫的手。

"一!"

"二!"

"三!"

长椅上，两个少年倚靠在一起，高个子坐得笔直，矮个子的靠在他肩上，头垂了下去，似乎是睡着了。

"太险了，还好送来得及时。"医生感叹道。

"你们俩孩子也真是的，撞门，亏你们想得出。那么容易撞开，那家家户户还装防盗门干什么？火灾打119，懂不懂？"消防员无奈道。

"行了，等着吧，没多大事儿，过会儿人就该醒了。大过年的，真是，肩膀我看看，没撞坏吧，嗨哟，我怎么说，青了！"护士哭笑不得道。

孟辉垂下眼，肩头的林琦已经睡熟了，细密的眼睫湿漉漉的，脸上泪痕犹在，鼻子都红了，一副委委屈屈的样子。

他小心地捧着林琦的脑袋放到自己腿上，轻手轻脚地把身上的外套脱了，盖在熟睡的人身上，轻轻捋了捋林琦汗湿的刘海，大掌盖在林琦额头，嘴角用力地抿起，目光深沉而爱怜，轻声道："受委屈了。"

半夜时，护士出来说林月娥醒了，问要不要进去看看。

孟辉看了一眼躺在他腿上睡得正熟的林琦，犹豫了一会儿，轻轻晃了晃他："林琦，醒醒。"

林琦迷迷糊糊地睁眼："辉哥……"

浓浓的鼻音令孟辉心里一软，柔声道："阿姨醒了。"

林琦一个翻身起来，直接冲进了病房。

孟辉捡起掉在地上的棉衣挂在臂弯里，也跟着进了病房。

林琦拉着林月娥的手，额头抵在她的手背上小声哭着。林月娥却是在笑，她刚醒，头晕恶心，心口也疼，眼睛也看不清，反手轻拍了林琦的手。

孟辉上前走到林琦身后，轻揉了揉林琦颤抖的肩膀："好了，医生说了，阿姨没事，让阿姨再休息会儿，好吗？"

林月娥的目光顺着孟辉的声音追了过去，轻轻地点了点头。

"嗯。"林琦抹了下眼泪鼻涕，肩膀一抖一抖地站起身，小心翼翼地把林月娥的手塞回被子里，"妈，你歇着，我跟辉哥就在外面。"

林月娥的目光依旧望着孟辉的方向。

孟辉出声道："阿姨放心。"

林月娥这才又点了点头，慢慢闭上了眼睛。

孟辉拉着林琦出了病房，低头发觉林琦在掉眼泪，心头一紧，轻轻拍了拍他的背："没事了，没事了。"

林琦抬手抓紧了孟辉的胳膊，放肆地无声痛哭了起来，在见到林月娥睁眼那一刻，压抑在心中的那些情绪终于忍不住在此刻爆发。

孟辉低头，眼眶也不由得红了，轻轻抚摸着林琦的短发。

林琦哭完，狼狈不已地抹了把脸，用力吸了下鼻子，小声道："谢谢。"

"就口头感谢啊？"孟辉漫不经心道。

林琦抬眸，眼睛肿得像樱桃，被孟辉轻松的语气给噎住了。

孟辉指了指胸膛前的水渍："这衣服不能穿了，你赔吧。"

"你以后都不要再穿这件衣服了，"林琦又气又笑道，"太难看了。"

"难看？"孟辉挑了挑眉，勾住林琦的脖子用力一晃，"跟谁说话呢？"

"忠言逆耳利于行，"林琦嘴角在不知不觉中又慢慢扬起，"辉哥。"

孟辉见逗笑了林琦，抬手轻捋了捋他的头发："累吗？再睡会儿？"

"睡不着了，"林琦动了动肩膀，"辉哥，我这儿好疼。"

"青了，能不疼吗？刚护士说了，至少得疼上一周以上。"

"啊？这么久，那不是……不是不能写寒假报告了啊？"

"……"

林琦被这场火灾吓坏了，事后消防出单，发现是取暖器引起的，林琦怕再受一次惊吓，几乎寸步不离地守着林月娥过了大年初三。

零点过去的时候，他正坐在病房里守着林月娥，看着安然熟睡的林月娥，默默流着眼泪。

林月娥活下来了。

那是不是代表……其实他也可以？

而他就那么放弃了与杜承影知己一生的机会……

孟辉站在门口看着林琦单薄的背影，忽然觉得此刻的林琦前所未有的伤心，连带着他的心也不自觉地揪了起来。

一场火灾，闹得房子也没法住了，林月娥干脆一不做二不休，说："搬家！"

大过年的，林月娥雷厉风行地就去买下了一处房子，林琦惊讶于家里竟然还有那么多钱，一套三室的房子林月娥说买就买了，地段也还不错，离学校和林月娥的服装店都挺近的。

"妈，你服装店这么能挣钱啊。"林琦拿着签好的购房合同感叹。

林月娥脸上滑过一丝不自然的神情，随即又马上掩饰了过去。

"你妈的能力，你还不知道吗？"

林琦点头，啧啧称赞："厉害。"

"咱们呀，这叫开门红，"林月娥挽着林琦的手，面上笑容自信，"接下来的一年肯定特别红火。"

经历了生死，林月娥心中那最后一点阴霾也消失了。孟辉说得对，只要林琦好好的，她什么也不怕，什么也不在乎。

新房子是二手房，装修得还不错，林月娥带着孟辉和林琦趁着打折，挑选了全套的软装家具，收拾收拾以后，赶在林琦开学之前，三人就顺利住进去了。

挑选家具的时候，林月娥很自然地为孟辉买了床和书桌，当着林琦的面问了孟辉的喜好，孟辉回答得也很坦然，搞得林琦怀疑孟辉和林月娥是不是在自己不知道的情况下达成了某种共识。

不觉真相的林琦心情复杂地搬进了新家。

客厅和房间里，林月娥都特意买了空调，然后，像是心照不宣似的，孟辉住进了林家。

转眼就到了林琦期待的研究生考试。

这几年的时间里，孟辉已经完全成了一个好学生，身上那股随时要与人斗狠的气质也变得内敛，越来越接近林琦记忆中的孟辉。

甚至比起上一局时功成名就的孟辉还更沉稳，少了那些轻狂自负，成熟得不像话，只有偶尔逗林琦的时候，林琦才能感到一丝熟悉的少年意气。

也是，毕竟孟辉也是第二次进入这个副本的人了。

"都检查好了吗？准考证、水笔、圆规、尺子，还有什么，对，纸巾、水杯，都看看自己书包里的东西。"林月娥还在屋里换衣服，大声催问。

林琦站在门口，无奈道："妈，你不是昨晚都看过了吗？"

"那也要再看一遍的。"林月娥穿着一身桃花粉的旗袍出来，新烫的卷发披散在肩头，面色紧张道，"琦琦，小孟，你俩可千万不能紧张啊。"

孟辉边换鞋边对林琦沉稳道："你一定能上。"

"借你吉言。"林琦拍了拍孟辉的肩膀。

林月娥开车送两个孩子去考场。

外面下了淅淅沥沥的小雨，林月娥道："哎呀，车里就两把伞，我就不送你们进去了，一人一把，去吧，旗开得胜啊。"

"好，妈放心，没问题。"

两人下了车，一人撑了一把伞走向考场。

林月娥坐在车里看着两个孩子的背影，欣慰地笑了，她的林琦顺顺利利地去考试了，这一次，林琦没有辍学。

林月娥的眼眶悄悄红了，低头抹了抹眼角，抬起头对着车上的化妆镜，泪中带笑地勾了勾嘴角，她的宝贝，她的儿子……那么优秀……

她回想起来跟孟辉的那次谈话，他们都只有一个目标，就是希望林琦能够过得开心。

还好，她选择跟孟辉合作，选对了。

——"目的？我没什么目的，我就希望他快乐，幸福。"

——"好……那我……照你说的做。"

考试结束后，林琦真情实感地感到了快乐，雨在考试结束前也停了，奔出考场那一刻，林琦整个人都快飞起来，随着人流奔涌向出口。

孟辉鹤立鸡群的个子和林月娥桃粉色的旗袍在人群中一下就抓住了林琦的眼球，林月娥奋力挥着手："琦琦，这里！"

林琦飞奔过去，拉住林月娥的手，神采飞扬地望向孟辉："辉哥，你提前出来了？"

"答完了，就提前出来了。"

林琦咋舌，这就是所谓的男主角光环吧！

林琦和孟辉晚上要去聚餐，林月娥开车送他们过去，一路上林琦都在和孟辉讨论考试内容。

虽然对林琦来说这可能只是个短暂停留就要离开的小世界，可林琦还是想认真地去度过，努力学习了这么久，还是挺期待一个好结果的。

"我好像错了。"林琦郁闷地发现自己专业课最后一道题目又做错了。

林月娥忙在前面道："没事，错一点没关系的，考满分那也不现实，咱们不要那么多分，够用就行。"

"嗯，"孟辉道，"我算了算，上清辉没问题。"

"辉哥说能上，那就肯定能上。"林琦笑嘻嘻道。

离晚上聚餐还有一点时间，林月娥将两人在附近的商场放下，给了两人一人一个新钱包，里面都装好了钱："去吧，出去玩吧，想买什么就买点什么。"

"好啊，谢谢妈。"等林月娥走了，林琦一数，"哇，两千块。"

孟辉直接把钱包放到了口袋里，林琦用胳膊肘撞了撞他："你怎么不看？"

"给多少都行，没什么好看的。"孟辉不在意道。

林琦撇了撇嘴，不愧是孟总，他把钱包也塞回口袋，大手一挥道："走，去消费！"

林琦也过了一把霸道总裁的瘾，让孟辉在店里当模特来回试衣换装。

孟辉肩宽腿长个高，天生就是个衣服架子，无论什么风格都能驾驭得很好，他的魅力不单单是俊美出挑的外形，而是身上散发的自由与沉稳相结合的矛盾气质，别说店员，连店里其他的顾客都不自觉地投来目光。

"这两兄弟长得真好。"

"弟弟可爱，哥哥帅，真好，真羡慕他们的父母……"

"这件挺好。"林琦憋着笑，指了指孟辉身上淡蓝色的卫衣，衣服胸前印了个舔鼻子流口水的狗熊，"特别适合你。"

"我也觉得很不错，"店员忙道，"青春时尚，颜色和剪裁都特别衬你哥。"

"那就这件了。"孟辉随意道，假装没看见林琦在偷笑。

林琦越看那衣服越觉得滑稽，笑道："晚上跟老师一起吃饭就穿这个吧，特好看。"

店员高兴道："其实弟弟可以买一件小号当兄弟装啊。"

周围正看热闹的顾客不自觉地跟着点头。

林琦的笑容僵住："我……我就算了吧。"

"我觉得这个主意很好，"孟辉上前，两只大掌落在林琦肩头，"去试试吧，弟——弟——"

"两只流口水的狗熊"一起走出了店铺。

孟辉修长的臂膀搭在林琦肩头，林琦垂头丧气地拎着装了旧衣服的袋子，太气人了，小号只剩粉色，林琦在孟辉的威胁下不得已穿上了，什么叫搬起石头砸自己的脚，这就是！

孟辉忍俊不禁道："穿了新衣服，还不抬头挺胸？"

"粉色……"林琦拉了拉衣服，满脸的不情愿。

"粉色怎么了？很好看啊。"孟辉这话倒是真心的，林琦皮肤白，脸清秀，穿粉色颇有点美少年的意思。

林琦叹了口气："显得我太像中学生了。"

"这不是粉色显的，"孟辉揉了揉他的头发，"这是个矮显的。"

林琦轻瞪了他一眼："不行，你回去，你也换件粉色的。"

"我都穿身上了，再回去换？别为难人家了，"孟辉紧了紧手臂，"老老实实穿着吧。"

晚上的聚餐，"兄弟装"果然引起了轰动。

"天哪，班长你也太可爱了！"

让林琦万万没想到的是，引起围观的竟然是他。主角不愧是主角，就算穿着再可爱滑稽的衣服，气场摆在那儿，凡人根本不敢造次。林琦生无可恋地被班上一众人围观着，实在头疼，还是躲到了孟辉身边。

孟辉坐在一旁，嘴角噙笑，扭过脸微微俯身道："果然吸睛。"

林琦恨不得掐孟辉两下。

两人一起去给张主任敬酒的时候，张主任惊讶道："嚯，林琦这个粉色好看啊。"

林琦立即闹了个大红脸。

张主任在孟辉身上扫了一眼，才恍然大悟道："兄弟装。"

众人一起哄笑起来。

"张老师，我们敬您一杯。"林琦不管那些笑声，轻声不好意思道。

"好。"张主任拍了拍林琦的肩膀，"林琦，你是个有善心的好孩子，"又拍了拍林琦身边一直沉稳如山的孟辉手臂，"你爸爸要是能看到你现在的样子，一定很高兴。"

林琦抬头看了孟辉一眼。

身为男主角，孟辉也有一个坎坷的身世，母亲难产早逝，父亲是长途车司机，早出晚归，没怎么管孟辉，在孟辉十四岁那年一次跑项目的途中出了交通事故意外死亡，家里老人没两年也走了，孟家亲戚不多，也没人愿意收养孟辉，从那以后孟辉就变成了孤儿。

"谢谢张老师的照顾。"孟辉抬手，"您是我心中最好的老师。"

张主任眼角有点红，掩饰地笑道："越来越会说话了啊。"抬手将杯子里的小半杯红酒一饮而尽。

林琦和孟辉也把杯子里浅浅的红酒喝了，现场一片叫好声。

聚会结束之后，班上领头的说要转战 KTV，喊着今晚要通宵，一个也不许走。

"不行，我没跟我妈说，得打个电话跟她说一声。"林琦捂着耳朵，躲避一群人的鬼哭狼嚎，想找个安静的角落给林月娥打个电话。

打了两遍没人接，林琦皱了皱眉，看了一眼饭店中央的时钟，才十点多，林月娥应该还没睡啊。

孟辉也走了过来："怎么样？阿姨不同意就回家吧。"

林琦皱眉道："没人接。"

"我来。"

电话拨过去，通是通了，可是依旧没人接。

孟辉的脸色也有点沉了下来，拿出自己的手机再次拨了号码。林琦在一旁眼巴巴地盯着看，脸色有点紧张："怎么样，接了吗？"

孟辉没说话，抬了抬手，有"嘟嘟嘟"打通的声音传来，可就是没人接。

正当孟辉要按下键重新拨的时候，那头终于"咔"的一声接通了。

"阿姨。"孟辉轻声道。

林琦面色松了一下，拿过手机欢乐道："妈，是我，我们同学说要去 KTV 通宵，我跟辉哥一起，行不行？"

听筒那头没有声音，只有粗声粗气的呼吸声。

"妈……"林琦疑惑道。

孟辉忽然果断地挂了手机，把林琦吓了一跳，他惊诧地望向神情肃然的孟辉。孟辉拧眉道："走——去报警。"

"这满打满算，也才一下午，"民警皱眉道，"先帮你们登记一下吧，去她经常出入的场所看了吗？说不定只是手机丢了。"

林琦心怦怦乱跳，惶然地望向孟辉。

孟辉沉着道："我能听出来，电话那头的是个男人。"

民警道："我先不管你怎么听出来的，我再跟你强调一遍，很有可能是手机丢了，或者被人偷了。我先帮你们登记，二十四小时之后会立案，明白了吗？先回去吧，说不定过会儿人就到家了。"

林琦走出派出所，脚步跟跄了一下，被孟辉拽住了手，他茫然地望向孟辉："辉哥，我、我有点怕。"

他的掌心出了汗，冰冷又黏腻。孟辉攥紧了他的手，闪着光的眼眸凝视着他："别怕，会没事的。"

"你儿子听上去挺活泼的。"一双黑色的靴子轻踢了踢林月娥的头，"比你老公可爱多了。"

林琦开门的时候手有点抖，推开门，屋内一片漆黑。孟辉先一步跨了进去，拉着林琦的手道："你等等。"

孟辉抬手开了灯。明亮的光线照出了温馨的家，暖色调的装修，整洁可爱的家具摆放，并没有被人私闯的痕迹。孟辉把每个房间都打开看了一下，才又回到了门口："进来吧。"

"妈不在，是吗？"林琦没走进去。

孟辉拧着眉点了点头。

林琦的心沉到了谷底，他有一种很不好的预感："辉哥，我出去找找，你在家里等着。"

孟辉拉住了他的胳膊，严肃道："你等，我出去找。"孟辉强硬地将林琦拉进了家门，把人按到沙发上，郑重地凝望着他，"门关好，我回来会自己开门，别给任何人开门，听明白了吗？"

林琦轻轻点了点头。

孟辉出去了，门"嘭"地关上，林琦木然地坐在沙发上，慢慢往后倒去。

灯光明亮而刺眼，林琦眨了眨眼，眼睛有些酸涩，缓缓道："系统……你一直都在，是不是？"

系统："我能去哪儿？"

林琦："林月娥……"

系统："这我可以告诉你，她下线了。"

林琦的心猛地一抽，下线——多么冰冷的词语。

林琦按住心口，佝着腰无声地咬牙落泪。

系统冷静道："你做得挺好，我也没必要出来，有些事实，你要碰壁才知道，我也没必要多说。"

心脏紧得快要受不了，林琦克制住自己的情绪，大口大口地呼吸着，林月娥温柔的笑容在他的脑海里闪过，轻柔又爱怜地叫他"宝贝琦琦"，呼入咽喉的空气刀割一般地疼，他紧紧地抱住自己的膝盖，一下一下地磕着额头。

系统叹了口气："别这样，总有结束的，你就乖乖地做任务吧。

孟辉的黑化值已经降了10%，下次就不要挣扎去改变了，你要记住，你是协调者，你的任务就是帮助世界线顺利发展……"

"我不后悔，"林琦顿住，涕泗横流的脸颊埋在膝盖里，哽咽道，"至少……我让她……快乐了一段时间……"

——"怎么样，妈这个服装店可以吧？过两年都可以开连锁了。"

——"来来，宝贝琦琦，尝尝妈做的红烧肉。"

——"今天妈真是太高兴了！"

岁月在她脸上刻下了痕迹，抬头纹、鱼尾纹、雀斑，一样都不少地找上了她的脸颊，可是幸福的笑容留在她脸上，就是最好的装饰。

"我不难过，"林琦抬起头，用力眨着眼睛，"你说得对，总有结束的时候……"但留下的记忆永远美好。

系统沉默："说实话，我觉得你现在有点钻牛角尖，你太投入了。"

林琦："我知道。"

系统："这样……不太好。"

林琦："我知道。"

系统："都知道，但不打算改。"

林琦："嗯。"

系统无话可说了，不撞南墙不回头，它等着林琦精神崩溃的时候。

后半夜的时候，孟辉回来了。听到开门声，林琦微微动了动，随即又缩回了沙发上。

进屋的孟辉对林琦摇了摇头。

林琦毫不意外，只是静静地看着孟辉。

孟辉走到沙发前，居高临下地看着仰头的林琦，轻声道："哭了？"

林琦默默不言。孟辉心中一痛，他说不出很确定的安慰的话，他的直觉告诉他很不好。

"丁零零！"

屋内的座机忽然响了，孟辉立即过去接通了："喂。"

"……好……我们马上到……"

孟辉挂了电话，慢慢望向林琦，喉咙骤然变得干涩："林琦……"

林月娥的尸体在凌晨三点被发现，在一处树林里，面部特征完整，警方一下就确认了林月娥的身份。

"尸体我们需要解剖，希望家属理解。"

林琦缓缓点了点头，从接到电话的那一刻，他就一直很冷静，除了脸上有痛哭的痕迹，他轻声道："我想知道，我妈她……走得痛苦吗？"

"初步判断致命伤在左胸口，一刀毙命，应该不是很痛苦。"

林琦木着脸眨了眨眼睛，滚了两行泪："谢谢……"

孟辉搂住他，轻拍着他的背。

林琦转脸揪住孟辉的胳膊，沉默地低下了头。

丧事办得很简单，林琦妈妈那辈没什么亲戚，他生父也早与他这边断了干净，来的人多是林月娥的同事、朋友，还有林琦的同学，张主任代表学校也来了。

林琦看上去整个人蜕变了很多，尽管眼睛红肿眼圈红透，但依旧冷静礼貌，得体地应对着亲友。

丧礼结束后，林琦捧着林月娥的照片，黑白相片上是林月娥去年在影楼拍的照片，显得特别年轻。林琦低头望着玻璃相框里的照片，轻声道："辉哥，我记得我妈那时候染的是红色吧。"

"是，酒红的，很亮。"孟辉轻搂着林琦，他陪着林琦也已经几天没合眼，下巴上冒出了丛丛胡楂。

林琦摸了摸黑白颜色的照片，淡淡道："好可惜。"

林琦肉眼可见地变得沉默了，经常发呆，有时候坐在沙发上，电视开着，一坐就是很久。孟辉上前拍他的肩膀，他又说没事。

"林琦，你还有我。"

林琦缓缓道："辉哥，每个人都有他的终点，我们能做的真的很少，不过至少，人还在的时候，我很珍惜地与他度过了美好的时光，这样……也不算遗憾吧。"

孟辉轻拍着他的背，他忽然觉得林琦的这番话里还有些别的意思，仿佛不只是对林月娥，他甚至想到了上一局林琦走的时候。

他为什么那样痛苦，那样后悔，就是因为林琦在的时候，他自大又狂妄，以至于最后……甚至害死了林琦。

好遗憾，好遗憾没有认真地对这个人说过。

孟辉低头，柔声道："是的，只要珍惜，就不会遗憾。"

再大的悲痛，日子还是要过，两人一起回到学校，戴着黑色臂章的林琦得到了许多同情的目光，孟辉攥着他的手，他偏头对孟辉微微一笑："我没事。"

春招开始了，体育馆里人山人海热浪滚滚，林琦和孟辉也去了，半凑热闹半认真的。

"要是我没考上，也得跟他们一起挤破头地找工作。"林琦感慨道。

孟辉微微一笑："无论如何，总要经历的。"

林琦点头："也是……你等等，我去上个厕所。"

"我陪你一起去吧。"孟辉道。

林琦起身从他身前挤过，按住他道："读研究生要陪，上厕所也要陪？坐着吧。"

今天体育馆里的人格外多，摆满了各种校招的摊位，学生们都四处张望。林琦边下楼边望着下头热闹的场景，这么热闹……林琦叹了口气，来到礼堂一楼的厕所，结果厕所门口放了个维修的牌子。

"不会吧，这个时候维修。"林琦嘟囔了一声，转身出了体育馆。

孟辉坐在门口的长椅上，思绪略有些分散。

他的确利用了对未来的预知改变了林月娥的命运，可林月娥还是死了。他清晰地记得，林琦说过，他妈妈去世之后，没过两年，他那个跑路的后爸也在外面不明不白地死了，林琦说大概是被追债的砍死的，谁知道呢。

孙重海先死了，林月娥死在了这之后的两年不到，就像是……两个人交换了死亡时间一样。

这件事孟辉在林琦面前都不敢细想。

当年"游戏厅谋杀事件"让他待的游戏厅亏得血本无归，有个在游戏厅常玩老虎机的人，中了一票大的，被抢劫之后溺毙在游戏厅附近的河里。

喧闹声唤回了沉浸在回忆中的孟辉，他抬起头，目光扫过墙上的钟，骤然发现原来不知不觉中已经过了快半个小时，怎么林琦还没有回来？

林琦一直走到教学楼才找到了厕所。

学校的教学楼没有课的时候空荡荡的，林琦习惯性地进入了隔间上厕所，拉下拉链时，听到门口似乎有关门的动静传来。

林琦拉上拉链，疑惑地要推开门想看看情况。

"别开门。"系统忽然道。

林琦的手已经放在了插销上："怎么了？"

"蹲下——"

长刀砍下来的时候，林琦猛地蹲了下去，刀锋险险地从他的头顶刮过，惊出了林琦一身的冷汗："系统，这……"

"别废话，蹲下。"系统冷静道。

外面的人这会儿用力地砍向了木制的门，没几下，薄薄的门木屑横飞，一双布满红血丝的眼睛从缝隙中看向林琦，外面的人狞笑了一下。

林琦抬脚，"嘭"的一声，外面的人被这猝不及防的一脚连人带门踹翻在地。林琦灵敏地夺刀用力一掷，刀锋插入墙面，林琦抬起脚，一脚对准躺在地上呻吟的人用力踩了下去。

"嗷——"

惨叫声在空荡荡的教学楼里回荡。

孟辉听到叫声，立即冲了过去。

厕所门打开，林琦与孟辉面面相觑，这是林琦第一次"开挂"，不是很熟练，战战兢兢道："辉哥，有人要砍我……"

孟辉拉着林琦出来，惊魂未定地看了一眼躺在地上的人，气息不匀地对林琦道："你站外头。"

没过几天，笔录就出来了。

两年前，凶手在河边醉酒遇上了孙重海，两人发生了口角，直接将孙重海推下了河，之所以忽然对林月娥下手，是因为他得了绝症。

"一家人就要整整齐齐。临死前也做点有意义的事吧。"

那人蔫蔫的，说话的语气极为随意。

天高气清，大晴天的墓园极为干净，时不时地有人来打扫献花，安静中透露出一股别样的烟火气。

"妈，凶手已经归案了，"林琦捧着一束白色的菊花，面上宁静平和，他心里知道林月娥这个人物下线就是下线了，再也见不到了，但他的目光依旧柔和眷恋，轻轻把花放下，低声道，"妈妈，我爱你。"

墓碑上的黑白照片笑容温暖，眼神中充满了爱意。

微风吹拂过林琦的短发，他的心里有遗憾，有不舍，有伤感，唯独没有后悔，他不后悔在这个小世界里投入了感情，他体验过了从未体验的亲情，他很高兴。

"系统，谢谢你救了我。"林琦轻声道。

系统没有回应。

林琦微笑道："就算你不理我，我也知道你在陪我哦。"

系统："别吵我看电影……"

孟辉远远地站着，面上没什么表情，心中却是悲凉不已。他以为他能救林月娥，可林月娥依旧死了。那么林琦呢，他还能救林琦吗？

清瘦的身影直起了身，回眸向他微笑。

孟辉抽出口袋里的手，轻轻向林琦挥了挥手。

研究生的录取通知来了。

林琦跨考去了中文系，孟辉去了建筑系。

和上一局完全不同的画风。

林琦看了一眼孟辉的录取通知书，心道这可全跑偏了，玩笑道："以后你造房子，我卖房子。"

"中文系，就打算干这个？"孟辉揉了揉他的头发，"有点梦想，行吗？"

"也没什么梦想，就想……好好生活吧。"林琦笑容清浅。

孟辉目光柔和："这个想法就很不错。"至少……至少他留住了一个内心没那么伤痕累累的林琦。

研究生生活开始得很平静，林琦和孟辉两人在不同的宿舍楼，课程也全然不同，除了周末和节假日能固定碰面，平常孟辉也不会强求。

清辉课程紧，经常会有小组学习活动，林琦与孟辉都很忙，孟辉有时有空也会来林琦的宿舍串门。

"辉哥，来了啊。"林琦的舍友柯惜玉开的门，穿着大裤衩大背心，嘴里还叼着牙刷。

孟辉笑了一下："刚起？"

"是啊，"柯惜玉边挠头边往卫生间走，"昨晚通宵了。"又探出头来道，"林琦还没醒。"

孟辉点了点头，关门的动作放得很轻，把手里提的东西放到桌上，走到宿舍最里面靠窗的床位，撩开深色的床罩，看见林琦趴着睡得正香，脸上压得红扑扑的，身上盖了条毛巾毯，露出白皙的肩膀。

孟辉微微笑了笑。

"辉哥，桌上的我能吃不？"柯惜玉朗声道。

孟辉对他做了个"嘘"的手势，点了点头。

柯惜玉做了个在嘴上拉拉链的姿势，在桌上的袋子里挑了两个包子，轻手轻脚地走了出去。

林琦被闹钟吵醒，下床看见孟辉，吓得直接往回爬，把自己整个藏在床罩里，只露出一个脑袋，瞪着眼道："辉哥，你怎么来了！"

孟辉抬头："我不能来吗？"

林琦无奈，能是能，这么早，他就穿了一条内裤。

孟辉低了头，起身在林琦的衣柜里找了一件T恤，一条中长的裤子，往上一扔："穿吧。"

林琦小声道："谢谢。"

孟辉重新坐下，把袋子里的豆花、油条都拿了出来。

"穿好了赶紧下来洗漱吃饭。"

"嗯嗯。"林琦躲在床罩里忙不迭地穿衣服。

林琦以最快的速度洗漱完毕，飞快地跑出来吃早饭，随口问道："小玉呢？"

"出去了。"孟辉道，"怎么通宵了？"

"临时改论点，今天要拿去审，没办法就通宵了。"林琦喝了一口豆花，眯了眯眼，"三食堂的豆花真是一绝，辉哥，没少排队吧？"

"不用啊，"孟辉随意道，"多的是人主动送我。"

林琦拿勺子的手顿住，眼神复杂地望向孟辉："辉哥，你指的那个人……是食堂阿姨吗？"

孟辉挑眉："回答正确。"

林琦也是万万没想到，孟总把在商场那份长袖善舞充分运用到了与大学食堂阿姨的交际当中，各个食堂的美食都尽收麾下，连新开才两个月的三食堂都拿下了。

林琦由衷道："佩服佩服。"

大学食堂阿姨可比商场上那些合作伙伴难对付多了。

"好说。"孟辉伸手轻揉了一下林琦的头顶，"赶紧吃吧，别贫了，凉了就不好吃了。"

经历了许多的林琦比从前开朗大方了很多，也更爱笑了。同样的，那个浑身上下都写着"不好惹"的孟辉气场也柔和了很多，两人像真正的亲兄弟一样，互相扶持、互相依靠。

"明天周末了，要不要出去玩？市里有个奇妙插画展，都是一些国外的画师没有出版过的废稿，我看了一下介绍，很有意思。"孟辉道。

林琦眨了下眼，喝了一口豆花，想了一下道："我都行啊。哎，辉哥，我特别想吃烤肉。"

"那就吃。"孟辉随意道，"串？还是日式韩式？"

"串，二食堂楼上不就是韩式烤肉，没意思。"林琦就惦记烤串了。

孟辉道："行，我看看那个画展旁边有没有评价好一点的烤串。"

"咋，"柯惜玉边开门边道，"我可听见了，吃烤串，听者有份，封口费。"

"你嘴边还沾着包子皮呢，先擦擦吧。"林琦打趣道。

柯惜玉抬手抹了一下，对着孟辉与林琦作了个宫廷剧里婢女会作的揖："多谢孟公子的猪肉大包子，甚是美味，明儿个，您就把林小主带走吧。"

"我可算知道林琦的贫嘴是跟谁学的了。"孟辉摇头道。

柯惜玉收了手势，拿了衣柜里的 T 恤利落地换上："辉哥，这你可就冤枉我了，都是我跟林琦学的，我跟你说，你亲情滤镜不能太重，咱们做人得讲良心。"

"你快别说了。"林琦受不了了，拿了他扯下来的半根油条往柯惜玉那儿一递，"这里还有半根油条，快吃吧。"

柯惜玉蹦跳着过去接了半根油条，又作了个揖："多谢小主。"

"滚。"林琦笑道。

孟辉看着林琦与柯惜玉笑闹，也是一脸温柔，他喜欢看到林琦这么自在的样子。

"咚咚——"

宿舍门被敲响了。

柯惜玉过去开门："哟，申书记。"

"别贫，"申昊乾先抬手制止了柯惜玉的表演，"我来跟你们绝代双骄说一声，周末跟建院联谊，咱们院一共没几个男的，我跟你说清楚了啊，死任务，必须到场，不得请假。"

分宿舍的时候，分到柯惜玉和林琦就没人了，两人占了一间，又都长得白净清秀，所以院里都开玩笑叫他们"绝代双骄"。

柯惜玉脸一垮，回头道："孟公子，您的周末烤串之约，恕难从命了。"

申昊乾往里看了一眼，看到坐着的高大孟辉，笑道："孟哥也在啊，赶巧了啊，这回你们建院要和我们文院友好交流，我们文院可有不少美女到场，快别周末去烤串了。"

孟辉微笑了一下，不置可否。

林琦却道："书记，我真不能去。"

"为什么啊？"申昊乾道，"你不给我一个能接受的理由，我不能接受啊。"

林琦咬了咬牙，干脆道："我有暗恋对象了。"

"哦哟！"最先有反应的是柯惜玉，回身蹿到林琦身边晃他的肩膀，"小样，有情况不向组织汇报，活腻了你，看我不大刑伺候，"柯惜玉伸了手指在林琦身上乱戳，"扎你，我扎、我扎……"

申昊乾朗声道："你们闹啊，我没见过人我就不信。"

林琦边笑边躲："真的，真有了，不信你们问辉哥。"

孟辉也没听说这件事，但还是下意识地帮他打圆场："林琦是有个暗恋对象，很漂亮，特别温柔。"

柯惜玉停了动作，狐疑道："这听着完美得不像真人啊。"

孟辉心道：谁说不是呢。

"当然是真人了，"林琦抖了抖肩膀，为了加大可信度，还强调道，"有名有姓，不想告诉你们而已。"

"呕。"柯惜玉第一个受不了，猛晃了下林琦的肩膀，"别说了，行，我信了，太恶心人了。"

林琦哭笑不得："哪里恶心啊。"

申昊乾也差不多，搓了搓胳膊："这鸡皮疙瘩给我起的。行，你免了，小玉你必须到啊。"

"可以。"柯惜玉敬了个礼，嬉皮笑脸道，"书记，咱们能把联谊定在烤串店吗？"

"烟熏火燎的，对美女有点敬意行不行？主题咖啡馆，已经定了，不得有异。"申昊乾挥了挥手，"走了啊，下午有课，都别忘了。"

"书记慢走。"柯惜玉摆手道。

林琦也腼腆地摆了摆手，孟辉一直低着头，目光定定地看着桌面。柯惜玉又叽里呱啦地在说俏皮话，林琦边吃早饭边时不时地搭上两句。

"我去图书馆了啊。"柯惜玉拍了拍林琦的肩膀，"拜拜，情圣。"

林琦无奈笑道："走吧。"

宿舍里就剩下林琦与孟辉两人，林琦还在吃那碗豆花，也低着头默默的，他能感觉到，从刚刚开始孟辉身边的气压就有点低。

孟辉开口了，低着头缓缓道："真有那么个人？"

林琦轻声道："嗯。"

孟辉沉默了很久，林琦默默地搅动着那一碗豆花也没心思再吃。孟辉很好，是他在这个世界唯一的依靠，他们两个说是相依为命也不为过，可有些事是不能说给孟辉听的。

孟辉独自坐在学校梧桐树下的长椅上，仔细地思索记忆里"那个人"存在的蛛丝马迹。

上一局林琦的确是经常出国，孟辉不会英语，讨厌翻译，所以从不出国，每次都是林琦一个人出国办事。林琦是个工作狂，来回也很快，在国外也会经常和孟辉报备进展，孟辉实在难以想象那样的林琦会"假公济私"与情人幽会。

如果是，那为什么不向他坦白？即使他再糟糕，也算得上是林琦最合拍的合伙人吧？

而且那么好的人为什么没有让林琦快乐，还是……林琦的快乐只是不在他面前展现？

林琦是他的左膀右臂，无论是工作生活都给予了他无限的帮助，即使有的时候他捅了娄子，也是林琦不辞辛苦地跟在他身后擦屁股，他回报了林琦什么？半个公司？那本来就是林琦应得的。还有呢？无穷无尽的争吵、夺门而出的悔恨……

他在林琦的生命里到底扮演了一个怎样的角色？

孟辉仰起头，斑驳的树影投在他脸上，他眯了眯眼，在混乱的回忆中不能自拔。

下午上完课，柯惜玉说他要去买衣服，好好装扮装扮自己，争取在联谊会上"艳压群芳"。

"不能丢了咱们绝代双骄的脸哪。"柯惜玉勾着林琦的脖子，满脸嬉嘻，"我一个人的肩膀承担了我们整个宿舍的担子，我必须要坚强起来。"

林琦拉下他的胳膊，无语道："我可没这个想法。"

"一点帅哥的自尊都没有，"柯惜玉批评道，甩了甩到肩的头发，"爷去了，你晚饭自行解决。"

"快走吧，我难道还要你喂吗？"林琦顺势推了他一把，两人嘻嘻哈哈地分开了。

晚上没课，林琦买了份老鸭粉丝汤提回宿舍吃，一路上被几个人打招呼，挤眉弄眼的。

"谈恋爱了啊。"

"听说有女朋友了哦。"

"脱单请客啊！"

林琦脸色微红地加快了速度："小玉这大嘴巴也真是的。"

一下午的工夫，恨不得全校都知道了。

拐到楼道尽头，高大出挑的身影正站在走廊里，靠在阳台上眺望前方，林琦的脚步顿住，随即又迈开脚步，朗声道："辉哥。"

孟辉回过脸，夏日淡淡的夕阳映在他脸上，冷硬的神情也沁出一点温柔："回来了。"

"嗯，"林琦快步上前开宿舍门，边开门边抬头道，"怎么这个时间来了，吃晚饭了吗？"

"还没有。"孟辉站在他身后，高大的身影笼罩着林琦。

林琦推开门，提了一下自己手上外带的老鸭粉丝汤："我买了份粉，挺多的，一起吃？"

孟辉跟在他身后进去："先别吃，我有话跟你说。"

林琦神色略微有些不自然："好啊。"

走之前林琦开了窗户通风，此刻夏日傍晚的一点凉风吹入宿舍内，比空调制冷带来的凉意要自然舒服得多。林琦放下打包的袋子和书，坐到了窗边："辉哥，你说吧。"

"你上午说的那件事，我仔细想了想。"孟辉也拉开凳子坐了下来，目光专注地凝望着林琦。

林琦尴尬地躲避着孟辉的目光，抬手轻轻抓了抓肩膀："辉……"

"喜欢就去追吧，"孟辉淡淡道，"我支持你。"

林琦惊讶地微张了张嘴。

"不是说人在国外吗？现在这个年代，国内外也不是什么不可逾越的距离，钱的事你不用担心，"孟辉脸色平静，"家里有钱。"

微风吹动着窗帘，若有似无地从林琦身侧擦过，随着系统提示的黑化值清零的提醒，林琦已经完全呆住了。

"我来，就是想说这个事，我想……当面说好一点，"孟辉起身，指了指桌上的外卖，"赶紧吃吧，一会儿凉了。"

门被轻轻地带上，"咔嗒"一声，林琦僵住的大脑猛然开始转动。

"系统……"

系统："恭喜，黑化值清零，意味着你随时可以去死了。"

林琦："他不会再黑化吗？"

系统："不会。"

和杜承影那坐过山车一样的黑化值不同，孟辉的黑化值呈匀速下降，下降曲线平稳，是一种真正的大彻大悟。

　　系统总结道："他已经明白了，放手才是成全。"

　　周末的插画展，林琦还是陪孟辉去看了，插画展很安静，两人不远不近地站着，都是静默的模样。林琦不太懂画，跟在孟辉身后停在了一幅废稿前面。

　　废稿名为"自由"。

　　画上有一只破笼子和一只鸟，因为是废稿，只画了一半，笼子倒是画全了，线条很丰满清晰，鸟的翅膀却隐没在了白色的纸张里。

　　孟辉负手静立，笑了笑，对身边的林琦轻声道："如果让你接着画下去，你要怎么画才能更好地体现'自由'这个主题？"

　　"我不会画画啊。"林琦压低了声音，不好意思道。

　　"只是想一想。"

　　林琦想了一下："把翅膀画完，画大点？"

　　孟辉不置可否。

　　林琦问道："辉哥你呢？"

　　孟辉望着那半幅画，静静道："我会把笼子擦了。"

　　林琦微笑道："辉哥，你这不是作弊吗？"

　　孟辉抬手揉了揉林琦的短发，目光柔和道："你不是说过，有福气的事，不能叫作弊。"

　　是，他决定作弊了。

　　既然老天给了他一个机会，他不会再做那个束缚着林琦的笼子，林琦有更广阔的天地。

　　从那个画展之后，孟辉明显地与林琦疏远了，连柯惜玉都感觉到了，问林琦："我怎么觉得辉哥好久不来了？"

　　"他们建院很忙的，研三就要去实习了，都在到处申请实习呢。"

林琦搪塞道。

柯惜玉摸了摸下巴： "是吗？我怎么觉得上回联谊，建院的人还挺空呢，你是不是跟辉哥吵架了？"

"胡说什么呢你。"林琦推开他，踢了鞋爬上上铺，干脆把床罩拉下，眼不见心不烦。

柯惜玉趴在梯子上，细声细气道： "也是，辉哥不会和你吵的，要么就是你欺负辉哥了。"

"唰——"床罩里飞出一根巧克力条。

柯惜玉眼疾手快地接住： "谢小主赏，小的明白，小的闭嘴。"

林琦躲在床罩里，烦闷地翻身面对墙壁，胸腔里像塞了一团棉花，说不清道不明的堵得慌，像欠了一笔永远无法还清的债……

"哎——干吗去——"柯惜玉叼着巧克力棒，对飞奔而去的林琦嘟囔道， "穿拖鞋还跑那么快。"

建院的宿舍楼离文院很远，林琦穿着人字拖，跑了两步拖鞋掉了，只好回去捡了穿上，不能跑，只能快走，在夜风里出了一身的汗。他边走边想，怎么这么远，孟辉每次来的时候都云淡风轻的，手上提的包子豆浆都还热着。

林琦心口堵的那团棉花像是浸了水般涨开。建院的宿舍楼轮廓映入眼帘，林琦不由得加快了脚步。

宿舍楼的桂花树下，纤细的身影对高大的男孩羞怯道： "孟辉，我喜欢你。"

林琦顿住。

"对不起，我有喜欢的人了。"孟辉淡淡道。

女孩声音软糯： "那……我们还能当朋友吗？"

"不能。"孟辉的回答很干脆。

女孩遭受了这样不留情面的拒绝，也只好离开。

林琦赶紧背过身，往旁边的柱子旁藏了藏，眯眼看着女孩离开了，才舒了一口气。肩膀忽然被轻轻一拍，林琦吓了一跳，回过脸，却是一脸平静的孟辉。

"跑这儿干吗来了？"

林琦也是一时冲动，其实他就是想跟孟辉说清楚，没想到碰上这种场面，有点尴尬道："没、没什么，我、我就是饿了，宿舍没东西吃了。"

"都听见了？"

林琦不好意思道："嗯……辉哥，你干吗对人家女孩子那么绝情啊。"

"如果她还喜欢我，继续做朋友，对她来说反而是一种伤害。"孟辉淡淡道。

林琦的心里终于明白了那些棉花堵在心口的难受。

"我不在乎，别内疚，"孟辉按了按他的肩膀，"我会陪在你身边，我永远……是你的辉哥。"

一股极为强烈的熟悉感袭来，林琦脑内一阵眩晕。孟辉道："饿了，等着，我去拿吃的给你。"

等孟辉上楼离开后，林琦扶着墙柱缓缓蹲下，脑海里极为混乱，刚刚孟辉说话的语气、内容都似曾相识，他好像……在哪儿听过似的。

林琦双手微微发抖，互相用力握住，混沌的脑海中被一团乱麻塞满了，以至于去而复返的孟辉轻拍他的肩膀，他都毫无反应。

"林琦？琦琦？"孟辉拉了人，见他面色恍惚，皱眉道，"怎么了，饿糊涂了？"

林琦望着他，脑内一热，两眼一翻，直接晕了过去。

"师兄，你可以用尽你的一切来伤害我。"

"我不在乎，别内疚。"

"我只想你……好好活着……"

温柔的声音在耳畔萦绕，似呓语似喟叹，悲伤又决绝。林琦猛地睁开了眼睛。

"怎么样？"一直盯着他的孟辉立即起身，探手过去摸了他的额头，"怎么饭都不好好吃，还低血糖了，以前从来没这个事。"语气是关怀的责备。

林琦再次用力眨了眨眼睛，抬眼终于看清了，雪白的天花板，手上的吊针，还有面前神色平静的孟辉。

"辉哥……"林琦喃喃道。

"嗯，低血糖。"孟辉双手交叠，平复了心情，"怎么我不盯着，饭都不吃了？"

林琦痛苦地呻吟了一声："我忘了。"

"以后到时间我打电话给你，必须吃，身体不能搞垮了。"孟辉抬手想揉一揉林琦的头发，还是放下了，"我给你倒杯水。"

林琦看着孟辉的背影，内心那个曾经冒出来又抓不住的闪光终于有了确切的声音。

"系统，你说，小世界里的人会出现同一个人跨越两个世界扮演两个角色的情况吗？"

系统照例是不回应不理睬，除了任务有关的内容，系统对林琦的态度就突出一个词——放养。

其实林琦不是第一次有这种念头了，那种相似的感觉，只是每次都模模糊糊地抓不住，有时候他会觉得他是不是太想念杜承影了，所以才会产生那一瞬的错觉。

真的有这么巧合的事情吗？真的会有两个完全不同的人给他带来那么相似的触动吗？甚至说出类似的话？可这个设想也太疯狂了，简直闻所未闻。

孟辉回来了，手里端着一杯水："喝点水。"

林琦扭头看着他，仔仔细细地打量孟辉，光从外表上看，他与杜承影的长相气质完全不一样，杜承影外貌华美清俊，孟辉硬朗挺拔，可以说是截然不同的两种类型。

大掌扶起了他的肩膀，孟辉端着水凑到他唇边："喝水。"

林琦低头喝水，心里疑惑不已。怀疑的种子一旦埋下，林琦甚至觉得孟辉给他喂水的动作都和杜承影有些相似，脑海里乱成了一锅粥。

喝了水重新躺下，林琦的目光依旧追随着孟辉。

孟辉被他盯得有点不适应："怎么了？"

"没什么……"林琦恍惚道，"我随便看看。"

实在头疼得要命，林琦闭上了眼睛，开始一声一声地呼唤系统。

"叫什么叫啊，"系统不耐烦道，"你别打扰我打游戏行不行？"

什么时候系统不看电影改打游戏了？

那不重要，林琦焦急道："系统，我、我有个不成熟的想法。"

系统："既然不成熟就别说了。"

林琦："我好像、好像觉得孟辉和杜承影是一个人。"

系统："就这？胡思乱想，再见。"

林琦无奈。

"点滴挂完了，我送你回去，"孟辉道，"下次可别再这样了。"

林琦闭着眼睛"嗯"了一声。

尽管系统说林琦是在胡思乱想，但那个疯狂的念头住进他心里之后，就像野草一样地疯长，他不停地骚扰系统，问系统有没有什么办法确定。

系统被他实在问烦了，敷衍道："用心，用心去感受。"

林琦沉默了一下之后，更高频率地持续骚扰系统。

系统忍无可忍："一般来说，这种事情不可能发生。"

林琦追问道："那不一般呢？"

系统："偶尔，极个别，非常小的概率下……小世界人不够用，兼职也是有可能的。"

不管前面的那些限定词，林琦顿时喜出望外，在小床上打了两个滚，把对面的柯惜玉吓了一跳。

"干吗呢？"

林琦充耳不闻，继续对系统道："那我怎么才能肯定是他呢？"

系统："用心，我没骗你好吧，你动动你的脑子仔细想想，我到底什么时候骗过你。"

林琦心里隐隐约约觉得是，系统说起"兼职"的可能性时，林琦就把怀疑直接拉到了七八成，还不能百分之百地肯定，万一是他想多了，那可不就太糟糕了。

系统什么都不怕，就怕林琦碎碎念逼得他烦，于是无奈道："我先警告你，你别忘了你的主要任务，这个概率是很小的，你懂吗？你还有好几个世界要跑。"

林琦："我都懂，我都听你的，求你告诉我吧。"

系统：小合成人求人的时候一套，翻脸又是另一套。

系统不情愿道："你看一下他耳后有没有 X 形的红痣就知道了。"

林琦："真这么简单吗？"

系统："我再说一次啊，我真的懒得骗你，你记住得看仔细，这是二次进入副本的特殊标记。"

看耳后……说难不难，说简单也不简单，孟辉个子比他高，得找个机会偷偷去看才行。林琦纠结了大半夜，眼睛都熬红了还是没想出办法，第二天摇摇晃晃地下床，柯惜玉看到之后吓了一跳。

"十吗，喝醉了啊？"

"没……"林琦无精打采道，脚往下踏了一步，脑海中忽然"叮"的一声。

"小玉！"

柯惜玉正在喝水，呛了一下道："干吗叫那么大声！"

"没、没什么，"林琦顶着两个黑眼圈满脸兴奋地对柯惜玉比了两个大拇指，"小玉，你真棒！"原地蹦跶了一下，晃着脑袋去换衣服了。

柯惜玉擦了擦嘴角的水："真醉了啊？"

有了主意，剩下的就是操作，然而在实际的操作过程中，林琦遇到了各种他想象不到的意外事故。

"辉哥，有时间我们一起去喝酒呗？"林琦打电话给孟辉。

"喝什么酒？"孟辉语气责备，"别学坏了，谁教你的，不许喝。"

林琦："那一起吃个饭，行吗？"

"我最近都很忙，过一段时间吧。"

林琦无奈应下。孟辉一忙就忙了一个多月，林琦甚至怀疑孟辉是在故意躲着他。

孟辉的确是在躲林琦。

林琦要出国，他不能耽误林琦。

最近院里都在忙着实习，孟辉也跟着去一个师兄那边打下手。体育馆的项目，每天起早贪黑地跑工地，的确也是忙。

"建院，听着光鲜，成天在工地上猫着，"师兄吃着盒饭自嘲着，对一旁的孟辉又道，"你当初为什么学建筑？我可听说了，你可是专业任选。"

孟辉戴了个土黄色的安全帽，略微晒黑了一些的脸变成一种深刻的古铜色。他抬了抬安全帽，望着将要下沉的夕阳，低沉道："我想给一个人一个家。"

师兄差点没喷了："看你长得挺爷们的，还是个恋爱脑。"

孟辉笑着瞟了他一眼："歧视？"

"不歧视，"师兄忙摆了摆手，"是佩服，牛。"

孟辉低笑了一声："不是给女朋友，是给自己的兄弟，他已经没有家人了。"

师兄真喷了，一口土豆丝喷得老远，目瞪口呆道："哥们，那你是真牛。"

"牛？"孟辉勾唇一笑，"傻吧。"

师兄摇头："不，牛，真牛，真男人，我服了。"

林琦刚洗完澡出来，蹲在床上看书的柯惜玉就道："手机响好几回了，赶紧看看。"

"嗯。"林琦边擦头发边去摸手机，一看到上面的未接来电，立刻回拨了过去。

"喂。"

"你好你好，我是……"

"在哪儿？好，好，我马上来。"

把手机揣兜里，林琦头发也不擦了，甩了毛巾就跑出去。

柯惜玉靠在床头撩着床罩，自言自语道："最近病得不轻啊。"

出租车里，林琦着急道："师傅，能不能快点？"

出租车司机慢悠悠道："你们年轻人就是着急，这不限速嘛。"

林琦攥着手机，膝盖突突地往上顶，太阳穴紧张得直跳，好不容易等磨磨叽叽的出租车停在路边的大排档，林琦立刻结了账下车。他在一个遮阳篷下面发现了孟辉的身影，坐在一边的是一个林琦不认识的人，他忙道："张师兄吗？"

"林琦是吧，我认识你，"张师兄头疼道，"这酒量也太差了，两瓶啤的人就倒了。"

"没事，我、我照顾他。"林琦又兴奋又紧张，说话声音都抖了。

"行，"张师兄起身，"钱我付过了，人你拖回去吧，成天睡工地也不好。"

林琦点了点头，拉了孟辉的胳膊夹在肩膀上。等张师兄走了，林琦深吸了一口气，俯身轻声道："辉哥，醒醒。"

孟辉紧闭着眼睛，眉头也是紧拧着，一看就是醉了。

林琦四下张望了一下，孟辉这个位置在树下，剩下的几桌客人也都喝得醉醺醺的，完全没把眼神往他们那儿甩。空气里弥漫着酒精的味道和不间断的醉话，林琦心怦怦地乱跳，心想机不可失时不再来，万一等会儿孟辉就醒了呢？

豁出去了！林琦心一横，赶紧去看孟辉的耳后，他没注意到的是，当他动手时，孟辉的眉心猛地一跳。

真的有一颗 X 形的红痣！

林琦欣喜若狂，孟辉就是杜承影！

"揪我耳朵干什么？"孟辉睁开眼睛，似笑非笑道。

林琦恼了个大红脸，忙松开手："辉哥，你别误会，我看你耳朵后面沾了脏东西。"

孟辉没说破林琦的异常，也回揪了一下林琦的耳朵："怎么过来了？"

"师兄说你喝醉了，我来接你。"

"我都多大了，还用你来接？"

"我放心不下嘛。"

孟辉的眼神柔和了："没什么放心不下的，你想出国就去吧。"

林琦怔住，这才反应过来孟辉把他胡诌的话当真了，忙道："我不出国，辉哥，那是我为了不去联谊胡诌的！"

　　搞了半天，误会解除，真相大白，林琦得知了孟辉的真实身份后，更是毫无芥蒂地在心里把孟辉当成自己的好兄弟了。

　　"嘿嘿！

　　"哈哈！"

　　柯惜玉忍无可忍，摔了手里的书，撩开床罩道："笑什么呢，笑一晚上了，笑得我鸡皮疙瘩都起来了。"

　　林琦躲在床罩里，随意道："我看笑话啊，行了，我小点声，不影响你看书……哈哈！"

　　柯惜玉无语。

　　林琦拿着手机正在回孟辉消息。

　　孟辉给他发了几张在工地上的图片，戴了个土黄的安全帽，身上一件黑色背心拉开，露出身上被晒出的背心形状。

　　下一张图片，孟辉撩开了安全帽，短发里雪白的头皮与前面古铜色的额头形成了泾渭分明的对比，这才让林琦忍不住笑出了声。

　　"怎么晒得这么厉害，还要多久结束啊，多涂点防晒。"

　　"没用，还有两周就结束了，回来养几天就好。"

　　林琦抿着嘴无声地笑了，坏心眼地回道："本来就黑，这下糟了，灯一关，人都找不着了。"

　　对面似乎是被噎住了，过了好一会儿才回复。

　　"少贫嘴。"

　　简单的三个字令林琦拿着手机在床上蜷成了一团，来回滚了两下，又听到柯惜玉的声音："小林子，你说实话，你最近是不是中邪了？"

　　林琦带着笑意朗声道："没有啊，行了行了，我保证不出声，也不动了。"

　　柯惜玉不知道嘟嘟囔囔又说了什么，林琦不管他，专心致志地给孟辉回信息："明晚没课，我来看你。"

"来就来了，别带东西啊。"

孟辉躺在工地的行军床上，面上洋溢着淡淡的笑意，过了一会儿手机就传来了回复。

"就带个人。"

嘴角向上扬起，手上飞快地打了几个字，想了想，又删了，孟辉简洁地打了几行字，发送完毕，将手机塞到枕头后面，轻轻闭上了眼睛。

过了好几天，孟辉实习结束了，回了学校马上去敲林琦宿舍的门。柯惜玉开门，对上门外人，先惊道："哟，辉哥，怎么晒得这么黑？"

林琦听到声音立刻起身，目光转向门口。晒成古铜色的男人眉眼依旧英俊，看上去愈加添了一份硬朗成熟的魅力，正透过柯惜玉冲着他笑，林琦也情不自禁地笑了开来："辉哥……"

"工地晒的。"孟辉进门，大步流星地向前，走到林琦面前，微微一笑，露出雪白的牙齿，"工程提前结束了，回来了。"

林琦高兴道："回来就好，慢慢就能白回来了。"

柯惜玉还有课，先走了，留下孟辉和林琦两兄弟独处。

孟辉给了林琦一个大惊喜："琦琦，住宿舍太辛苦，哥找了房子，出来咱们自己住。"

"房子？"林琦惊讶道，"在外面租房子多贵啊。"

"不贵，哥有钱。"孟辉淡定道。

林琦拗不过孟辉，只好同意了。

孟辉把人带到公寓之后，林琦才发现公寓里不仅收拾得井井有条非常整洁，软装和硬装也都很符合林琦的喜好，绝对不是因为时间紧凑随便找的，看着很温馨，一看就是花了心思的。

林琦参观了一圈，心里也有了点数，恍然大悟地对孟辉道："辉哥，你是不是早有打算啊？"

孟辉背着手跟在林琦身后，笑而不语，林琦在他高深莫测的微笑里给他竖了个大拇指。

孟辉心里很踏实，他们兄弟俩也算在这座城市暂时安家了，趁着工程忙碌，他从师兄那儿打听到好的房源，把屋子里所有的软装都换了一遍才算满意，不能委屈了林琦。

接下来是一连串的考试、准备论文，林琦忙，孟辉也忙，为了彼此不干扰，两人连复习都不坐在一起复习，一个坐阳台，一个坐客厅。

孟辉偶尔回头看林琦一眼，见他一脸认真，自己也埋头苦学。

"终于考完了。"柯惜玉有气无力地挂在林琦身上，"我真是头都快炸了，小林子，走，今晚庆祝一下革命的阶段性胜利。"

"不了，今晚我想好好休息。"林琦拉开了他的胳膊。

柯惜玉垂着两条胳膊，变异者一样地走路，不满道："明天放假不能休息啊？"

"不跟你说了，"林琦远远地已经看见了孟辉，奋力向孟辉招手，对柯惜玉心不在焉道，"走了啊！"说完，就往孟辉的方向飞奔而去。

柯惜玉站在原地，抬头一脸茫然。

"辉哥！"林琦跑得太猛，肩膀上的书包都快飞起来。

孟辉忙摘了他的书包挂在自己臂弯里："怎么跑这么急，小心摔跤。"

"嘿嘿，想吃你做的饭了。"林琦小声道，笑眯眯的样子。

孟辉忍住嘴角的笑意，眼睛亮亮的："回家吧，回家就给你做饭。"

毕业之后，孟辉开了家建筑公司，还是挺出乎林琦的意料，不过林琦也没问孟辉从哪里来的启动资金，反正孟辉的黑化值清了零，无论怎么说，肯定是采用合法的手段发家致富。

读了中文的林琦做不了孟辉的副手，孟辉对他的意见是——"你喜欢什么就做什么。"

林琦也挺苦恼，在工作中找工作，他也没什么爱好啊，挠了挠耳朵道："我就想陪在你身边。"

孟辉正对着镜子打领带，闻言手上的动作顿住了，目光透过镜子凝望着林琦，眼神带着笑意。

林琦灵机一动，仰头兴奋道："孟总，我给你当秘书。"

孟辉脸色一僵，忽然想起了一些不好的回忆，继续打领带："那太大材小用了。"

"我觉得挺好啊，"林琦见孟辉一身正装领带光挺，意味深长道，"孟总，你是不是有别的想法啊？"

孟辉若无其事道："我有什么想法？"

林琦勾唇冷笑："你想自己挑个漂亮秘书，是不是？"

孟辉："别胡说了！"

最后还是孟辉给他指了条路——买手，专门去拍卖会购买具有收藏价值的画作古董艺术品，简而言之，花钱就行了。

用孟辉的话说就是："你喜欢什么就买什么，亏还是赚，都无所谓。"

林琦当然不能让孟辉亏了，他可始终记得他的职责所在，更何况辅助的还是孟辉，那必须得打起十二万分的精神。

没两年倒买倒卖下来，林琦赚得还真不少，成了买手届响当当的一号人物，只要他在拍卖会上看中的商品必然让大家趋之若鹜，这背后当然也离不开孟辉的支持。

安定的生活一直持续了五年，7月23号，上一局林琦出车祸的日子，孟辉记得很清楚，特意推掉了所有的工作，留在家里。

林琦也清楚为什么，没有任何异议地留在家里陪孟辉。

两人坐在沙发上看电影，其实心里都很紧张，林琦觉得这次他应该能"苟"下去，哪怕像林月娥一样，多活两年也好，多活几年是几年，可他也不敢低估联盟的不可抗力。

电影结束了，孟辉轻拍了拍林琦的肩膀："饿不饿？"

"还好，"林琦靠在孟辉肩头，轻声道，"辉哥，如果我像电影里的女主角一样突然……"

孟辉低声道："你乖乖地在家里等着，我去楼下给你买你爱吃的汤包。"

林琦点点头，默默地目送孟辉出了门。

深夜的街道依旧车水马龙，孟辉漫无目的地走在街上，他在想，他能不能用自己和林琦来做交换。

遗嘱早就写好了。

他死了，林琦会获得他所有的财产，像林琦这样单纯又开朗的人，应该会很快走出去吧。

"滴——"

身后猛地有人急刹车，探出头来怒骂道："深更半夜的找死啊！"

孟辉静静地看着那人。

那人被他的眼神盯得一激灵，摇上车窗，打了方向盘走了。

舍不得死，因为舍不得现在到手的幸福，舍不得那个鲜活美好的林琦，不敢不死，如果他不去做交换，林琦出了意外他又该怎么承受？

孟辉在马路边沿蹲了下来。

忽然，一阵刺耳的警报声划破夜空。

"系统……"林琦坐在家里正乖乖等着，猛地站起了身，"我怎么感觉……"

轰隆——

孟辉亲手造的家一瞬崩塌。

第五章
巨星闪耀

这次，林琦死得相对"温和"。

系统也是当机立断在林琦感觉到痛之前就把他拉出了世界。

经过两个世界的历练，林琦出世界的时候不仅不难过，反而很冷静，对系统道："我想看世界线。"

老规矩，系统拉了一分钟的世界线给林琦看。

一分钟的时间很快，那个蹲在路边哭泣的孟辉很快就消失在了林琦的视线里。

林琦连哭都没哭一下，出乎系统的意料。系统说："任务成功，我提交了。"

"嗯。"林琦下了工作台，冷不丁地问系统，"我还能再看一眼世界线吗？"

系统沉默了一会儿，冷漠道："不行。"

这个问题，林琦在第一个世界结束的时候就问过系统，系统当时也是拒绝得十分干脆。

当时林琦没多想，反正这系统本来也不是那种爱惯着人的好脾气系统，可现在他忽然产生了一个大胆的想法。系统只给他拉一分钟的世界线，是系统不愿意提供之后的世界线，还是……拿不出来？

世界上有许多巧合，可连续两个世界都是同一个人，已经不能叫巧合了吧？不过，要证明这一切到底是巧合，还是别的，那就……下个世界见分晓。

一周的假期结束，系统懒洋洋地回来了，发现林琦的房间里又多了块奖牌——歌舞培训优秀学员资格证。

系统："……"努力的人儿最美丽。

林琦兴奋道："系统，你回来了！"

系统："喊那么大声干吗？"

林琦："这是我新学会的胸腔共鸣发声，怎么样，很不错吧？"

系统："……既然这样，别浪费了。"

"林琦，这次的新人可不得了，无论是外形还是基本功都是这一批人当中最出挑的。"汤静川面带微笑，金丝边眼镜后藏着一双狡黠的眼，"我跟你交个底，这可是影帝苗子。"

"影帝？"身形修长的男人面容清秀，神情散漫，眼角微微泛着红，像是宿醉后过来赶场的花花公子，外套下摆皱皱巴巴，随性中带着点风流意味，他眼角扫过汤静川的笑脸，语气温和道，"你在做什么白日梦？"

其实汤静川说的是事实，林琦即将要见到的就是这个世界的男主角，一年爆红，摘下国际影帝的桂冠。

系统说的让他别浪费……就是让他回到这个经纪人的游戏世界，的确，当经纪人挺费嗓子的。

汤静川与林琦六年好友，笑嘻嘻道："等会儿你见了人，就会知道我是不是在做梦。我特意把这个好苗子留给你，叶飞鸿违约跑路，我就是不服，咱们金牌经纪人，能捧一个，就能捧第二个！你说是不是？"汤静川谄媚地勾了一下林琦的肩膀。

林琦毫不留情地打掉了他的手："汤总，庄重点。"

汤静川嘻嘻哈哈地引着林琦去会议室。

一提起叶鸿飞，汤静川就忍不住生气。林琦带了叶鸿飞三年，好不容易带他成了"视帝"，他倒好，连人带片约拍拍屁股跳槽，还在发布会上明里暗里地说林琦剥削他。那场发布会直播汤静川看了，不愧是视帝，那小表情小眼神，那叫一个隐忍不发、暗含委屈。

一场发布会就让林琦成为被舆论攻击的对象，毕竟林琦是有"前科"的人，他带过两个艺人，两个艺人都跑路了。

更让人服气的是，叶飞鸿在他微博上发了一篇保留五分钟之后就删除的小作文。

汤静川看了截图，人都要气晕了。小作文通篇阴阳怪气，"白莲花"味十足，什么"林哥对我真的很好，没有林哥就没有我的今天，希望以后能回到对等的关系，成为真正的朋友吧"。

汤静川看到这一句差点没气吐血。这说的是人话吗？什么叫"对等的关系"？暗示林琦高高在上欺压手下艺人？什么又叫"真正的朋友"？绝了绝了绝了。

小作文一出，川流娱乐公司微博瞬间沦陷，林琦的名字也登上了热搜。

汤静川敢打赌，那热搜一定是挖走叶飞鸿的启天娱乐买的！普通人哪有那么快就上热搜的！

对此，林琦的评价是——少听狗叫，生活更美好。

但汤静川实在是气不过，他马上从新人市场开始淘人，这次他一定要跟新人签"生死契"，新人就算死也要死在他的公司里！

走到会议室前，汤静川笑眯眯地将手放到门把手上："下面就是见证奇迹的时刻。"

林琦心里也有点小激动。他现在有自信，不靠看人耳后的标记就能认出那个人，但他表面依旧按照人设维持着温和的社交笑容。

"嘭"的一声，门忽然被人从里面推开，林琦向后退了一步，对上一张陌生又熟悉的俊脸，他呼吸一滞。

视线交缠的一瞬，林琦有种强烈的感觉，是他。

"这是等不及了？"汤静川笑眯眯道，"介绍一下吧，这位是狄岚……"

"不用介绍了。"狄岚打断了汤静川的话，眼神掠过林琦的脸，"我不签了。"

汤静川一怔。

林琦：咋回事？

系统："恭喜，上一局游戏记忆＋双百 buff（增益效果）。"

林琦还是不明白，拥有上一局记忆的狄岚为什么不跟他签约？他死的时候狄岚就已经是影帝了，跟着他不好吗？再说了，好感度 100 不跟他签，狄岚想跟谁签？！

狄岚坐在会议室里足足十分钟，才终于确定……自己回来了，回到了与林琦第一次相遇的那一天。不可思议，不敢置信。

也许是老天在他无数个醉酒的夜晚终于听到了他的祈愿。

汤静川是无意中在篮球馆发掘狄岚的，出色炫目的外形非常打眼，他上去递名片一聊，发现狄岚马上就要去电影学院上学了。十九岁的"小鲜肉"！还不赶紧骗，啊不，抢到公司里来！

狄岚平复了下澎湃的心情，双眼直勾勾地盯着林琦，满脸郑重道："你退出演艺界吧。"

世界变得安静了。林琦见到狄岚之后，一拨接一拨地暴击，让他连一句台词都没地儿发挥。终于，他缓缓开了口："有病就去治。"

汤静川暗道不妙，林琦生气了。

"演艺界的水很深，你觉得在里面蹚浑水有意思吗？"狄岚皱眉道。

演艺界是很光鲜，可是光鲜的背后总有阴影，林琦的死也成了狄岚心里一根拔不掉的刺。林琦死后，他就再也无法演戏，甚至连直视镜头都做不到。重来一次，狄岚没有别的念头，除了——带林琦离开演艺界！

系统也赶出来凑热闹："你的任务是帮狄岚成为国内当红的男星。"

林琦觉得自己可太难了。

汤静川见狄岚在经纪公司当着经纪人的面能说出这种话，心已经凉了半截，人帅得惊世骇俗有什么用，脑子不幸被驴踢过的话，也不好带啊。

狄岚则专注地凝视着林琦："你考虑一下我的建议，我是认真的。"

"楼下 26 路东河广场方向，坐三站，"林琦温和道，"我也是认真的。"

附近最近的医院，还是三甲。

狄岚抿唇，是他冲动了，一时半会儿林琦肯定不会听他的劝。

"好了好了，进去说进去说。"汤静川忙和稀泥，推着林琦进会议室，又拉着狄岚进来，把门一关，心道今天他不让狄岚签下这张卖身契，就不出这个门！

"你先出去吧。"林琦拉开凳子，对汤静川说。

汤静川闻言拉开门走出去，在门缝里悄悄冲林琦比了个心。他在心里祈求着，千万要签下这个小鲜肉啊！他能从狄岚身上感受到强烈的"飞升"之气！

林琦对狄岚道："坐。"

狄岚倒是没叛逆，直接坐下了。

林琦对狄岚的印象就是——帅、天赋高、难调教。以前做任务他不走心，对每个世界的男主角认知基本都流于表面，现在他静下心来重新审视狄岚，发现——真的挺好看的，难怪年纪轻轻就能当影帝。

林琦在这个世界的设定是自杀身亡的，一把安眠药，人就没了。他的死亡刺激了一路顺风顺水，不知天高地厚的狄岚。狄岚反思了自己，改变了浮躁的心态，蜕变成功，之后还扮演了一个同样自杀身亡的角色。狄岚的演艺生涯充满了人文关怀，最终成了一位德艺双馨的电影艺术家。

这是正常的剧本。

系统："他想不通，愤世了，黑化了，引退了。"

这是不正常的剧本。

林琦语气温和地问："为什么又变卦了？"

狄岚看着林琦微红的眼角，说："你哭过了？因为叶飞鸿发的微博？你别在意，他只是个浑蛋而已。"

林琦太阳穴一跳，友情也不能蒙蔽他的双眼，狄岚是真的难调教！

"我问你，为什么又不想签约了？"林琦语速缓慢道。

狄岚一听他的语速就知道他有点恼火了，恳切道："你离开这个行业吧。你其实根本就不适合这里，表面上你好像什么都不在乎，其实你心里早就受了很多伤了。离开吧，换个职业重新开始不好吗？"

"说完了吗？"林琦道。

狄岚听他的语气，就知道林琦压根没听进去。

果然，林琦道："不签就滚。"

狄岚不滚，继续说教。

林琦被迫听了十分钟"珍爱生命，远离演艺界"的演讲，内心从重逢的激动变成了想打人的冲动。

"渴吗？"林琦道。

狄岚："我不渴，我还能说。"

上一局把这个脑回路奇特的"中二病"包装成影帝就费了他九牛二虎之力，这一世的狄岚中二病……病情……加重了！

"你到底签不签？"林琦有点不耐烦了。

狄岚坚持道："我不签，你退出演艺界。"

林琦直接起身，狄岚跟着起身，拉住了林琦的手臂。

"你真的就不能放弃吗？"狄岚定定道。

"不能，我死也要死在这里。"

狄岚浑身一震。他和林琦之间，只要有分歧，他永远都说不过林琦，一直都是林琦引着他往前走。他以为林琦会一直这样带着他，可林琦却在中途放了手。

狄岚伸手拉住林琦："那我签！"

林琦顿时松了口气。

"但是，我有个条件，"狄岚掷地有声道，"我能在你家暂住一段时间吗？"

"不行不行，"汤静川第一个跳起来，"绝对不行！"

林琦道："我已经答应了。"

汤静川一屁股坐在自己的老板椅上，满脸不可思议道："你还没吃够亏？一个沈问寒没让你长记性？"

沈问寒是林琦带的第一个艺人，可以说在林琦手上一炮而红。跟狄岚、叶飞鸿一样，沈问寒没有经受过系统的培训，天然去雕饰，林琦就爱押宝在这一类人身上，当然，他的眼光也很准。

沈问寒是个天生的演员，人是那种正气的帅，特别适合演正剧或者正直端庄的角色。林琦给他定的路线就是往这方面走，第一部戏是在古装剧里演深情男二，博了不少观众缘。

当时公司刚起步，条件也不是很好，沈问寒本人的性格与荧幕打造的形象差得很远，林琦担心他出事，就把他接在家里住，结果，就在他家里出的事。

"你不嫌恶心，我都嫌恶心。"汤静川想起来还是觉得恼火。现在沈问寒是挺像个人的，可是当时躲在林琦家里和别人约会，还不是林琦帮他扛的雷，管不住自己，就别当明星。

林琦翻着狄岚的资料卡，心平气和道："狄岚不会。"

"知人知面不知心，你混这行的，这么简单的道理不懂？"汤静川恨铁不成钢。

"他要是敢，"林琦抬眼，"我就把他剁了。"

汤静川："……"有魄力。

狄岚站在楼下等林琦。经纪公司人来人往，即便是见惯了帅哥美女的人都忍不住多看他两眼。

"你好。"有个中年男人凑上来搭讪，堆了满脸的笑意，"我叫张户，是一名经纪人，你签约了吗？有兴趣进演艺圈发展一下吗？"

狄岚个子高，俯视着男人："签了，卖身契，得死这儿。"

电梯"叮"的一声响了，张户一看到从电梯里走出来的身影，忙对狄岚道："签你的该不会是林琦吧？"

狄岚"嗯"了一声。

"那你可上当了，签字了吗？违约金多少？"张户道，"林琦现在可是整个行业名声最臭的。你考虑考虑，我是启天的，这是我的名片……"

狄岚伸手直接推开了男人的名片，敛眸冷漠道："别叫了。"

林琦见到狄岚身边一脸尴尬的张户，微微笑了一下，客客气气道："张户，你怎么来了？"

"飞鸿还有点材料在这儿，我来办个交接。"张户也客气道。

"哦。"林琦兴味索然地挪开了目光，"那不打扰了。"随即对一旁安静的狄岚道，"走吧。"

张户看着两人离开的背影，心想林琦这是什么运气，又挖了个这么好的苗子。他得回去告诉叶飞鸿，让叶飞鸿也多上点心。

林琦和狄岚到了地下车库，林琦的车是一辆黑色奔驰，入门款，不算贵，三十多万，很低调。

狄岚先一步拉开主驾驶的门："我来开吧。"

林琦看了他一眼："你有驾照吗？"

"有。"

"拿出来我看看。"

"在宿舍。"

狄岚被林琦撵到了副驾驶座。看着林琦疲惫的样子，狄岚很是担心："你心里是不是很难过？"

林琦手握在方向盘上，太阳穴突突地疼，他从牙缝里挤出一句话："系安全带。"

"其实，我觉得你很有才华。你看，你会炒股、会画画、会做饭，你会的事情有很多，为什么不尝试去做一点别的呢？经纪人这种事吃力不讨好，还容易碰上狗……"狄岚苦口婆心地劝说林琦转行。

林琦一脸冷漠，就当自己聋了。狄岚的黑化度体现模式就这？他忍得了。

过了五个红绿灯，狄岚还在说，林琦终于忍不住了，在第六个红灯停下时，转头对狄岚温和道："你要么下车，要么闭嘴。"

狄岚闭上了嘴。

林琦重新发动了车，松了口气。

过了两分钟，车里传来优美磁性的谷歌的朗诵音："窝劝泥好好考虑窝的意见（我劝你好好考虑我的意见）……"

林琦心里冒出一股怒气，再这样下去，他也要黑化了！

"把手机关了。"林琦忍着气道。

狄岚："我也有自己的个性，不能什么都听你的。"

林琦舔了舔嘴唇，说："安静点，再吵你今晚就睡走廊。"

狄岚叹了口气，默默地把手机锁屏了，这也不是一朝一夕的事，慢慢来吧。

车开到公寓停车库的时候，林琦终于平复好了心情，从车后座拿了帽子递给狄岚："戴上。"

狄岚边戴边道："我还没红呢。"

"你没红，我红。"林琦戴上了另外一个帽子，面无表情道，"半小时后再下车。"

林琦压低了帽子按下电梯，立马就有一大群记者围了过来，都是熟人，一个行业的，抬头不见低头见。有好几位，林琦还曾在机场给叶飞鸿挡话筒的时候，被他们砸过脸。记者们也是一脸"不好意思要吃饭"的表情："林琦，对于这次和叶飞鸿的解约事件，你有什么想说的吗？"

身为经纪人，林琦很清楚，不给热度就是最好的回应，如果不知道该怎么回答的时候，微笑就好了。

林琦压着鸭舌帽，对着摄像头微微笑了一下。

记者们堵在电梯门口，显然是不让进。有人笑着说："林经纪人，大家都那么熟了，给点料我们回去交差就好了，炒炒热度嘛，你好我好大家好。"

林琦依旧微笑不语，两手插在西服口袋里，一副跟人耗到底的样子。

"让让——"

身后忽然传来喝声，戴着头盔的高大男人手上提着个大箱子，粗声粗气道："送外卖，挡在这里干什么？超时罚款我告你们！"男人从林琦身边走过，一股勇往直前往上撞的气势把记者们都吓得往旁边躲，林琦趁机跟着他一起进了电梯。

电梯门关上，林琦瞟了身边的人一眼："哪儿来的头盔？"

狄岚把头盔一摘，露出蓬乱头发下的俊脸："你车后备厢里的。"

林琦偏过脸，轻笑了一声。

"林琦，"狄岚诚恳道，"转行吧。"

"闭嘴！"

门锁密码输完之后，林琦对狄岚道："进来吧，门口有鞋。"

狄岚跟在他后面进了屋，看了一眼面前的淡灰色拖鞋，嫌弃地说："叶飞鸿穿过的吗？我不穿，有狗味。"

"汤总穿过的。"林琦无语道。

狄岚勉强道："那行吧。"

林琦自认为是个没什么脾气的人，但狄岚总是能让他无语凝噎。幸好这个世界里林琦是个温和又毒舌的人设，要不然真的会憋死。上一局狄岚没黑化的时候，只是喜欢语出惊人而已，真没有现在这么恐怖。

狄岚从来没有好好观察过林琦的家，现在这么仔细一看，觉得林琦的家有问题，有很大的问题。全都是冷色调，住在这里心情能好吗？墙上挂的画，那个线条也太抽象了，看了就让人心烦。快两百平方米的房子，连一盆绿植都没有，太缺乏生活情趣了。

狄岚随便扫了一圈就发现不少需要改造的地方，在心里默默记了下来。

林琦不知道狄岚已经对他的房子动了邪念，脱下西装挂好之后，对狄岚说："走廊第二间，洗手间旁边那一间是客房，你住吧，我累了，我睡一觉，你别吵我。"

林琦昨晚出去应酬了，喝了不少酒，头晕，胃也不舒服。

"好，我给你放水，你泡个澡再睡？"狄岚跟着他进了卧室。

"别烦我，我先睡，睡醒了再说。"林琦走到床边，踢了拖鞋，闭着眼睛就往床上倒。

狄岚不死心，又继续开口："那你饿不饿？醒了要不要吃点什么？"

在林琦的不耐烦中，狄岚终于退出了卧室。狄岚单手撑在薄薄的门上，他想守护的就是这份安稳。

所以——他一定要说服林琦转行！

林琦这一觉睡得很踏实，醒来之后，人也舒服了不少。他眼睛定定地看着天花板，低声呼唤起了系统："系统，是他吧？"

系统掉线中。

林琦自言自语道："我能感觉到就是他……但是怎么话那么多啊？"

林琦人清醒了，爬起来拿了干净的衣服去浴室泡澡。

他是个很懂享受的人，浴室虽然不大，但有个很大的按摩浴缸，几乎占了浴室的三分之一。

温水在一分钟之内就放满了，林琦进入浴缸，浑身都放松了，长出了一口气。

"咚咚！"

门外传来有力的敲门声。

林琦没理。

敲门声锲而不舍很有规律，林琦忍无可忍道："什么事？"

"你起了啊？"狄岚的声音传来。他的声音很有磁性，拍电影不用配音就能让人惊艳，"你饿不饿？我煮了粥，出来吃一点，好吗？"

林琦感谢自己学了腹腔共鸣，提高声音道："我在泡澡，等会儿。"

"泡澡？你空腹泡澡，万一低血糖晕了怎么办？"

"没事……"

"那这样，我隔一会儿叫一下你。"

林琦心态崩了。

"你把粥拿进来。"

在浴缸前架起木制板，狄岚把热粥和温水放好。

林琦撑着头一脸麻木。

"要我喂你吗？"狄岚轻声道。

林琦："不用……"

狄岚坐在一边："我看着你吃。"

林琦无语："狄岚，我签你，是让你做艺人的，不是让你当保姆的。"

狄岚一本正经："保姆的部分，我不额外收费。"

林琦又噎住了。

狄岚静静地看着林琦坐在浴缸里喝粥。

"林琦，"狄岚忽然道，"你的梦想是什么？"

林琦舀粥的手微微颤抖，害怕这个话题会延展出一大碗他喝不下的鸡汤，言简意赅地回答："捧出一个巨星。"

狄岚问："实现梦想以后呢？"

林琦的手顿住了。他的这个角色的精神有点过于紧绷。一而再再而三的失败其实已经把林琦逼到了极点，他憋着一股气想证明自己。证明自己之后呢？角色设定是了无牵挂，一命呜呼，成为传奇。

狄岚见他久久不言，严肃地说："你的梦想太局限了。"

林琦挑眼看他。

狄岚帅气的脸上闪着坚定的光芒："捧出一个巨星怎么够，要国际巨星，宇宙巨星！不达目的誓不罢休。"

林琦："你之前不还说要我转行吗？"

狄岚："进可攻退可守。"

林琦心想，人物设定自杀真的不是因为受不了狄岚这朵奇葩吗？

他放下勺子，冷漠道："我吃好了。"

狄岚看了一眼手机："再泡半小时必须结束。"

林琦："……我马上就结束。"

狄岚的很多行李还在宿舍，不过林琦家里该有的都有，足够让狄岚先过夜了。林琦家楼下这两天记者有点多，过了这一阵应该就好了。

"汤总说你是这一批最好的苗子，我相信他的眼光，表演课你继续上。剧本方面，你自己有什么想法吗？"林琦穿着宽松的丝质睡衣坐到沙发上和狄岚谈事，他把 iPad 递给狄岚，"这里有几个本子，故事梗概都在下面，你自己也挑挑看。"

林琦带人的风格一直都是"合作"，他尊重手下艺人的意见，从来不会一手遮天，一般挑剧本，都会商量着来。按照原来世界线的发展，狄岚挑中的都是最后爆了的剧本，而且一部比一部爆，火得简直不可思议。

狄岚出挑的外形是他最大的优势，第一部片子，林琦和他一起挑了部校园爱情电影。电影情节很贴近现实，台词剧情都比较幽默，最后是开放式带点淡淡忧伤的结局，一经上映就火遍全国。狄岚在电影里出演的青涩帅气男主角俘获了无数少女的心，获得了一个"国民初恋"的称号，算是打响了第一炮。他也在年底的电影节上获得了"最佳新人"和"最佳男主角"这两个奖项。

出道即巅峰，真正的风光无限。而按照世界线的发展，其实林琦死后，狄岚才是真正的大热，林琦——永远的工具人。

iPad 里的剧本，狄岚每一个都烂熟于心，他从上往下滑了一圈，把 iPad 还给林琦："没有我喜欢的。"

林琦指着狄岚上一局获奖的电影——《萤火》，说："这部我觉得很适合你，跟你现在的形象还有青涩自然的气质也很符合。"

狄岚坐直了，压低了本就磁性的声音："我青涩吗？"

"那你想演什么剧？"林琦耐着性子道。

狄岚："这些本子全是小情小爱，格局不够。"

林琦温声说："所以呢？"

狄岚："我想演真正具有大爱的片子。"

林琦的目光停在了最下面的古装电影上，《封城》这个片子其实是投资最多，"大咖"也最多的，但是正因为成名的演员多，他才不想让狄岚过去打酱油，没什么意思，不如《萤火》这种小制作的男主角片子好，不过也聊胜于无。

"这个呢？配角，演个守城的将领，很有大爱了。"

狄岚摇头，神情严肃："我所说的大爱是能让所有人都产生共鸣的，能够拯救人类心灵的电影。"

林琦懂了，问："你想接文艺片？"

出道就接文艺片不太好，容易定型，不过对狄岚来说，倒也可以考虑，毕竟他是这个游戏世界的男主角。

林琦在犹豫的时候，狄岚开口了，脸上满满的自信："我想好了，我以后就专攻——喜剧片！"

林琦："……"我看你像喜剧片。

片场浓烟滚滚，喊声一片，白衣仙人从天而降，几台巨大的鼓风机吹出了仙气飘飘的效果，演员也很给力，动作潇洒有劲，身段优美雍容，一看就是基本功相当扎实的主儿。

一场威亚戏结束，叶飞鸿也丝毫不吃力，助理上来替他整理妆发，说："叶哥，张哥刚打了个电话过来，说他晚上过来探个班。"

"除了探班，还有什么其他安排？"叶飞鸿没太明白，经纪人来探班是常事，没什么可大惊小怪的，怎么还要提前说一声？

"张哥说有大事，特别重要。"

特别重要的事？今天叶飞鸿让张户回川流替他拿点东西回来，该不是在川流又遇上什么事了？

跟川流解约的事叶飞鸿交给了启天一手包办，那篇腻腻歪歪的小作文也是出自启天公关之手。叶飞鸿上了微博看到那疼痛文学一样的文字，忍不住删了。这件事的确不怎么地道。利益面前，以前的情分都算不上什么。

在这个行业里，谁要是感情用事，谁就是傻子。叶飞鸿从一个底层的武替能爬到现在这个位置，他当然不傻。好聚好散在这个行业里那就是笑话，从来都只有鱼死网破。

戏拍到晚上九点，快收工的时候，张户来了，带了奶茶来慰问剧组，一边发一边说："我们飞鸿请的，大家辛苦了。"

剧组里谢声一片，叶飞鸿脱了戏服，戴着头套向他们合掌微笑，姿态谦逊，退到了自己的休息室里。

"给，你的。"张户拿了冰饮给他。

叶飞鸿抽了纸巾轻轻擦汗："我不喝。"他在拍戏，不能胖一点，脸色不悦，"小雨说你有特别重要的大事，在川流出什么状况了？"

"不是我，是林琦。"张户道。

听到这个名字，叶飞鸿眉毛一挑："他骂你了？"

"那倒没有。"张户和林琦碰过几次面，双方都挺客气的，"今天我在川流大厅碰上一个人。"

叶飞鸿拉了椅子坐下，专心致志地听下文。

张户满脸通红，激动道："长得可太好看了！"

叶飞鸿翻了个白眼。

张户："真的，就是那种三百六十度无死角的帅，脸特别自然，看上去应该没整过。那眼睛、那鼻子、那皮肤、那身高，我跟你说，一眼看过去我都挑不出什么毛病。"

叶飞鸿脸色淡漠："所以呢？"

"所以我就给他递名片了，"张户靠在化妆台上，一脸神秘，"但是你猜怎么……他已经被人签了！"

叶飞鸿讥讽地笑了一下："林琦签的？"

张户无可奈何地点头："这个人，运气是真的太好了，一个沈问寒，一个你，又来一个极品，这运气……"

叶飞鸿拿了桌上的一瓶矿泉水，边拧瓶盖边淡淡道："运气很好吗？"

张户不说话了。叶飞鸿外形俊美，人敬业，演技也不差，配合营业不挑题材，无论从哪个角度看，都是优秀艺人。不过林琦调教出来的艺人，说话也跟林琦一个腔调，说不出的阴阳怪气。

"当然，人有运气是一回事，守不守得住又是另一回事，都说发财容易守财难……哎，你不喝我喝了啊。"张户拿了吸管去捅奶茶盖，捅了半天没捅进去，溜溜达达地在休息室找小剪刀，嘴里还念叨，"剪刀呢？"

叶飞鸿忍了很久，才没有冲张户翻白眼，就张户这个样子，给林琦当助理都不够。

林琦什么都好，够专业也有人情味，叶飞鸿也不想跟林琦撕破脸，他当时谈的条件是希望林琦和他一起离开川流。川流发展了七八年，一直都是家小作坊，捧小明星可以，真要够到一线巨星，后面没有资本的力量支持都是空谈。

沈问寒走了，去了飞禾，"飞升"了。

他也不甘心就将自己最宝贵的时间留在川流，做个不上不下的艺人，行业里永远不会缺能取代他的新人，他必须抓住这最关键的几年。

"林琦，我相信以你的能力加上我的实力，我们一起去启天，一定会干得比现在更好。待遇我都谈好了，你会得到比在川流高出三倍的酬劳，林琦，我们可以一起去更好的未来。"

叶飞鸿情真意切地给林琦交了个底。可是林琦好像没什么太大的表情震动，只是淡淡地说了句："别把违约说得那么清新脱俗，法庭见。"

他没有辜负林琦，是林琦辜负了他。

叶飞鸿脸色慢慢平静，算了，从此大家不是一路人，各走各的路。

喜剧这个选择被林琦干脆利落地毙了："想拍喜剧，等你红了再说。你第一部戏很重要，这决定了所有人对你的初印象。演喜剧出道，别人一看见你就想笑，你还怎么接别的角色？再好看的脸留在别人的印象里也只是喜感，我不允许你浪费老天给你的馈赠。"

狄岚目光专注，像是认真听的样子，听完之后缓缓道："一看见我就想笑，不好吗？"

林琦额头一阵一阵地疼："我现在看到你就头疼。"

狄岚一愣："为什么？"

"因为你烦。"林琦扶住额头，人往后一仰，靠在沙发上，"没得商量，去拍《萤火》。"

狄岚想了一下，做出了让步："我接受《萤火》，但我也想拍喜剧。"

"行，我替你找一部喜剧。你先去《萤火》试镜，其他的进了组再安排。"林琦妥协道。

狄岚看了他眼下的青黑："你这样是不是太累了？"

林琦想你老实点我也不至于这么累。

狄岚诚恳道："要不转行吧？"

林琦："……剧本读熟了，两天后试镜。还有……去把碗洗了。"

第二天，狄岚把宿舍里的东西全搬到了林琦家里，顺便还送了林琦礼物，一个黄色的头盔，上面印着"美 × 外卖"四个大字，说什么拿着这个，出入方便。

林琦无言地把头盔扔到阳台的杂物篮子里。

楼下记者还是有，但比昨天少了。演艺界热点多，一个地方挖不出料，还有另一个，时间就是金钱，没多少人在这儿死磕。

林琦不是什么大明星，真正的明星是叶飞鸿。也不知道叶飞鸿还想踩着他走多远，不过没事，男主角在手天下我有。叶飞鸿现在风头再劲，也是给狄岚当垫脚石的命。

"剧本熟了吗？"林琦问。

"熟了。"

上一局演过的剧，就算过去了几年，狄岚也依旧烂熟于心，他跟在林琦身后，忽然道："马上要试镜了，你帮我对对词呗？"

林琦回头："对词？"

狄岚道："找找感觉。"

林琦心想你都演过一次了还找什么感觉。

《萤火》是一部带有穿越元素的校园剧，讲述的是三十岁的女主角穿越回高中发生的一系列笑中带泪的故事。

狄岚饰演的男主角何向阳分两个阶段，一是少年时期，二是成年时期。少年时期的何向阳偏激执拗，身上满是青春的刺，非常桀骜，台词也相对较少，本身设定就是个少言寡语的酷男孩。后天试镜要试的就是何向阳和父母吵架出走的那一段，剧本走的是写实风格，台词非常扎心。

狄岚盘腿坐在沙发上和林琦对台词，左一句"妈"，右一句"爸"，林琦接得满脸麻木，但这丝毫不影响狄岚的发挥。

狄岚的台词功底还不错，磁性的声音微微压低，一下就成了少年刚过变声期的那种沙哑的嗓音，台词虽然不多，但人物的压抑感表达得淋漓尽致。

林琦对着对着竟然还有点入戏："爸妈这都是为你好！"

这句台词非常关键，它将成为引爆何向阳所有愤怒的火星子。何向阳的心口有千万句话想说，却像所有痛苦委屈的时刻一样，硬生生地把它们全憋在了自己尚还单薄的胸膛里，最终只化成三个字。

"……我知道。"妥协与麻木写满在他的语气中。

林琦与狄岚对完，还有点怅然若失，男主角就是男主角，这演戏的天赋真是老天爷赏饭吃。

狄岚入戏快，出戏也快，卷着台本满脸轻松地看着眼神涣散的林琦，小声道："林琦。"

林琦慢慢回过脸，差点想叫狄岚一声"儿子"，眨了眨眼睛才略微清醒："什么事？"

狄岚目光柔柔地望着他："转行吧，我这都是为你好。"

林琦："……请你滚。"

试镜的那一天，林琦家楼下的记者已经走得一干二净，狄岚还特意把"美 × 外卖"的头盔给带了下来，放在后座，说以备不时之需。

林琦懒得理他，怕开起了话头又没完没了，一上车就把水杯递给狄岚："保护嗓子。"

狄岚接过保温杯，拧开杯子就闻到了里面淡淡的清香，上面漂了一朵膨开的大菊花。狄岚内心满是柔情，一颗心也跟这朵大菊花一样缕缕散开，柔声道："谢谢。"

林琦松了口气，心想能安静开一路了。

车在约定的试镜大楼地下停车场停好，林琦刚一下车就听到背后有人叫他——

"林琦！"

呼唤声在空旷的停车场来回飘着，林琦回头，熟人。

只见张户笑容满面地走了过来，老远就张开手臂，一副老鹰捉小鸡的姿势想给林琦一个拥抱。

狄岚上前一步，直接把林琦挡住，居高临下地看向张户。

张户最近发际线后移，头有点秃，被狄岚这么高个子看着有点脸红："帅哥，又见面了，介绍下？"

林琦抬手拨开狄岚："狄岚，我新签的；张户，启天的经纪人。"算是简短地给两个人做了个介绍。

狄岚一脸冷漠，端着保温杯对林琦道："上去吧。"

"上去试镜啊？"张户见缝插针道，"太巧了呢。"回头望向刚从车里下来的叶飞鸿，"飞鸿，快过来，见见熟人。"

林琦惊讶一瞬之后就恢复了平静，剧情线又变了，不过也无所谓。

叶飞鸿在车里的时候就看到林琦了，他让张户先下了车，张户跟林琦说了一会儿之后他再下车。不为别的，这叫心理博弈。林琦身边的应该就是他签的新人，的确很帅，但是帅不代表一切。

叶飞鸿站定，对面前的林琦慢慢勾起一个和气的笑容，轻声道：

"好久不见。"

林琦还没说话，一旁的狄岚已经冷冷地接上了："一点也不想念。"

叶飞鸿当没听见，依旧温柔地笑着望向林琦。叶飞鸿是武术学校出身，人也长得一脸正气，五官棱角分明、眉眼舒朗，因为经常演古装剧，被称为古装男神，粉丝都叫他"叶君子"，赞他有君子之风，笑起来更是犹如春风拂面，令人身心舒畅。

林琦面对叶飞鸿的笑容，丝毫不为所动："我以为我们会在法庭见。"

"已经谈好和解，该付的赔偿金我也付了。"叶飞鸿满脸无奈，"林琦，你能别这么剑拔弩张吗？"

"那叫违约金，"林琦对狄岚道，"走吧。"

狄岚早就想走了，闻言立刻跟着林琦转身。

"林琦，"叶飞鸿对着林琦的背影提高了声音，"你还开着我送你的车，真的不拿我当朋友了吗？"

狄岚顿住了脚步。

林琦听到他的脚步声停下，也停了下来，回头望向狄岚。

狄岚神色复杂道："那辆车是他送你的？"

林琦道："有问题吗？"

狄岚："有。"

林琦："什么问题？"

狄岚："有狗味。"

"赶紧走，"林琦抿唇道，"郭导最讨厌迟到。"

狄岚抬起脚步跟了上来，并肩与林琦向前，他想起了他拿到片酬后给林琦送的礼物——一块手表。他想得挺好，手表这种东西，不离身的，多好。没想到林琦不爱戴表，觉得不方便，就收起来了，一次都没戴过。叶飞鸿这人老奸巨猾，竟然送车，林琦天天都开着，他怎么没想到呢？！

"林琦，"狄岚侧过去，微微弯了下腰，"我给你买辆新车吧。"

林琦偏过头看了他一眼："你有钱？"他记得狄岚在这个世界的设定是个孤儿啊。没办法，"男频"男主角"十男九孤"。

狄岚点头："我有钱。"

林琦随意道："有钱就给自己买套房，有套自己的房子比较方便。"

狄岚道："我住你那儿也很方便。"

林琦微微笑了一下："你方便，我不方便。"

叶飞鸿看着两人说着话走远了，心里很不是滋味。他其实真的特别中意林琦这个经纪人，奈何川流的池子实在太小，林琦怎么就那么死心眼，不肯跟他一起来启天呢？

"帅吧？"张户道，"真的太帅了。就这张脸，出道就是演艺界男星公敌，咱必须得给他扼杀在摇篮里！"

叶飞鸿嫌弃地看了张户一眼，现在他身边这是个什么货色，真是糟心。

来试镜的人不少，大多都是不怎么红的，或者新人，毕竟《萤火》是一部小成本电影，吸引的"咖位"自然不大。

试镜的人群出现了两次骚动。

第一次是狄岚出现——太帅了，实在是太帅了，行业里从来不缺帅哥，可帅到这份上也真算是顶级颜值了。

不少人都打起了退堂鼓，导演和制片人只要不瞎，这颜值不把角色拿得死死的？

第二次是叶飞鸿出现——最近的话题人物，当红小生，目前人群中咖位最大的男人。

许多人不由得把目光来回在叶飞鸿和狄岚身边的林琦身上扫射，

这可是最近的话题中心啊，合着今天是林琦这位大经纪人"新欢"与"旧爱"之争，这可太有意思了！

不少人悄悄拿起手机往林琦身上拍，跟业内人士分享八卦。

狄岚烦了，拿着剧本站起身。他今天穿了一件白色 T 恤，外面套了一件卡其色的长袖外套，他站到林琦前面，一个马步扎稳，嗖地拉开外套把林琦挡得严严实实。

林琦一愣。

吃瓜群众：长得这么好看，可惜脑子有点问题。

"你干什么？"林琦推了一下面前的狄岚，"坐好。"

狄岚不动："我锻炼身体。"

林琦单手掩面扶额："你再不坐好，等会儿就自己走回去。"

狄岚："行啊，我也不想坐狗买的车。"

林琦："……"

狄岚："你也别坐了，我打车带你。"

林琦："别打车了，打人吧！"

叶飞鸿坐在狄岚和林琦斜对面的走廊，手上的剧本是昨天刚拿到的。他看了半夜，本子是个好本子，能不能火他也不确定。小成本电影就是买彩票，谁知道刮出来是什么结果。张户极力劝他来截胡。

他其实也不怎么想干这种事，他来……主要是看看林琦带的新人。外表出色的男孩扎着马步，拉着外套，活像个变态大叔，毫无顾忌地做一件根本没有多大意义的事情。林琦看中的就是这样一个脑袋空空的花瓶？

叶飞鸿垂下眼，为林琦的选择叹了口气。

"狄岚，在吗？"助理导演出来喊人。

"到！"狄岚举起了手。

身后的林琦也跟着站起了身。

"进来。"助理导演招了招手就回身进了试镜的房间。

狄岚转过头，林琦深吸了一口气，没来由地觉得有点紧张："别紧张，放松点，你很有天赋，郭导一定会看中你的。"

"我不紧张，"狄岚满脸严肃，"你小心点，这里有狗。"

林琦无言地拍了拍他的手臂，指了下试镜的房间。

"别跟狗说话啊。"狄岚不放心地交代道。

林琦："……赶紧进！"

终于把狄岚送进了试镜房间，林琦松了口气，膝盖一软，慢慢坐回座位，其实还是有点担心。作为黑化值100%的狄岚，与整个世界的男主角设定意志背道而驰，不能保证他在试镜的时候会不会搞什么花样故意搞砸。

视线中出现了两条大长腿，林琦抬眼，对上了叶飞鸿的视线。

"谈谈。"

"没什么可谈的。"林琦开口。

"也没到这个地步吧？"

"什么地步？又不是同一个公司，艺人经纪人的，总要避嫌。"林琦温和道，"你的经纪人正看着你。"

叶飞鸿："刨除艺人和经纪人的关系，我想我们总该是朋友。"

林琦有点心累，跟对狄岚的心累不一样，狄岚再怎么熊也是自己家孩子，忍了。叶飞鸿都跳槽到别家撕破脸了，还要来回扯皮。

林琦向叶飞鸿招了招手，他动作懒洋洋的，招猫逗狗一样。

其他来试镜的艺人都忍不住把余光投了过去。

叶飞鸿犹豫了一下，还是弯了腰，靠近林琦嘴边，清晰地听到林琦道："滚。"

叶飞鸿微微笑了一下，直起身子。林琦脸上也挂着得体的笑容。

明明两人都在笑，可在围观群众眼里，他俩之间剑拔弩张，就差当场打起来了。林琦这是又吃了个大亏啊，川流公司几乎把最好的资源都给了叶飞鸿，包括叶飞鸿现在正在拍摄的这个仙侠剧，一个一个好饼塞下去，喂出了这么个当红小生。结果他跟沈问寒一样，正红呢，跑了。

他们一方面觉得林琦是挺惨的，另一方面又觉得林琦留不住人应该也是有什么原因，结果今天林琦又带来一个极品苗子，不知道是不是又在为他人作嫁衣。

"说实话，我挺想林琦带我的。"坐在角落等待试镜的小艺人压低声音对同公司来面试的人说，"带红了，立刻有大公司来接手，多爽。"

"别做梦了，林琦很挑的，你不看看他手下带的艺人，一个比一个帅。"

"什么意思，我不够帅吗？"

"你想想里面那个，再想想问题的答案。"

狄岚的颜值确实很高，在场没人不服的。

"说什么了？"张户对回来的叶飞鸿道。

叶飞鸿拿回剧本，淡淡道："打招呼。"

张户笑了下："你也少惹他，好聚好散，大家抬头不见低头见的。"

好聚好散？叶飞鸿瞥了他一眼："你看我发的微博，是想好聚好散吗？"

张户讪笑了一下："这不是打舆论战嘛。你是艺人，你的形象多重要，林琦又不是台前的，他心里也有数，会跟你计较那些吗？你看这不是都没回应。"

叶飞鸿又用余光看了林琦一眼。林琦今天穿了一件烟灰休闲外套，双臂抱在一起，仰头靠在座位上假寐。刚靠得近了，叶飞鸿发现林琦眼皮下青黑一片，一看就是没休息好。

叶飞鸿垂下眼，他还没有放弃，他会努力让林琦站到他这边。

大约十五分钟过后，试镜间的门开了。林琦听到动静立刻睁开了眼睛。狄岚手上卷着剧本，对林琦笑了一下："走吧。"

林琦心里有一丝不好的预感，他起身和狄岚一起下楼，无视了叶飞鸿的目光。

狄岚走得很快，走下楼梯才舒了口气："终于没有狗味了。"

林琦边下楼边道："怎么样？"

"你猜。"狄岚灿烂一笑。

林琦没心思跟他猜谜语："快说！"

狄岚脚步轻快："试镜五分钟就结束了，导演和制片人都想定我。"

"然后呢？"

狄岚耸了耸肩："然后我拒绝了。"

林琦脚步停住。

狄岚也停下了脚步，回头望向林琦，他正站在第三个台阶上，眼神淡漠，冷冷地看着自己。狄岚试探地开了口："你生气了？"

林琦心道，不生气，他不生气，他脾气最好了……只是好想给狄岚来一脚。

狄岚脸上忽然扬起笑容："你很想我拿这个角色，对不对？"

林琦忍着骂他的冲动，默念这是他的员工，要包容。

"林琦，虽然我真的很想让你退出这个行业，但你让我做的事，"狄岚抽出胳膊下夹的剧本展开，抖出里面的合同，随即俏皮地眨了下左眼，"我一定会全力以赴。"

"非常好，我很满意。"郭培安在狄岚试镜半分钟之后，心里就已经决定让狄岚饰演何向阳这个角色。这已经不仅仅是符合他的期待了，在郭培安的设想中，何向阳都从来没有立体过，是狄岚的出现赋予了何向阳这个角色血肉和实体，对于一个导演来说，这就是他的"缪斯"！

郭培安毫不掩饰自己的喜爱，对身边的制片激动道："我就要他！"

制片也是一样频频点头，从狄岚进入房间的那一刻，他就知道狄岚这张脸一定能红，更让他感到震惊的是这位新人小鲜肉的演技，一个试镜的片段能演得所有人入戏……这、这是天降猛男啊。

"我也觉得很不错。"制片相对冷静。他是商人，比起郭培安这种情绪化的艺术工作从业者，还是保持住了风度，惯例地对狄岚道，"你回去等消息吧。"

狄岚微笑了一下，抬手抓了一下自己的短发："抱歉，我不喜欢等。"

林琦抽出合同，浏览了一下上面的信息，真不知道狄岚是怎么办到的，里面公章、签字、各种复印件一应俱全。他拿回川流盖上公章、签字，这份聘用合同就生效了。

林琦克制着自己的讶异："你让他们当场签合同……"

狄岚懒洋洋道："外面有狗，虽然我对我自己的魅力非常有自信，但万一呢？"他歪了歪头，"你不得气死？"

林琦嘴角不自觉地翘了起来，他将卷成一团的合同捋直，一言不发地从狄岚身边走过。

狄岚挑了下眉，转头跟在林琦身后下楼："你看这行业防东防西、钩心斗角的多没意思，咱们还是转行吧。"

"违约金三百万。"林琦拿合同轻敲了下他的手臂，语气温和，"老实点。"狄岚被他轻轻打了一下，马上安静了下来。可是这安静并没有持续太久，林琦系好安全带，准备开车回家的时候，提醒了一下面前愣怔的青年，"系安全带。"

狄岚没动，反而人扭过去从后座掏东西，把印有"美×外卖"的头盔拿了过来，套在了头上，这才系好安全带："出发。"

林琦："你干什么？"

狄岚："狗味熏得慌，戴个头盔好点。"

林琦："……"

狄岚走后，助理导演直接出来宣布试镜结束。张户差点没吐血，叶飞鸿也皱了眉，就算狄岚长得特别好，或许演得也不差，也不该连试镜的机会都不给他吧？

他不认为自己比不上狄岚，新人再好，他可是正当红的艺人，给一部小成本电影带来的热度加持是狄岚怎么也比不上的。

叶飞鸿和张户没有随大流走人。

制作人客气了两句就走了，郭培安与启天有过合作，对留下来的张户道："别介意，那个角色非狄岚莫属，有机会咱们再合作。"

张户不死心："总该让我们飞鸿试试吧？郭导，这片子开出的片酬，我们飞鸿可是自降身价来的，不为别的，就是冲这个剧本和您啊，您不再考虑考虑？"

郭培安看了叶飞鸿一眼，叶飞鸿微笑着谦逊地向他点一点头："郭导，我特别喜欢您的《金橘丛》。"

郭培安对艺人和经纪人那点新闻不怎么感兴趣，林琦和叶飞鸿双方他都没什么偏好，要说叶飞鸿本人，从形象到演技，也确实不错。

郭培安道："我跟你们说实话吧，剧组已经跟狄岚签了合同，改不了了。"

张户如遭雷击，试镜片场签合同这种操作他是真没想到。

叶飞鸿的脸色也有点绷不住了，狄岚……已经好到让他们能当场签合同的程度了吗？

"要不这样，"郭培安道，"叶飞鸿，你要喜欢我的戏，我这剧里还缺个男三号，挺适合你的，你来……友情客串一下？"

张户脸都绿了，叶飞鸿这个咖位来这剧里友情客串男三？等等……男三……

张户艰难道："郭导，您说的男三该不会是那个勾引女学生的人渣老师吧？"

郭培安点头："是啊！"他看了一眼脸色绷紧的叶飞鸿，笑了一下道，"担心形象啊？老演好人累不累啊，偶尔也突破一下自己嘛。"

张户还要再说什么，叶飞鸿已经微笑道："好，郭导，我回去考虑一下再答复您。"

"行。"郭培安挥挥手，很高兴地走了，背影都透露出一股捡到宝的快乐。

张户忙道："飞鸿，你别犯傻，这角色不能接！"

"你都懂，我不懂？"叶飞鸿淡淡道。

张户觉得这话怎么听起来感觉怪怪的。

叶飞鸿说："我去下洗手间，你去开车。"

确认了洗手间空无一人之后，叶飞鸿拨通了林琦的电话。

行驶的车辆屏幕上亮起了来电显示，狄岚透过头盔看到"叶飞鸿"三个字，立刻坐直了身。

林琦随手点开了免提接听："有事？"

叶飞鸿略重的呼吸声在车内回荡："林琦，你真的不考虑我的建议？"

"我挂了。"林琦直接道。

叶飞鸿："等等！林琦，听我的吧，到我这儿来，我不想挡你那个小朋友的路，别逼我做恶人。"

"你在狗叫什么？"

不属于林琦的声音传来的时候，叶飞鸿一愣，随即反应过来，他听过这个声音，就是林琦身边那个长得好看却不知天高地厚的男孩。叶飞鸿的脸骤然红了，几乎是下意识地挂断了电话。

林琦扭头看了狄岚一眼："他是你的前辈。"

狄岚把头盔往下一拉，薄唇微抿："花有百样红，人与狗不同，他不算我前辈，我也不会学他，我一辈子只认一个经纪人。"

《萤火》角色的消息出来以后，林琦当天就上了热搜。

"这么离谱。"汤静川滑着手机数了一下热搜，一共七个和《萤火》有关的热搜，五个上面挂着林琦的名字，他对一旁的林琦道，"我的乖乖啊，琦仔，你现在是我们公司最大的咖啊。"

"不用谢，帮你省了宣传费。"林琦膝盖上放着笔记本，鼻梁上架了副薄薄的眼镜，正和《萤火》的团队沟通宣传细节。

汤静川一个一个热搜点开看，最高的热搜是 # 林琦抢角 #。他边看边笑："我点进去之前还以为你出道了。"

林琦没理他。

当天试镜的时候林琦和叶飞鸿对峙的照片在业内人手上转了一圈之后流了出去，估计也是启天买的热搜。反正林琦现在就是块砖，用来给叶飞鸿踩着"增高"的。

汤静川一手撑着脸，往下滑过去，边看边冷笑道："我要真有这么大本事，我先把《重破九霄》的男主角给抢回来。"

"请你注意，"林琦侧过脸，眼镜从秀气的鼻梁上微微滑下，"是我抢的，不是你，汤总。"

"行行行，您厉害，我甘居幕后。"汤静川笑着冲他挥了下手，继续往下看热搜。和林琦有关的大多是老生常谈，什么经纪人剥削艺人、和艺人闹矛盾、打压手下出走艺人，看来看去也就那三板斧，反观真正的主角狄岚所拥有的姓名也仅仅是"林琦手下的最新受害者"。

沈问寒也顺便上了热搜，反正汤静川只要点进热搜，就没有不在骂林琦的，沈问寒的粉丝在骂，叶飞鸿的粉丝在骂，就连吃瓜路人也在骂。

要说汤静川佩服他这老同学的心理素质呢，千言万语在林琦嘴里全部概括为"狗叫"。就在汤静川沉迷于微博热搜时，办公室的门被敲响了，他忙收起手机："进来。"

门一推开，狄岚走进来了。他今天穿了件米黄的 T 恤，胸口印了片切开的西瓜，看上去清爽又干净，扑面而来的舒服。

"汤总，我找林琦。"

林琦道："你表演课结束了？"

狄岚点头，表演课他上一局都上过了，老师也是同一个，挺奇妙的，一模一样的课程现在重新上却有不同的体验。其实狄岚还是非常喜欢表演的，如果不是林琦死了，他绝对不会退出这个行业。

"找我什么事？"林琦道。

狄岚低头沉默了下才开口："明天拍定妆照，过两天就要进组了。"

"嗯，好好表现。"林琦往前一步，站到落地窗前，望着公司楼下来来往往的人群，心情还是挺不错的，目前来看剧情进展挺顺利，"你想演的喜剧，我在帮你挑，但是《萤火》是你的处女作，郭导又那么喜欢你，你还是要先顾好《萤火》。"

狄岚静静听着，倒是没有反驳："林琦，你能陪我一起进组吗？"

林琦扭过脸："我给你找了助理。"

"我不要助理，我就想你陪我进组。"狄岚盯着林琦，两眼乌溜溜地放着光，"你跟着我，我肯定乖乖的。"

"你的意思是我不跟着，你就要整幺蛾子？"

"你说反了，我是不放心你。我进了组，万一你……那个中年油腻男找你麻烦，怎么办？"狄岚满脸认真道。

林琦："……中年油腻男？"

狄岚嫌弃道："就是给你买车的。"

林琦："叶飞鸿啊？"

狄岚闭眼抬头，深吸了一口气："这三个字让我的耳朵聋了。"

"他不会找我麻烦，顶多也就是希望我跳槽去启天带他，没什么。"林琦无奈笑道。

狄岚想起叶飞鸿在电话里说什么"到我这儿来"，他就浑身冒火，还有微博热搜上挂的照片是怎么回事？他在里面试镜，林琦和叶飞鸿在外面说什么东西啊，无论从哪个角度想，都让他很不放心。

狄岚低头，小声道："那万一他要是来剧组找我麻烦呢？"

林琦失笑："他吃饱了撑着？"

狄岚："你带了新人，他吃醋啊。"

林琦收敛笑容："他吃什么醋，你以为他那么强烈地邀请我加入启天带他，真是出于对我的一片好意吗？我们之间早就恩断义绝了。"

狄岚抬头，眼睛盯着林琦严肃的脸："那你恨他吗？"

林琦快速道："不恨。"

狄岚也快速道："还想跟他当朋友？"

林琦："不当。"

林琦承认他有时候真会被狄岚逗笑，但他得憋着，不能破坏他内敛的形象："进组认真点，别让我失望。"

"当然，我要做就会做到最好。"狄岚抬手指了一下林琦，往身后的栏杆上一靠，勾唇吊儿郎当道，"我一定会做你手下最棒的艺人，别再理那些白眼狗了啊。"

"别一口一个'狗'来称呼你的前辈。"林琦在线"双标"，转过脸还是露出了一丝丝的笑意，"我会来探班，好好表现。"

狄岚进组了，《萤火》保密工作做得不错，本来也是小成本电影，走的是快拍快上的路线，所以一切悄无声息地就开始了。

林琦正在筛本子，手机"嗡"了一声，划开一看，是狄岚发来了一张照片。照片上一个帅哥靠在学校花坛怒放的太阳花边。狄岚估计是随手一拍，把脸拍得太大，花就在照片角下，一张照片构图稀烂，架不住人好看，灿烂的笑容让整张照片都鲜活明亮起来。

"林哥，我与花孰美？"

林琦微微一笑，回了条信息过去。

狄岚边喝水，边盯着手机界面，马上信息回复来了。

"花。"

狄岚眼睛盯着那个"花"字，仿佛看到了林琦回信息的样子。应该是心情还不错的样子吧，估计也没什么表情，给个面子稍微笑一下的那种？

"看什么，笑成这样？"郭培安过来拍了一下狄岚的肩膀。

狄岚手臂一抖差点把手机摔了，他镇定地收起手机，起身道："郭导。"

郭培安眼睛已经瞄到了他的自拍照，哈哈笑了起来："挺自恋啊。"

狄岚笑了一下没解释："您有什么事？"

"小伙子，"郭培安挑了挑眉，神秘道，"谈过恋爱没？"

狄岚微微一愣："没有。"

郭培安直接踮脚勾了他的肩膀："走，我好好审审你。"

《萤火》里有一场吻戏，狄岚饰演的何向阳和父母大吵后离家出走，徒步走到了隔壁市，在一家小饭馆里帮厨，遇见了任淼所扮演的女主角盛萤，之后何向阳被父母找回，何向阳与盛萤分别时就有一个青涩的吻。

郭培安想在狄岚和任淼还不够熟悉的时候就把这场戏过了，要的就是天然的青涩朦胧。

"怎么样，谈过恋爱接过吻没有？"

任淼不是新人了，出道多年，一张娃娃脸极富欺骗性。这事没什么好多说的，吻戏没拍过一百，也拍过八十次了，一般演员也就新入行头一遭难过，后面什么戏都无所谓了。但是狄岚这种年纪小的，郭培安很尊重他，也希望和他沟通好来拍出最好的效果。

狄岚今天穿了一身戏里的校服，头发随意地软蓬着，活像个学生。他负手站着，气质倒是很沉稳："郭导，这戏什么时候拍？"

郭培安道："我想明天。"

"那我今晚能请个假吗？"

"怎么，要跟谁报备一下？"

狄岚勾了勾唇，扭头冲郭培安笑了一下。

郭培安见状，说道："不过狄岚，你在这个行业里，你的私事不是你一个人的事，一定要跟你的经纪人报备，包括你有什么特别重要的人特别珍视的人。"

"郭导放心，"狄岚沉稳道，"我不会让私事影响到我的工作。"

郭培安是真喜欢狄岚。老天爷赏饭吃不说，态度也很谦逊，做事想法都很成熟很有条理，在剧组无论是跟谁相处，距离都很合适，一点都看不出新人的拘谨，怎么说呢，有大将之风。

"那行，我相信你心里有数，今晚给你批个假，明天就拍。"郭培安拍了拍狄岚的肩膀。

狄岚腼腆地笑了一下，对郭培安道："郭导，我还有个不情之请。"

郭培安道："你说。"

狄岚："能不能请您帮我打个电话，让我经纪人来接我？"

郭培安乐了："行是行，但为什么呀？"

狄岚手背在身后，运动鞋脚底碾着石子，不好意思道："我跟我经纪人说要好好表现，刚进组就请假回去，怕他生气。"

郭培安差点没乐死，刚出道的小孩他就还是小孩，怕经纪人怕成这个样子。他痛快道："行，我帮你叫！"

"谢谢郭导，"狄岚笑了，"麻烦您在他面前夸夸我。"

郭培安捶了他一下："要不要我给你戴朵小红花？"

"那也行。"狄岚眯眼笑道。

林琦接到郭培安的电话，说让他去带人。林琦先是一紧张，道："狄岚怎么了？"

郭培安就在狄岚身边打的电话，闻言要笑不笑地看了狄岚一眼："犯事了，赶紧来领人。"

"我没有——"狄岚凑过去道。

郭培安哈哈笑了起来。

林琦一头雾水："喂？狄岚？"

狄岚看了一眼郭培安，活像个在老师面前等家长的孩子。

郭培安憋住笑："没犯事，表现特别好，奖励他休息半天，你带回去吧。"

林琦松了口气："那您让他自己打车回去吧，我这儿还有事。"

郭培安看了狄岚一眼，做了个"爱莫能助"的表情。

狄岚脸耷拉下来，也有点失望，对郭培安轻轻点了点头。

郭培安挂了电话，对狄岚道："要不让我助理开我的车送你？"

"不用。"狄岚摆了摆手，又扬起了笑容，"我自己回去吧。"

换上自己的衣服，戴上棒球帽，狄岚和助理打了个招呼，真自己打车走了。反正也还没红，没人认识他。

在出租车上，他发微信给林琦："林哥，你在哪儿？"

那边回复："公司。"

狄岚对出租车司机道："川流娱乐，谢谢。"

剧组离公司其实也不算远，他们在一个大学取景，开车到川流也就四十分钟，加上堵车，顶多也就一个小时。比起动辄就在千山万水的外地来说，这已经是近得不能再近的距离了。狄岚望向车窗外，微微抿了抿唇，说好的来探班呢。

林琦快忙死了，《萤火》这片子因为小成本走故事线，也没什么大场面，计划是三个月完成，三个月后狄岚就要正式在行业里亮相。林琦现在就必须把三个月后推广狄岚的策划给做出来。

很不妙的是，世界线又开始往不利于他的方向发展了。有人似乎不怎么乐意狄岚冒头，联系的许多杂志或者综艺、采访、品牌合作大多都是回避的态度。林琦本来在这个行业里人脉挺广的，可惜人脉这种东西建起来难，断起来却很容易，林琦现在名声太臭了，他背后靠的川流也很不好过，汤静川已经隐晦地和他提起过，启天有意向注资川流。

说得好听叫注资，其实就是吞并收购。怪不得叶飞鸿三天两头地"邀请"林琦加入启天，其实人家倒是看得比谁都明白，劝降来了。

林琦头大归头大，内心也并不焦虑。他们这些人，对什么是男主角光环一无所知。

又被一个品牌拒了，林琦挂了电话，往后一仰，轻呼了口气，闭着眼睛轻揉鼻梁。

"Momo（默默），咖啡。"林琦抬高声音喊助理。

过了不久，杯子轻轻地放到大理石台面上。

林琦坐直，伸手去拿杯子，递到嘴边才发现是杯清水。他抬起头看见戴着棒球帽的狄岚，也不惊讶："你回来了。"

　　狄岚手背在身后，一脸严肃："累就休息，别喝咖啡了，咖啡这种东西喝多了容易心跳加速，血压升高……"

　　"停停停。"林琦伸手，喝了口清水，"狄老师，谢谢，知道了。"

　　狄岚脸色还是不太好。他过来的时候发现林琦办公室门开着，林琦闭眼在休息，怎么看都是一副状态不佳的样子。

　　"你回去吧，郭导不是给你放假了？"林琦放下水杯，"还是你要在公司休息？"

　　狄岚憋着别扭的脸色，将藏在背后的手挪到胸前，一把太阳花微微晃了下："给你。"

　　林琦呆住了："……你采人学校的花啊？"

　　狄岚急了："剧组种的，这是我特地要的，你不是说花好看？"

　　林琦哭笑不得，抬手在鼻尖压了压："行，你……你插花瓶里。"他指了指门口桌子上空着的花瓶。

　　狄岚走过去，太阳花软塌塌、乱蓬蓬的一把，插在优雅高挑的长直花瓶里非常不搭。于是，他又开始碎碎念："我问你花好看还是我好看，你说花好看，花好看我给你带回来了，你又不喜欢……"

　　"行了行了。"林琦手压了压，打断道，"我骗你的，其实是你好看，你比花好看多了。"

　　狄岚硬把花往花瓶里塞的动作停住了，扭头望向林琦，俊脸又是灿烂一笑："早说实话不就好了。"

　　林琦两手交叉，搭在鼻下掩饰笑意："好了，你回去吧，我还有事。"

　　"我也有事。"狄岚放了花过来，两手撑在办公桌上，微微俯身，紧盯着林琦缓缓道，"特别重要的事。"

　　"吻戏？"林琦微微仰头，他被困在狄岚的目光之下，无法动弹。

　　林琦淡薄道："当演员的总有这么一遭，好好演就是了。"

狄岚有点泄气，挪开眼示弱道："我紧张。"

"紧张什么？"

"没亲过人。"狄岚又把目光挪了回来。

林琦眨了下眼睛："要我帮你？"

蓝灰色的小猫"喵喵喵"地从猫爬架上跳下来，借着狄岚的肩膀轻巧落地，趾高气扬地从狄岚鞋上踩了过去。狄岚摸了摸鼻子，看了一眼周围各色品种的可爱猫咪："公司里什么时候多出这么个地方了？"

林琦站在狄岚身边，那群小猫安安稳稳地甩着自己的尾巴，一点也不怕生。林琦道："汤总弄的，说最近公司压力大，给员工放松放松。"

川流表面看着还行，其实已经到了生死存亡的悬崖边上。汤静川焦虑得不行，平常特别懒散的一个人现在也成天往外跑，想找机会拉投资。全公司最淡定的就是林琦，每天该干吗就干吗。

"亲吧。"林琦指了一圈毛茸茸的小猫，"慢慢练，想亲哪只就亲哪只，环肥燕瘦，任君挑选。"

狄岚："……"

林琦憋着笑，看着狄岚哑口无言的样子，竟意外地感到开心。

真的很奇妙，其实都是他，可每一个他都有那么一点不一样，就像是宝石的不同棱角散发出的不同光彩，每一面都很让林琦觉得新鲜又有趣。

"我走了。"林琦拍了一下狄岚的手臂，"练明白了我再带你回去。"

狄岚留在了"喵喵室"里。

他外表俊美，无论男人女人看了他都会不由自主地心生好感，这是对美的一种自然向往。然而小猫咪们对他不理不睬，各自占了一个地方，打呼的打呼，舔爪子的舔爪子，一个都不往狄岚身上看。狄岚与生俱来的魅力在这些小猫面前黯然失色。

狄岚躺在绵软的懒人沙发上，忽然觉得林琦和这些小猫很像。

林琦也欣赏他的魅力，但更专注于将他的魅力变现，一直也做得很好。林琦为他包办了一切，让他在这个行业里能专注演戏，可在他看不见的地方，林琦又是在哪里舔自己的爪子？

狄岚脸色淡了下来。

也不知道过了多久，玻璃门被轻轻敲了一下。

狄岚回头，是林琦。

林琦似乎刚结束了工作，眉眼疲惫，鼻梁上还架着眼镜没摘，他应该是忘了。他对着狄岚倒还是笑了一下："怎么样，亲小猫好玩吗？"

狄岚半个人都陷在懒人沙发里，长腿微屈，修长的上身微微舒展，从棒球帽的遮掩下探出深邃的目光，语气略带委屈："它们都不理我。"

"人嫌狗憎，你是猫都嫌烦。"林琦推开玻璃门，温和地说了狄岚一顿。

狄岚罕见地没还嘴，他两手垫在后脑勺下，白 T 恤牛仔裤，活脱脱一个青春美少年。

林琦坐下，懒人沙发瞬间围住了他半个人。他也累了，躺倒道："还不想回去？"

"林琦，"狄岚扭头看他，"你觉得我能演好吗？"

林琦斩钉截铁道："当然。"

狄岚："为什么？"

林琦："因为你是我选中的人。"

狄岚怔住，林琦起身："不过一场吻戏，有什么好怕的。别在这里偷懒了，赶紧回片场。"

狄岚看着林琦离开的背影，若有所思。

第六章
星光璀璨

狄岚坐电梯到了地下停车场。林琦正靠在车上等狄岚，长腿交叉延展，低着头单手拿着手机，一手拎着个明黄头盔，眼镜还是架在鼻梁上，斯文干净，风流潇洒。

自动门开关的声音引起了林琦的注意，他抬头望见狄岚，拿着头盔对狄岚挥了挥手："上车。"

狄岚一瞬像从梦境中醒来。

狄岚走近，林琦把头盔递给他。狄岚摸了一下头盔："我有帽子。"

"随你。"林琦把手机放回口袋，开门上车。

车驶出了地下停车场，林琦平稳地开着车，努力忽视副驾驶直勾勾的视线，可实在是忽视不了，红灯前一脚刹车踩下。林琦伸手唰地准确无误地把狄岚戴着的棒球帽盖在他脸上。

一声轻笑回荡在车内，林琦的耳尖有点发烫。

狄岚话多他烦，像这样光笑不说话，他更烦，就怕藏不住。

狄岚抬手摘了帽子，干脆倒扣在自己脸上，靠在侧边，一副要睡的样子。

林琦松了口气。

一路安静无话，狄岚的存在感依旧强烈。他身上也不知道是什么味道，总之很好闻，干净的男孩味道，总让人联想到明朗的夏天。

林琦在小区楼下停车场停好车，又是呼出了口气："到了，上去休息。"

狄岚摘了盖在脸上的棒球帽，他盖了一路，脸闷得有点红，头发蓬乱，眼睛还是清澈透亮。

"林哥，"狄岚轻声道，"我真紧张，怕演不好，你就跟我说说呗？"

林琦手握着方向盘，努力地去想他该不该说，脑海里思想斗争剧烈得要命，最后不得不承认："我也没经验。"

狄岚没想到会是这个答案，在车上笑得差点歪倒，被林琦狠狠瞪了一眼。

狄岚第二天回剧组之后，交给郭培安一个新剧本，把洋洋洒洒的一段告别戏全改了，那个青涩的吻直接删了，改为何向阳与盛萤隔墙道别。狄岚是认真的，打印了两页纸，还附上了他对剧本的理解和角色的感悟。

其实这点想法狄岚上一局就有了，在《萤火》正式上映以后，狄岚反复看了十来遍，前几遍给自己抠毛病，后几遍想剧情，他喜欢琢磨戏。

有的演员是只要演好就行，狄岚是属于有自己独特想法的演员，对自己的戏有反思求创新的精神。

当年《萤火》没有拿下最佳电影，就是差那么一点动人的劲儿。

郭培安倒也没把狄岚的建议不当一回事，仔仔细细地看完了狄岚给的意见，专门打了个电话回去谢林琦："林琦，你这个艺人真的是好，以后他要是火了，我不知道还有没有机会能和他合作。"

林琦接到郭培安的电话，宠辱不惊："郭导您别太捧着他，孩子年纪小，刚入行，容易飘。您是他第一任伯乐，您要是觉得他好，下次一定再合作。"

郭培安又是感叹了一会儿，夸奖的话绵绵不绝，把狄岚从外表到内里都夸了个遍，最后倒想起来件事："这么好的苗子，他的私生活你可得看紧了。"话点到为止，郭培安也不想管太过。

狄岚正坐在片场看书，晚上要拍摄一场雨天的戏，得在地上滚两圈。还没开拍，狄岚整个人还是干净清爽的。他坐在椅子上，捧着乳白色封面的书，椅子上夹了一盏小灯，他侧脸沉静，神情投入，完全不像是电影里桀骜的少年模样。

任淼凑过来："《存在主义心理治疗》？"语气十分惊讶，"看这么深奥的书啊。"

狄岚把书合上，面上没什么表情："随便看看。"

任淼进组也挺久了。演戏要投入感情，电影里盛莹对何向阳爱得深刻，任淼一是有点入戏，二是狄岚实在长得好。不光是长得好，狄岚的一举一动都有股说不出的吸引人的魔力，譬如现在，他穿着做旧的衣服，泛黄的帆布鞋，坐在片场简陋的椅子上，一盏劣质的小灯灯光一打，整个人就是优雅又清贵。他话少，声音却磁性，任淼在戏外跟他难得说上几句话，都有点受宠若惊的意思。

"能看懂吗？这是讲什么的？"任淼搭话道。

狄岚垂下眼，抚摸光滑的书页。在片场，他有一点时间就如饥似渴地学习研究，这本是他这一个月以来看的第三本有关心理学的书。

"要开拍了，各部门准备。"助理导演喊了起来。

"开始了。"任淼给自己找了个台阶下，她心态很好，工作第一，漂亮小朋友第二，微笑道，"加油啊。"

林琦把车停在片场外面，他提前打了招呼，不用人带，很顺利地就进了片场。虽然是晚上，片场还是很热闹。高压水枪猛烈地打下水流，巨大的风扇吹出风雨飘摇的实感，灯光往雨中的人身上一打，林琦看到了狄岚。

狄岚浑身都湿透了，单薄的 T 恤紧贴在身上，隐约透出肌肉分明的线条，脚步踉跄像是受了伤，一下重重摔在地上。

林琦看得出来，狄岚这是真摔。

泥地湿滑泥泞，狄岚挣扎了两下似乎是精疲力竭爬不起来，干脆躺在地上仰面朝天地大笑起来。

"咔！"

随着导演一声令下，水枪和风扇立刻停了，助理忙拖着浴巾过去给狄岚裹上。

虽然是夏天，晚上还是有点凉，高压水枪喷出来的水格外冷，狄岚抹了下鼻子，去摄影机后面看镜头。

"行，"郭培安神色平稳，"就这条。"

狄岚仔细看了一下："后面好像灯光太近了，看上去有点虚，不够写实，再来一条吧。"

郭培安看了狄岚一眼，微微笑了一下："行，不错。"

狄岚点头，各部门又重新准备再拍一次。

林琦站在人群外面，看着狄岚又拍了两条，后面加上了任淼，来来回回淋了至少一个小时。上一次做任务的时候，林琦满脑子任务节点，从来没认真探过狄岚的班，有时候来了也不会盯着看。他还是第一次看到拍戏时的狄岚，完全像变了个人似的，狄岚神情严肃，蹲在摄像机前仔细地和导演、搭戏的女演员讨论，目光专注。

"好好，辛苦了，今天收工。"郭培安一点头，任淼先笑了起来，从助理那儿接过热饮喝了一口，哆嗦道："总算能休息了。"

狄岚摘下裹着的毛巾胡乱揉了下湿发，一言不发地往自己的椅子那儿走。他手刚摸到椅子上的书页，身后就传来了他不敢相信的声音。

"挺用功的。"

狄岚下意识地摘了毛巾盖住椅子，转身回头，目光望到眼前站定的人，不敢置信似的："林琦？！"

林琦眼中带了点笑意："临时决定来探班，别声张，我什么都没带。"

工作人员正在撤灯光，一束一束的光从林琦身上滑过。狄岚轻轻开口："吃夜宵吗？"

狄岚就住在附近的宾馆里，三星级，条件很一般，剧组也就包得起这样的宾馆。狄岚身为主演，也没什么特殊待遇，任淼好一点，她单独住在三楼，狄岚住二楼，就在郭培安房间隔壁，方便讲戏。

"你先坐啊，我洗个澡，等会儿就有夜宵吃了。"狄岚浑身都是湿的，他手上捧着毛巾就钻进了浴室。

浴室也不大，狄岚把书塞在毛巾架上，想想觉得不妥，又用两块毛巾把书卷上，弄得很乱的样子搭在上面。来回看了几眼，确保就算林琦进来也不会发现，狄岚才放心地开始洗澡。

林琦打量了一下整个房间。出乎他的意料，房间很干净，两个箱子放在角落，搭着换洗衣服的临时衣架挂在一边，洗过的袜子内裤都用小夹子夹得很整齐地在空调风口下吹干。电视柜旁边的桌上放了两个水杯，一本厚厚的剧本，上面贴满了备注和字条。整个房间没有一点狄岚身上的调皮孩子气。

这是另一个狄岚。

水声没过多久就停了，林琦听到狄岚磁性的声音从狭小的浴室传出："林琦，我忘拿换洗衣服了，你帮我拿一下呗。"

　　林琦扭头，张嘴要说好，却没来得及发出声，浴室里再次传来狄岚低沉的声音——

　　"算了，都是男人，我直接出来了。"

　　浴室门推开，林琦下意识地背过了身。几乎听不到脚步声，林琦只是凭感觉知道狄岚在靠近，空气中传来淡淡的廉价沐浴乳的味道。

　　林琦随意道："赶紧穿衣服，小心感冒，耽误剧组进度。"

　　"知道了知道了，林保姆。"

　　狄岚头发还滴着水，抬手将湿发往后撩，薄唇一勾，见好就收地走到窗边衣架上，利落地收了晒干的衣服穿上。

　　宾馆的灯只开了一个，暗暗的。狄岚微笑着望着林琦。

　　"林哥，"狄岚轻声道，"今晚别走了。"

　　林琦绷住一张冷脸："你好好拍戏，吃完夜宵我就走了。"

　　狄岚笑眯眯道："林哥别这么无情嘛，我都好几天没见你了。我给你发那么多照片、笑话，你怎么都不回我？"

　　林琦每天都会收到狄岚给他发的奇怪照片。花花草草算正常的，有一次林琦收到了一堵墙的照片，因为狄岚说墙上落下的斑驳像一张人脸。狄岚看到什么新鲜有趣的就随手分享给他，还有各种各样千奇百怪的笑话。

　　"我怎么回你？你多用点心思在拍戏上。"林琦翻了翻狄岚的剧本，"一味讨好经纪人干什么。"

　　"我……"狄岚的话被敲门声打断。

　　林琦起身去开门，是助理来送夜宵，是附近摊位的炒面和烧烤。林琦点头道谢，关上门对坐在窗台的狄岚举了举手里的袋子："来吃夜宵。"

　　"我不吃，那是给你点的。"狄岚道，"太晚了，现在吃这些明天起来脸一定水肿，没法拍戏。"

狄岚对拍戏的认真林琦今天也看到了，就不劝他。

"那我带回去吃，不在这儿馋你。"

狄岚不动，他身后灰色的窗帘垂着，像幕布一样，他现在所处的舞台，观众只有林琦一个。他说："林哥，你过来。"

林琦站在原地，不进也不退，用另一只空着的手轻轻向他挥了挥，终究还是转身出了门。

提着一袋香气扑鼻的炒饭烧烤，林琦走出宾馆上车。烧烤的香气在车里乱窜，林琦低头一看，是纸饭盒打翻了，炒饭撒在打包袋里。

贴在裤袋里的手机"嗡"了一声，林琦拿起手机，狄岚发来了微信——

"太瘦了，多吃点。"

在工作的海洋中遨游了三天，林琦终于恢复了点精神，被各个品牌拒绝得多了，人也清醒了不少。启天真是逼得很紧，同样逼得很紧的还有叶飞鸿，三番五次打电话求他面谈。

林琦拒绝得有点烦了，干脆拉黑了叶飞鸿，叶飞鸿干脆乔装打扮在林琦家门口堵人。

"林琦，"叶飞鸿坚持道，"我们谈谈。"

林琦心想还能有什么说的，按了门锁密码，淡淡道："进来吧。"

叶飞鸿松了口气，跟着林琦进到屋内。

林琦打开玄关门口的鞋柜，拿了自己的拖鞋，视线在另一双拖鞋上滑过，直接关上了鞋柜，对身后的叶飞鸿道："不好意思，家里没多余的拖鞋了，麻烦你光脚吧。"

叶飞鸿分明看到了那双拖鞋，也没说什么。林琦对他心存芥蒂，他能忍。

自从出了沈问寒在林琦家里约会，屎盆子往林琦头上扣这档事之后，林琦搬了新家，就再没让艺人上过自己家门。叶飞鸿知道林琦的规矩，无数次经过林琦家门口，都没有逾矩过。没想到却是两人分道扬镳以后，叶飞鸿才有了机会这样和林琦面对面坐在沙发上说话。

叶飞鸿先开口道："林琦，对不起。"

林琦双手抱在胸前，平静地看着他。

叶飞鸿道："那条微博不是我写的，也不是我发的，我真的没有想拿跳槽这件事来炒作。"

林琦静静地看着他，缓缓道："不是你干的，你不也默许了吗？"

叶飞鸿也没法否认："我到了启天，就是启天的艺人，得听公司的安排。"

"我认可。"林琦保持着温和的表情，"启天的艺人不该上川流的经纪人家门。"

叶飞鸿是真的舍不得林琦。

林琦不是他第一个经纪人，他在这个行业里也低迷过一段时间，是林琦发掘了他，一手把他捧出来。他感谢林琦的知遇之恩，也拼命努力在行业里往上爬。

"林琦，我选择启天，那也是无奈之举。你明白的，川流的体量太小了，就算在川流做一哥，我的发展也就只能到那儿。林琦，难道你就甘心手下的艺人止步不前吗？"叶飞鸿恳切道。

"我能理解你的跳槽行为，也能理解你来截胡《萤火》角色的行为，我都理解，我只希望你理解我一件事，可以吗？"

叶飞鸿道："你说。"

林琦面色冷淡，目光直视着叶飞鸿，语气漠然："你走你的阳关道，我走我的独木桥，我们已经不相干了。"

叶飞鸿不明白，他不是背叛抛弃林琦，他是想带林琦一起走的，启天承诺的更好的发展空间，不只是对他，也是对林琦。他甚至想过要跟林琦捆绑，可林琦就是怎么也不愿意离开川流。

明明有更好的路可以走，林琦却还是选择走原来那条泥泞坎坷的路。叶飞鸿紧皱了眉，双手交叉，压低的声音显得很焦躁："林琦，你有情有义，不肯放弃川流，你有没有想过，如果……启天收购川流了，你又该何去何从？"

这是个很现实的问题。林琦留在川流，就算是旧部，启天接手川流，林琦一定会被清洗。

叶飞鸿终于说出了他最后的想法："林琦，我想保你。"

启天的大棒和叶飞鸿的枣全落在了林琦头上，林琦轻笑了一下："原来真正有情有义的人是你。"

叶飞鸿听了林琦的语气，脸有点发烧。他有私心，希望有更好的发展，有合拍的经纪人，他不认为他的选择有错，人都是自私的。

"我们都不是圣人，林琦。不谈情分，就说现在这个情况，你来启天带我难道不是最好的选择？"叶飞鸿道。

"你出走拖垮了川流让启天乘虚而入，然后告诉我，你想保我，我去启天是最好的选择？"林琦轻声细语道，"是对你最好的选择吧？叶飞鸿，做人可以自私，但别标榜自己高尚。"

叶飞鸿哑口无言，目光沉沉地望向林琦："我会打压狄岚。"

"请便。"

叶飞鸿继续道："不择手段地打压狄岚。"

林琦站起身："你可以走了。"

叶飞鸿仰头看他，知道今天算是彻底没一点余地，也站起了身，从口袋里掏出了把车钥匙，还是奔驰，钥匙很新。

"我停在地下152了，算是我给你最后的礼物。"

"不用了，谢谢。"林琦淡漠道，"有人说会给我买新车。"

叶飞鸿直接把车钥匙放在了茶几上："别人是别人，我是我。"

林琦垂眼："拿走。"

叶飞鸿转身就走，把车钥匙留在了茶几上。

林琦无奈，拿起车钥匙跟了过去，在玄关门口拉住叶飞鸿的手臂："钥匙拿走，车也开走，我不会要的，别拉拉扯扯的，搞得难看。"

林琦把车钥匙往叶飞鸿手上塞，叶飞鸿却是反手包住了他的手："就当作我们同事一段时间的纪念，与其他一切都无关，好吗？"

"没什么好纪念的。"林琦拧眉道，"你不开走，我直接把钥匙交给张户，顺便也跟他说说你对他这个经纪人不太满意。"

听了林琦暗含威胁的话语，叶飞鸿微微一笑："你不会的，我了解你。"

"叮叮咚！"

密码锁开启的声音传来，林琦和叶飞鸿同时望向门口。

"林琦，我……"狄岚的目光落在林琦和叶飞鸿交握的手上，满脸的笑容凝固了。

林琦差点就脱口而出"你听我解释"，幸好他脑子还算清醒，话在嘴里过了一把，变成了："你怎么回来了？"

"回来？"叶飞鸿敏锐地抓到了这两个字。

狄岚上前直接拉开了叶飞鸿的手。他力气大得惊人，叶飞鸿是武术学校出身，现在依旧经常锻炼健身，被他这么一拉，竟然毫无还手之力，话都没说出口就被他扔出了林琦的家。

"嘭"的一声，门被关上。林琦心头一跳，表面依旧很镇定，对上狄岚乌黑的眼睛，嘴里竟然不由自主地说了一句："我没给他穿拖鞋。"

狄岚目光垂下，玄关口摆着一双显然很精美名贵的黑色皮鞋。

叶飞鸿人被推了出去，表情相当震撼，还没等他从狄岚的怪力中回过神来，门又打开了。

狄岚皮笑肉不笑地对叶飞鸿"呵"了一声，飞起一脚，那双精美的皮鞋炮弹一样从门口射出，叶飞鸿差点都来不及闪躲，姿态狼狈地闪到一边。

"嘭"的一声，门又关上了。

狄岚一气呵成地完成了那记飞射，神色如常，阳光灿烂地对林琦道："我回来啦！"

林琦平复了下无语的心情之后，又开了门。

门口已经没人了，电梯显示下到了8楼。林琦叹了口气，摊开掌心，一把奔驰的钥匙静静躺着："这怎么办？"

狄岚瞳孔微缩："他给的？"

林琦点头。

这人怎么那么不要脸，还带金钱诱惑的？

狄岚咬牙切齿，恨不得现在杀到地下停车场和叶飞鸿来一场真人快打。

"你还没说，你怎么回来了。"林琦把钥匙随手放在玄关上，主动开了鞋柜门，用眼神示意狄岚拿拖鞋。

狄岚弯腰拿了拖鞋，确定拖鞋上"没狗味"，答非所问地闷闷道："他来干吗？为什么还送你车？是不是想挖你？"

"不然他来找我干吗？"林琦扭过脸，"换鞋过来，交代清楚你怎么又回来了。"

狄岚乖乖地换上了鞋过去。

茶几上还有两个倒了水的杯子，狄岚目光落在其中一个杯子上，他知道林琦坐沙发的习惯，推测内侧的杯子是林琦的，外面那个……当然是狗的。

"他还没来得及喝。"林琦主动解释。

狄岚脸色稍缓："干吗给他倒水？"

林琦慵懒坐下，慢悠悠道："想找机会泼的，没找到。"

狄岚扼腕叹息："这还用找机会吗？他一坐下……不，你倒了水你就直接泼啊，"他摸了下玻璃杯，气愤道，"还是凉水。"

"别闹了。"林琦揉了下额头，"怎么回来了？"

狄岚面色稍显别扭："请假了。"

林琦挑眉："又？"

狄岚瞥了他一眼，心里有点烦躁，低头也不辩解："我偷懒，你骂我吧。"

林琦见过狄岚演戏的认真劲，知道他不是那种人，耐心追问道："剧组出什么事了？还是你有什么私人原因？"

狄岚低着头含糊道："有点私事。"

"请多久的假？"

"到明天早上七点。"

"这么紧张？什么事？"

狄岚抬了头，深深地看了林琦一眼，一反常态地没说话，起身进了自己的房间。

林琦摸了下鼻子，总觉得狄岚的眼神好像有深意。

林琦走到狄岚那间房门前，轻轻敲了下房门："你留在家别乱跑，要办私事可以，注意别太出格。"

狄岚马上把门打开了："你要出去？"

林琦道："嗯，烫手山芋不能捂在手里。"

狄岚望了一眼玄关，烦闷道："我去。"

"你不行。"林琦往旁边一步，挡住了狄岚的脚步，"你不是有私事要办？"

"这也是私事。"狄岚直接握了林琦的肩膀，将人转了个面儿，脚步很快地去玄关拿了钥匙，行动之快，人都差点飘出了残影。

林琦望着关上的门，心想：傻孩子，你知道车停哪儿吗？

狄岚到了地下车库，才想起这个问题。

他手上攥着奔驰的钥匙，回头看了一眼地下车库的自动门，觉得自己要是灰溜溜地上去问林琦车停在哪儿肯定特傻。

他跑太着急，手机还在外套里没拿，他看着手上的车钥匙，嫌弃地皱了皱鼻子。

林琦换了一身能出门的衣服，顺便把要带回公司的文件也带上，坐了电梯去地下停车场。

自动门打开，林琦没看到狄岚的身影，在停车场穿梭了一会儿才看到一个高大挺拔堪比男模的身影——正对着一辆奔驰按钥匙。

不是这辆。狄岚烦躁地往前走了几步，又是一辆奔驰，按下，还是没反应。

"152。"林琦的声音在身后响起。

狄岚僵硬地回过脸，林琦嘴角的笑意已经憋不住了，刚刚的画面实在是傻到每一个看见的人都会忍不住笑。

"在152号。车钥匙给我，我去还。"林琦伸了手。

狄岚坚决不肯让林琦再触碰这把带有"狗"味的车钥匙，对一身出门西装的林琦道："你有事你去忙，我会办好这事的。"

林琦拗不过狄岚，只好嘱咐他千万别搞出什么事，一步三回头地看狄岚。狄岚对他挥了挥手，一脸阳光灿烂。

等林琦的身影完全消失后，狄岚收起了笑容，满脸的冷漠，不给叶飞鸿一点教训，他是真以为自己有资格出现在林琦面前了。

林琦回到公司，人刚进入公司大楼，迎面过来的员工就尖叫了一声。

林琦被吓到了，轻拧了下眉："怎么了？"

小员工眼神飘忽，惊疑不定道："林哥，你今天不是休息吗？怎么来了？"

"你们汤总硬批的假，没事就过来了。"林琦说完，夹着文件夹往前走。

小员工忙拦住了他，双臂挡在他身前，磕磕巴巴道："林、林哥，你要不还是回去吧？"

林琦的眉头拧得更紧了："出什么事了？"

"拉高点，高点。"汤静川挥手，"再高点，左边有点歪了，稍微荡下来一点。"

"汤总，这样行吗？"趴在梯子上的员工回头道，一眼看见门口的林琦，惊得"啊"地尖叫了一声。

汤静川道："叫什么，吓我一跳。"

"林、林哥……"员工指了指汤静川身后。

汤静川一回头，看到了一脸不赞同的林琦。

办公室内，汤静川捶胸顿足："你都加了那么多天班了，我不是让你在家休息嘛，你干吗又跑过来？"

林琦玩着他办公桌上的乐高，抬眼笑了一下："心意我领了，不必这么大阵仗，谢了。"

汤静川太郁闷了。今天是林琦的生日，按照林琦的个性，他自己肯定忘得一干二净。汤静川都计划好了，要让全公司的人给林琦一个惊喜，下了死命令让林琦在家休息，没想到林琦还是来了。

这下好了。

林琦一来就看到了会议厅五颜六色的横幅——"祝林琦三十大寿

快乐"，一下就把汤静川的准备全打乱了。

"让他们都该干吗干吗吧，公司正在艰难的时候。"林琦温和道。

汤静川叹了口气："正因为公司现在这样，才需要冲冲喜。"

林琦微笑了一下："你也不用急，《萤火》马上就能上映。"

郭培安说了，他会以最快的速度让《萤火》和大家见面，他也确实做到了。

汤静川勉强笑了一下："琦仔，启天的老总今天又找过我了，给了我一个无法拒绝的价格。"

林琦的笑容淡了。这个世界的世界线真的是对他很不友好。

汤静川脸色一变，忽然从低沉转向灿烂，两手做大鹏展翅状："但是我——拒绝了！怎么样，惊不惊喜，开不开心？该不该给我一个拥抱？"

"你有病。"林琦嘴角上扬，目光柔和而坚定，"你放心，我给你的，不会只是一个拥抱。"

汤静川也收了嬉笑的脸色："我相信你。"

"比起我，你更应该相信狄岚。"林琦起身道。他大概知道狄岚为什么会请假了。

办公室的门忽然被猛烈敲响，汤静川笑着抬脸："进。"

林琦的助理进来，满脸的不知该喜还是该悲："林哥……叶飞鸿……被曝隐婚了……"

林琦瞳孔猛地一缩，叶飞鸿结婚了？他怎么不知道？

林琦这个前经纪人都受到了冲击，更别提其他人了，某网络平台搜索瞬间瘫痪。叶飞鸿最近因为跳槽换东家的一系列事情频频上热搜，现在也是见好就收，引导粉丝又开始往"关注作品"上刷了。

毕竟《重破九霄》马上就要播了，热度炒一炒也就差不多了，盯着一个点炒，容易让路人产生逆反心理。

现在好了，新的爆点来了。搜索崩了，业内的群也炸开了。

林琦的手机信息一条一条地进，手机都快烫手了，他随手点开了一条业内朋友发来的信息。

——"喜报，二狗翻车了。隐婚啊，你知不知道这事？真的震撼我全家，你绝对想不到是怎么曝出来的！"

——"叶飞鸿把不知道谁的车送给他老婆了，他老婆跑去 4S 店求证，全程被人拍了，我服了，瞒得也太绝了。"

下面是一段视频，很显然是偷拍的角度，没有拍到脸，只有女人曼妙的裙装和两个销售经理笔挺的西服，对话如下：

"这个车是我老公买的，我想知道……他什么时候来买的，是一个人还是跟谁一起？"

"这位小姐，我们不能随便提供客人的信息的。"

"我说了，我是他老婆，要我给你看结婚证还是户口本？我不是他老婆，这车怎么会送到我那儿？"

下面镜头转了一下，女人高跟鞋旁的车牌号一清二楚。

视频之后，是一张清晰的驾驶证图片，车牌号码与视频一模一样，下面清清楚楚地写着三个字"叶国富"——也就是叶飞鸿的真名。

第一时间就有人质疑了是不是同名同姓的人，然而驾驶证上掐头去尾打了马赛克的住址和叶飞鸿现在居住的小区地址一模一样。同名同姓的人很多，同名同姓同小区就太过巧合了。

粉丝还真发现了同名同姓同小区的叶国富，五十多岁大腹便便，他们立刻开始把蛛丝马迹全往这位五十岁的叶国富身上按。哪知这个叶国富也是个有头有脸的生意人，马上在自己公司的微博发表声明：最近没买车，本人目前也没老婆。

记者的反应比草原上的豹子还快，已经杀到了 4S 店。4S 店的销售个个都是人精，不正面回答问题，只问记者有没有买车的需要。有经验老道的记者直接采访了门口的保洁，保洁对叶飞鸿的印象很深，因为叶飞鸿来的时候捂得很严实，帽子口罩一看就相当扎眼，更关键的是叶飞鸿的身板相当板正。他是武术学校出身，多年坚持健身，在行业里也是数一数二的好身材，保洁也是女人，对这样吸引眼球的人当然过目不忘。

记者拿出叶飞鸿的背影照片，保洁一看就说："就是他！"

宛若地下暗访现场的视频彻底让粉丝爆炸了。

还有粉丝上传了在 4S 店附近的偶拍照片，叶飞鸿的装扮和保洁形容的一样，种种"巧合"般的证据全串在了一起。

车无疑是叶飞鸿本人名下的。现在唯一还能做文章的就是——开着叶飞鸿车去 4S 店质问的女人是谁？视频里口口声声喊着"我是他老婆"，叶飞鸿敢不敢认？

张户一直都是笑嘻嘻的糊涂样子，难得收敛了一副蠢相，此刻面色堪称狰狞："叶飞鸿，你那车是买给谁的？"

叶飞鸿坐在沙发上，单手抚额面色阴沉，双唇抿得紧紧的，一言不发。

张户也是气疯了。叶飞鸿从出道以来一直走的都是正气的路线，无绯闻无负面消息，从不演奸角，每个角色都有情有义大爱无疆。这部《重破九霄》杀青之后，他就要正式转型往正剧角色上走，他的野心远不止做一个偶像。他是一个人设"完美"的男人，就算解约也要站在制高点。

张户见他一副死不开口的样子，心凉了半截。艺人的婚姻情况经纪人不可能不知道，但也真有一些人瞒着经纪人和公司悄悄在国外领个结婚证，猛一爆出来，经纪人和公司也是晴天霹雳。

"我问你，她是不是你老婆？！"

叶飞鸿有反应了，从牙缝里挤出了字："不——是。"

张户稍微回了半口血，继续追问："女朋友？前女友？"

叶飞鸿心里跟明镜似的，他压根就不认识那个女的。他身边从来没有过女人，行业里有的男艺人管不住自己的下半身，可他绝对不属于这种类型，他的满腔精力都放在了工作上，没有那些亟须宣泄的欲望。

车是他送给林琦的。

出于补偿也好，出于对"重新合作"的期待也好，他绝对没有恶意。

林琦就算不愿意收，顶多也就来还了就是。送礼物与还礼物都是很有人情味的事，有来有回的，或许情分就慢慢回来了。

叶飞鸿站起身，高大的身形在房间内压迫感十足，冷冷道："你放心地去澄清，我没有女朋友，更没有老婆。"

"那是谁搞你？"张户跳脚，"这车又是怎么回事？"

叶飞鸿垂下眼："你别管那么多，发声明就行了，这阵风过去了也就算了。"

张户对叶飞鸿这个"川流一哥"一直都是装疯卖傻捧着他，任由叶飞鸿骑到自己头上，面对这种大事，叶飞鸿还像个演员一样端着，真是入戏了。

林琦时刻关注着叶飞鸿这件事，叶飞鸿在他手上可是一条负面新闻都没出过，这和叶飞鸿本人的自律也有很大关系。林琦直觉认为叶飞鸿应该不是那样的人。

启天很快就发了公关文章，否认了叶飞鸿的隐婚，并且澄清叶飞鸿一直都是单身。

然而文章下面的评论并不买账，依旧在质疑车既然是叶飞鸿的，那这能开着叶飞鸿车的女人又是谁？叶飞鸿在这件事上绝对不清白，就算不是隐婚，也一定是"同居"，否则怎么会用老公老婆这样的称呼？

甚至有人要求叶飞鸿晒户口本，到底是单身还是离异，他们就是不服。

一盆脏水当头泼下，叶飞鸿百口莫辩。

林琦收了手机，面色惴惴，该不会是狄岚这家伙搞出来的吧？

系统很早就跟他说过，黑化值只是说男主角与原本世界的设定背道而驰，原本会成为演艺圈NO.1的狄岚才会口口声声说要转行，完全不代表男主角就不是坏人。

林琦想到狄岚那一脸傻白甜阳光灿烂的话痨样子，很难把这些操作和狄岚联想在一起，他想了想，直接发了条微信给狄岚："在哪儿？"

狄岚秒回："在家里呀。"附上了一个柯基抖臀的表情包。

林琦实在看不出他有搞阴谋诡计的天赋。

惊喜生日会也泡汤了，汤静川直接把他准备的礼物给了林琦——一张银行卡。

成年男人的礼物就是这么朴实无华，林琦微笑收下。汤静川满脸舒爽："别客气，看到二狗倒霉，我浑身都舒服了。"

"别整天叫叶飞鸿'二狗'，今天Amy（艾米）发信息都叫二狗了，传开来别找我兴师问罪。"林琦把卡放回口袋里，出了办公室又是收了一堆礼物，两手拿不下，助理帮他一起拿到车里。

助理打开后车门，扑哧笑开了："林哥，你车里怎么还有个头盔？还是美×外卖的。"她恍然大悟，"咱们是不是要有新的商务合作了？！"

林琦瞥了一眼，嘴角微勾："等着吧。"

车开回公寓，林琦打电话给狄岚："下来帮我拿东西。"

"马上来。"狄岚干脆道。

没过两分钟，狄岚就出现在了林琦面前，穿着居家服笑容满面："什么东西啊？"

林琦坐在车里，指了指后座。

狄岚拉开车门，看到包装精美的礼盒动作一顿，老老实实地一把抱了出来。

林琦下车，手上也抱了两个放在副驾的盒子。

两人一起进了电梯，林琦忽然道："车呢？"

"嗯？"狄岚如梦初醒般回头道，"我还了啊。"

林琦道："你还给谁了？"

狄岚道："我就放他小区里了，钥匙塞前轮，不想跟'狗'碰面。"

林琦转过脸，目光与狄岚的目光对上。狄岚那双眼睛乌黑清澈，干净得像一汪深不见底的水，他轻轻歪头，疑惑道："怎么了？"

林琦收回眼神，缓缓道："你没看微博？"

狄岚道："出什么事了？我一直在忙。"

电梯门开了，林琦走出去，边走边道："你忙什么？"

狄岚默默地没说话，林琦走到门前，费劲地伸出一只手按密码，推开门，他一下就愣住了。

冷色调的墙面上多了几个小画框，明亮的色彩星星点点，一下将人的目光吸了过去，距离玄关很近的开放式吧台上摆着几束蓬勃的蓝色风信子，阳台门开着，微风吹过，倒挂的酒杯微微摇晃。

林琦回头望向狄岚。

狄岚将手上的礼盒放到柜子上，又帮林琦把手上的盒子一个一个地拿下，轻声道："家里太冷清，我稍微添了点东西，你要是不喜欢，就给点指导意见，我再改。"

林琦扭脸又大概看了一下，屋内感觉没什么大的变化，但就是热闹了许多，有人气了。

"这是我家，"林琦压下心中的欢喜，面色冷淡道，"你乱动什么。"

狄岚笑嘻嘻地说："那你说怎么改？你看，你这面墙太空了，就这么一幅画，"他指了指墙面中心那幅巨大的抽象画，"它多寂寞啊。"

小画框里的画笔稚嫩，画的也都是简单的植物和生活里随处可见的小物件。林琦道："这是谁的作品？"

"大师之作，"狄岚语气严肃，压低声音道，"我。"

林琦望向他，眼神质疑。

狄岚指了指画框左下角的日期和签名，露齿一笑："我在剧组休息的时候画的。"

林琦凑近看了，果然看到了一个小小的"岚"字，画上的颜料还没有干透，应该是最近完成的。

"林琦，"狄岚专注地望着他，"生日快乐。"

林琦垂下眼，低声道："谢谢。"

狄岚小声地说："目前来说，我还没有能力送你一辆新车或者什么更名贵的礼物，我能送给你的，只有我的承诺，我承诺——会永远站在你这边，绝不离开。"

林琦扭过脸，故意煞风景道："你都签卖身契给公司了，还想去哪儿？"

狄岚望着林琦，小心翼翼道："你放心，我会好好演戏，你让我做的事我都会做好，我只是想告诉你，我很喜欢跟你一起共事这件事。我会努力成为影帝的。"

客厅里很安静，只有酒杯轻晃的声音传来，过了好一会儿，林琦才开了口："……你话真多。"说完，他直接回了卧室。

片刻之后，狄岚就听到了林琦关门的声音。

林琦进入房间，背靠在门上。他仰头，轻呼了一口气，这个世界……他只剩一年，太短暂了。原本他以为他能承受一次一次的分离，反正很快就能再次见到那个人。可每一个当下的小世界里，那个人都是独一无二的，他好像在一次次地让彼此走向悲伤的结局。

林琦脸色一凛，心里暗暗下了决心。

"系统，我知道你一直在，只是有时候你不想回答我。我的这个角色被小世界排除之后，每次你都会拉一分钟的世界线给我，其实不是你无情，只给我一分钟的时间，而是你拿不出更多时间了，是吗？"

系统沉默。

"我完成任务的世界应该进入正常运转，可每到下个世界我总能再次遇见他，就算大小世界有时间差，也不至于这么巧合吧？我走了以后，那些世界到底发生了什么？你能告诉我吗？"

"我一直以为你不怎么聪明呢。"系统慢慢道。

林琦不生气，平静道："我是不聪明，所以我经历了三个世界才反应过来。"

系统："你走之后，小世界正常运行不久之后就发生了能量转移。"

作为支撑小世界运行的主角忽然暴毙，小世界能量坍缩，主角的人物转移到了其他角色上。

系统："不过也没炸，还能用，产出变小了而已。"

这跟林琦猜测得八九不离十，他猜测的是那个人跟着他进了下个世界，原来的小世界故障停转，或者进入冰冻。

只是降级的话，他拥有的筹码不够多。

"系统，我真的不能留在这个世界好好陪他结束吗？"林琦诚恳道，"对联盟也没有坏处啊，只要他还在这里，产出的能量远比小世界降级后的能量更高。"

系统："实不相瞒，要把你这个角色留在这里消耗的能量也不低，你提出的建议并不划算。"

林琦靠着门慢慢蹲下身。狄岚很害怕他会再次自杀吧？所以一直黏着他缠着他，喋喋不休地对他说话。可世界设定一年后他必死无疑，就算他不自杀，这个小世界也会强烈地排斥他，把他赶出去。待在家里会地震，走出家门会被花盆砸死，反正就是活不下去。

林琦抬手捂住脸，猛地搓了下脸，气势汹汹道："消耗的那部分能量我自付。"

系统："别逗了，你付不起。"

林琦："我、我跟联盟签卖身契，我不要工资奖金了。"

狄岚给的灵感，他把自己卖给联盟，总够了吧？

系统："你觉得这样做值得吗？为了这个……怎么说，不同世界的人？这对于你来说，实在是个愚蠢至极的选择。"

林琦眼中透出明亮的光芒："就像你说的，我一直都是个不怎么聪明的人。"

系统沉默了一会儿："小合成人，你是不是不想过现实生活了？"

在现实生活中，林琦没有朋友，没有家人，除了工作，他什么都没有。

林琦小声道："我知道你的意思，我不会迷失在小世界里的。"

系统："你已经迷失了。"

林琦："这是我的选择，我希望你立刻向联盟传达我的申请。"

系统又是一阵沉默："作为你的辅助系统，我有义务保护你的安全，所以——我拒绝。"

林琦攥了下膝盖上的布料，面色难过，喃喃道："我连自己选择的权利都没有吗？"

系统："抱歉。"

林琦也不生气，他知道系统是为他好。只是这个念头已经在他心里盘旋了很久，尤其在来到这个特别短暂的世界后，这个念头空前膨胀。

想好好地走到结局。

林琦轻声道："系统，那么我离开这里后，自己去联盟打申请吧。"

系统没回应他。

身后传来了敲门声。

"林琦，饿不饿？你吃饭了吗？我烤了蛋糕，还没抹奶油呢，你要不要出来抹奶油？很好玩的。"

"别吵。"林琦压住冷淡的嗓音，"来了。"

林琦换了一身居家的休闲服再次打开门出去。

只见狄岚围了个橙色的围裙，他前面的头发有点长了，挡住了额头，干脆拿了根皮筋在头顶扎了个鬏，他手撑在料理台上，面前的蛋糕胚散发着淡淡香气，向林琦招了招手："快来。"

林琦也很镇定，走过去看了一眼蛋糕胚："有模有样的。"

"试试？"狄岚把手里的裱花袋递过去。

林琦摆了摆手："你来吧，我不会。"

狄岚道"你随便挤，我来抹。"说完又将手里的裱花袋往前送了送。

林琦迟疑地接过裱花袋，随手在蛋糕胚上挤了几朵奶油花。挤奶油的感觉真的挺治愈，林琦不知不觉绷紧的嘴角都松了。

"够了吗？"

"够了。"狄岚从林琦手中拿回裱花袋，拿了抹刀在蛋糕胚上抹奶油。

林琦挪回目光看狄岚抹奶油。狄岚手指细长，骨节分明，动作也很利落，简直就像专业人士。林琦看傻了，情不自禁地感叹道："你可以去演个糕点师傅。"

"你很想我演好戏吗？"狄岚抬头看了林琦一眼。

林琦点头："我想你成为巨星。"

狄岚把奶油抹平："我更想简简单单地陪着你。"

　　林琦沉默。他何尝不想这样，只是这个世界有任务，他也有离开的期限。

　　狄岚敏锐地感觉到林琦的心情沉了下来，他放下抹刀，重新拿了裱花袋，边说边写："祝林琦……永远……林琦，"他抬头，对林琦道，"来，最后给你写。"

　　"我不写，我写不好。"林琦推辞道。

　　"那我替你写。"

　　甜美的奶油香气弥漫在空气里，狄岚一笔一画郑重地替他写下"开心"这两个字。

　　这不是一个很漂亮的蛋糕，奶油虽然抹得很平，可上面的字太多，填得满满的，有点太贪心了。

　　"祝林琦永远开心。"

　　林琦怔怔看着，垂下眼睑。

　　系统冷淡的声音忽然响起："你的申请已经通过联盟的审核，从这个世界开始，解除角色的死亡期限，同时你把漫长的寿命都交给了联盟。"

　　林琦在一瞬的恍惚之后，立刻对系统道："谢谢你系统！"

　　系统："生日快乐。"

　　狄岚正满意地看着蛋糕，只见刚刚还面色沉重的林琦，此刻眼神中闪耀着狄岚从未见过的亮光。

　　"狄岚，"林琦微勾了下唇，"我很开心。"

　　没了离开时间限制的林琦整个人都阳光了，由内而外地散发出一丝从容感，汤静川还以为是叶飞鸿倒了霉，启天那手忙脚乱没声音了林琦才高兴的。

　　"隐婚"这种事最难证明清白，所有有关私生活的丑闻都是这样，你不能把自己掰开了、揉碎了暴露在公众面前，脏水泼到头上就再也干净不了。没有人关心真相，引起狂欢的只是一个热点，路人永远都不会关心你澄清了什么，他们只知道"完美无瑕"的艺人终于跌下了神坛。大约人设太过完美的人，大众内心其实早就暗暗期待黑料了。

这只是一个导火索，下场的"粉黑"都已经只能算是小菜，趁机踩一脚挖黑料的同路线艺人公司才是大头。

叶飞鸿的几个商务合作都叫停了。张户气得要命，跑前跑后累得都快吐胆汁，叶飞鸿默默看着，倒是对张户有了新的认识。

"这件事除了林琦，我想不到别人。"张户已经几天没睡好觉，眼睛红得像头狼，"又阴又损又毒，我查过了，那天是林琦的生日，你是不是送他车了？"

"不是。"叶飞鸿直接否认了，目光望向窗外，"他做不出这种事。"

张户冷笑一声："叶飞鸿，我知道你还惦记林琦。启天对川流的收购势在必行，我劝你也别吃着碗里的想着锅里的，我张户也不是没带过天王巨星，你看不上我，咱们趁早一拍两散。"

叶飞鸿面色沉稳，比起张户的上蹿下跳，他倒是一直很淡然："我知道了，张哥。"

张户听了他一声"哥"，表情也缓和了一点："这两天你就好好休息，避避风头。"

叶飞鸿眼睛眨也不眨地看着窗外，不知在想些什么："嗯。"

片场，又是一场挨打的戏。《萤火》本来是相对更小清新风格的纯爱片，在郭培安与狄岚的意见不断交换碰撞中，注入了越来越多的现实色彩，女主角任淼都戏称现场越来越尘土飞扬，从青春爱情片转型动作片了。

狄岚受了点小伤，好在拍摄效果不错，一天又可以圆满收工。狄岚跟众人打了招呼回了宾馆。走出电梯，目光落到走廊，他望见了一个身板挺拔的身影。他勾唇一笑，若无其事地过去刷门卡开门。

"是你？"叶飞鸿淡淡道。

狄岚的手落在门把手上，扭头对着叶飞鸿灿烂一笑："不好意思，拍戏一天累了，没看到有这么个喘气的在这儿。"

叶飞鸿脸色冷漠，保持着风度和姿态，仰头微微一笑："林琦不知道吧？"他转过脸，目光略带些轻蔑，"林琦不是那种人。"

狄岚笑容愈深："你说得对，他不是那种人，"他压低声音，"我是。"

叶飞鸿脸颊的肌肉抖了抖，压抑着怒气道："狄岚，你不觉得你很幼稚？"

狄岚收敛了笑意，用不带温度的语调道："别人设立久了，就真入戏了，叶君子。"

门被轻轻推开，狄岚跨出脚步，在僵硬的叶飞鸿身边留下最后一句："各自管好自己，别再来纠缠。"

《萤火》顺利杀青，郭培安是走快拍快上的路线，他自己没日没夜地忙着剪片子，打算快速送审，快速上映，杀青之后也没钱宣传，微博一官宣，官宣了个寂寞，无人问津。

川流砸了钱下去宣传，终于有了点水花。所有人的焦点都在——男主角真帅啊。

狄岚的英俊是一大杀器，剧照里的他校服迎风，面容在阳光下肆意地释放他的青春。

热搜也冲了一阵，很快就被压了下去。俊美无双抵不过财大气粗，更糟糕的是院线那边的路打不通了。小成本电影原本铺的线就不多，也都是些"垃圾时间"，就算是这样，也被挤压出了至少一半的排片。

汤静川硬托了自己家的关系,才请来了几位院线大佬吃个饭再聊聊。

私人会所,小桥流水,隐秘度极高,汤静川做东,林琦作陪,几位四五十岁的大佬纷纷表示身体不好,追求健康,每个都喝茶,不给汤静川和林琦敬酒的机会。

汤静川勾着林琦的肩,在停车场送别了大佬们,面目狰狞道:"怎么就没一个沉迷酒色财气的。"

"就算他们有心寻欢作乐,在你汤公子面前又怎么好意思,"林琦瞟了他一眼,"回去还怎么和汤老爷子交代?"

"怪我留太久?我再去约一局,派个会玩的出面?"汤静川摸着下巴道。

"算了吧。"林琦手插在西服口袋里,他最近忙得瘦了,人更单薄,但是瞧着更利落更有精神了,"我对《萤火》很有信心,留着钱等上映做口碑公关吧,上座率上来,院线自然会加排片。"

汤静川叹了口气:"我担心活不到口碑发酵那时候。"

"先找几个影评大 V 吹一吹,写点软文,造造势。"林琦缓缓道。

汤静川道:"营销公司的活儿,咱们自己办了呗?"

"没钱,只能这样了。"林琦把手从口袋里拔出来,掏出手机看了一眼时间,"我回去了。"

汤静川被这群人弄得心里别扭,于是用力勾了一下林琦的肩膀:"跟那群老头吃素,我饿死了,走,再续一摊。"

林琦还在犹豫,人已经被汤静川连撒娇带劫持地塞进了汤静川那辆路虎里。

"随便吃点什么吧。"林琦上了车,妥协道,手里已经拿着手机在发信息了。

汤静川瞄了一眼,把看到的一字一句念了出来——"我不回来了,你自己吃晚饭。"

林琦也不怕他看，发完以后从容地锁屏。

汤静川挪过脸发动车，心里犯嘀咕，嘴上也不肯说："吃什么？日料？"

"随便。"林琦的手机又振了，他低着头专心地去回信息。

汤静川狠灌了林琦一顿酒。

林琦酒量一向很不错，没有几个经纪人不会喝酒的，但架不住汤静川耍赖哭诉，不知不觉还是喝醉了。

他醉之前已经下了预告："我要醉了。"

汤静川直接给他续上了一杯："一醉解千愁，兄弟，干了。"

林琦心想他一点也不愁，也还是干脆地把那杯酒喝了，毕竟汤静川对未来发展一无所知，看着确实是挺发愁的样子，他陪一陪也无所谓。

林琦喝醉的样子和常人不同，不上脸，只是眼睛异常的亮，直勾勾的。他人长得其实很清秀，放在演艺界里也是个能排得上号的小生，只是气质很古怪，总会让人不自觉地忽视他似的。

狄岚来的时候，一推开包厢的门，就看到汤静川对着半眯眼的林琦喝酒，眼神虎视眈眈的，拿林琦下酒似的。

"汤总。"狄岚客气道。

汤静川扭过一张通红的脸，上下打量了一下狄岚，一头栽了下去。

狄岚随后打电话叫了林琦的助理过来。汤静川酒品不佳，醉后不断地说胡话，一米八的大男人像条蠕虫一样在榻榻米上来回滚动，大谈特谈公司的规章制度。

相比之下，安静坐着，撑着脸淡淡微笑的林琦简直就像是天使。

狄岚对汤静川的撒酒疯行为视若无睹，倒了温水凑到林琦嘴边，柔声细语道："喝口水。"

林琦听了，似乎思考了一会儿，才慢慢地掀嘴唇，一口含住了杯子，也就不动了，迟钝地叼着杯子。

狄岚从来没见过林琦这么乖的样子，他忍住嘴角的笑，小心地抬起杯子，像哄小孩一样哄着："对……张嘴，慢慢喝，就喝一点。"

狄岚小声道："林琦，你还知道我是谁吗？"

林琦很慢地点了下头，语气软绵："知道。"

狄岚又交代了一下让服务生看好汤静川，之后就扶起林琦往饭店后面的停车场走了。林琦人虽然醉了，但还是能走，脚步还是很稳。

狄岚小心地扶着林琦坐进了车里，给他系好了安全带，又给他调整好了座椅的角度，才开门上了车。

因为林琦醉了，狄岚担心他难受，所以车开得格外稳健，每个刹车都踩得慢悠悠的，林琦半靠在座椅上，呼吸清浅，像是睡着了。

把人扶进了房间的床上，狄岚才终于松了口气。林琦睡得很熟，狄岚给他脱鞋的动作也格外轻，生怕吵醒了他。

这段时间林琦实在太累了。公司里的事就已经很让林琦为难了，而自己从重启以来就一直想带着林琦转行，过普通的日子，可看到林琦这么努力地想把《萤火》推出去，他的想法又产生了动摇。

林琦是很想证明自己吧？

狄岚拿了被子给林琦盖好，目光复杂地望向睡着的林琦。

林琦的睡姿很标准，两手交叠放在脸前，看着就很乖巧，遇上不公平的事也就一笑而过，努力再去争取，分明在个乌糟糟的行业里，却总是按部就班，明净得像云。

戏拍完了，狄岚人回来，手头也没什么工作，安心地在家给林琦做家务、做饭，心满意足地当起了保姆。他可以卑鄙无耻下流龌龊，但那是对所有要伤害林琦的人。对于林琦，狄岚愿意用最虔诚的心意把他高高地捧上天。

他蹲在林琦床前，轻声道："晚安。"

第二天林琦醒来，人有点发闷，也没有宿醉过后太难受的感觉，大概已经习惯了，疲惫地下了床，开门就闻到了一股食物的香味。

狄岚听到了动静，人从厨房探出来，他围着围裙，头上扎着鬃鬃："先吃饭还是先洗澡？"

"饭好了吗？"林琦喉咙有点哑，轻咳了一声。

"先喝口水润润嗓子。"狄岚端着温水递给林琦，"你想吃就马上好，你想先洗澡也没事，都热着。"

林琦边喝水，目光边在狄岚身上打量了一下。狄岚的"煮夫"打扮配上他唠唠叨叨的性格很适合。林琦嘴角微勾："我简单洗漱一下，先吃饭吧。"

"好。"狄岚接回水杯，笑眯眯地对林琦道，"去吧，爱心早餐马上就好。"

林琦扭过脸，嘴角噙着若有似无的笑进了洗手间。

狄岚在林琦家里吃了一周的软饭，终于等到了自己的工作——《萤火》的首映会。

因为缺钱，《萤火》的首映会简单到了极致，没有红毯没有乌泱泱的记者，有的只是被汤静川和林琦费了很大力请来的各路大V影评人。郭培安也是拉下了老脸，请了几位导演朋友来捧场。还有一些演员的粉丝撑场面，五百人的首映厅坐得满满当当。

林琦和狄岚坐在一起。

本来座位安排是狄岚坐在第一排，坐在导演郭培安和女主角任淼中间，但是狄岚极力给一位郭导的好友，一位独立导演让座，让他俩坐一起。

任淼都看傻了，狄岚在剧组里看着挺高冷不食人间烟火，对导演献起殷勤来真叫她有点吃不消。

汤静川坐在林琦左手边，眼神若有似无地从狄岚身上瞟过。电影还没开始，昏黄的灯光里，狄岚侧脸堪称完美，汤静川换了好几个姿势掩饰自己的探头探脑，被林琦斜睨了一眼，只好肃着脸坐正了。

片子是郭培安没日没夜剪出来的，正片所有人都没看过，包括演员。汤静川更是一无所知，电影刚开始他还时不时地留意下周围人的动静，等电影放映了几分钟之后，汤静川就完全沉浸在了电影里。整整 118 分钟的电影，汤静川没有一秒钟在想别的。

当灯光重新亮起，掌声雷动时，汤静川脑海里浮现出的第一个念头是——我要发财了！

林琦微笑着鼓掌，心里毫不意外。上一局《萤火》就是部很出色的片子，在商业性上无可指摘，回报率惊人，可惜在艺术性上欠缺了那么一点。这一次的《萤火》比上一局更加隽永，注入现实的悲剧因素让这部片子回味悠长，令人唏嘘不已。

因为没有记者，主创们上去说了一些对这部戏的心得，整个流程就算是结束了，倒是狄岚，因为过于出色的外表，得到了粉丝的疯狂尖叫。这些粉丝来时没有一个是狄岚的粉丝，回去时都在叫——"狄岚，你好帅，我好喜欢你！"

狄岚面色平静，潇洒地对人群一挥手，大步流星地从安全通道离开了。

汤静川和制片人兴奋地在走道里搂在一起跳恰恰，欢声笑语充满了后台，大家都觉得这部戏大约会赚上那么一笔。

　　狄岚和一位独立导演说了几句话之后，礼貌道："失陪。"脚步往后退了几下，与落在后面的林琦并肩走在一起。

　　狄岚今天穿了一身深蓝近乎黑色的西服，头发三七分，往后梳得很利落，与电影里的青春形象相比，多了几分成熟绅士，背着手嘴角带笑地走在林琦身边，不断地扭脸冲林琦笑，笑容里写满了"求夸奖"。

　　林琦很淡定地不理他。

　　一直到两人都上了车，狄岚才忍不住道："我演得怎么样啊？"他双眼晶亮地盯着林琦，身后无形的尾巴都要晃起来了。

　　林琦系好了安全带，偏过脸望向狄岚，在狄岚期待的目光中幽幽道："你的吻戏呢？"

　　狄岚："……删了。"

　　首映会结束之后，许多到场的观众和影评人还有导演都对《萤火》给出了很高的评价。除了电影本身的可看性和艺术价值，观众们很现实地提到了狄岚的帅气，跟他相关的照片和视频极速地流传开。

　　之前《萤火》发布定妆照的时候，狄岚也引起了小幅度的讨论，但因为定妆照这种东西并不具有百分之百的说服力——说不定真人与照片相差多远呢，所以一阵风过去了也就过去了。

　　这次首映会上狄岚上台，算是彻底把现场的观众惊到了。太帅了，帅到了他们"彩虹屁"都吹不出来，只会"啊啊啊"的程度了。手机拍摄的昏暗照片和视频，各种角度的都有，愣是没有一张崩的，微博上直接传疯了。

　　在众多"舔颜"的转发评论中也有质疑"发大水""吹太过""水军下场"的言论，那几个一开始上传照片的观众怒了，在微博下来回对线，几百个人硬生生地扛起了捍卫狄岚颜值认证的大旗。

　　有人提出质疑："真这么帅，还是电影学院的，今年考试怎么没一点风声？最帅考生怎么没他的份？"

下面立刻有人嘲笑："不会吧不会吧不会吧？不会真有人觉得最帅考生最美考生是真拼颜值的吧？"

一下又把今年几位参加艺考的明星给拉到了战场。电影还没正式上映，评论倒是先来了一轮。

汤静川看着钱都压不下的频繁热搜，目瞪口呆地对林琦道："这就是天降猛男吗？这是要火啊。"

不只是小火，这是要大火啊，天生能引起话题的明星。

林琦手上的通告邀约雪片般地飞来，之前一直婉拒林琦的几档节目活动也抛出了橄榄枝。

在演艺界里，个个都是人精，大家都是有嗅觉的，所有人都看得出来——狄岚一定会大红大紫。

林琦往沙发上慵懒地一靠，手上哗哗地翻着企划案，云淡风轻道："这两天多买几只股票吧，等《萤火》上了，"他抬起眼睫，"一定会涨。"

汤静川兴奋得在办公室里转圈，院线那头还没投降，不过也是迟早的事。他忽然高兴道："琦仔！我给你买辆新车吧！"

林琦手上的动作顿住，抬头看了汤静川一眼。汤静川兴奋得脸都红了："就这么定了！"

车没有买，林琦直接拒绝了，让汤静川好好表现，把院线那边拿下来。

院线的大佬这回话就软多了，没有了上一次的刀枪不入，汤静川几句"叔叔伯伯"叫下来全松了口，宴席结束，汤静川送了几块玉牌出去，宾主尽欢。

汤静川站在饭店门口舒了口气，又屈肘捣了一下林琦："明天可就开战了。"

林琦"嗯"了一声，微微笑了一下："不是开战，是丰收。"

《萤火》爆了。

林琦早有预料，狄岚重启而来，所以两人都很淡然。

汤静川是彻底乐疯了。他隐约觉得《萤火》能火一把，片子确实是挺好，不过叫好不叫座的片子也不是没有，只要没拉到市场上遛遛，那是骡子是马谁也不能拍板。他心里期待着会好，结果也确实好，而且是——好得不得了！

票房成倍成倍地往上跳，记录一天比一天刷新得快，都不用主动跟院线方提，他们自发地开始疯狂增加排片。

谁能跟钱过不去啊？

汤静川春风得意，连带着汤老爷子面上也有光彩，一高兴给了汤静川一笔钱注资川流，川流算是起死回生了。

刷屏了整个行业的狄岚很快就被扒了个底朝天，孤儿、性情孤僻、少言寡语、无亲无友，狄岚儿时的事迹越多，狄岚吸粉就越多越快。

——美、强、惨，永远的人设天王。

狄岚现在走到哪儿都被围得水泄不通，机场接机的粉丝都有组织，横幅牌子举得很高。

狄岚神情冷淡，礼貌又疏离地向粉丝合掌弯腰，算作致谢，在粉丝的惊叫声中钻入了车内。林琦跟着进去关上门："开车。"

助理兴奋道："狄岚现在好火啊。"

林琦波澜不惊："会更火的。"

今天他们来 A 市，是要参加一个棚内的谈话类节目的录制，一个主持人对话三个艺人，提问同一个问题，三人分别作答。主持人的提问犀利简洁，话题度十足，加上直播的形式，是现在最火的谈话类节目。

这次制作方显然是有备而来，专门请了林琦带过的三位艺人，沈问寒、叶飞鸿还有风头正劲的狄岚。

沈问寒红了好几年，最近有点快不行的意思，他最红的时候想去拓展海外路线，海外市场没打开，国内的这块蛋糕倒被崛起的新人分掉不少。

叶飞鸿本来是往上走，最近出了点事，势头也缓下来了。

现在话题度最高的反而是新人狄岚。

后台，叶飞鸿先到，他自己带了化妆师，在化妆间里化妆的时候，张户站在一边，脸色不太好："等会儿狄岚来了，你先跟他打招呼。论资排辈，你是前辈，姿态要放高一点。"

叶飞鸿淡淡道："你觉得我会跟他过不去？"

张户也是烦，林琦的运气也太好了，怎么会签到狄岚这样的艺人，他真是羡慕都羡慕不来。不过说实话，林琦带人的本事确实强，带一个火一个。张户悻悻道："不是就行。"

过一会儿，叶飞鸿妆化完了，在那儿看台本，门被推开了，来的是沈问寒。叶飞鸿起身问候，沈问寒和他的长相是一个款型，五官端正，自带一股正气凛然的气质，两人互相知道对方的底细，手一握相视而笑。

沈问寒坐下，台里的化妆师上来给他做妆发。

叶飞鸿和沈问寒虽然都是林琦带出来的，彼此却没什么太大交集。沈问寒当年让林琦背了个黑锅，人出来以后也就跟林琦没什么来往了，叶飞鸿到林琦手里，也没听林琦提起过沈问寒一个字。

叶飞鸿看了几眼台本就不想看了，对张户说要出去透透气。就在这时，门又推开了，叶飞鸿和沈问寒同时将目光望向了门口。

狄岚推的门，手还轻松地搭在林琦肩膀上，脸上带着笑："林哥，就放半天假，行不行？就半天，我求你了。"

林琦对狄岚做作的样子有点不适应，轻轻咳了一声，推开了他搭在自己肩上的手，语气冷淡道："去化妆。"

狄岚双手捧住脸，对林琦做出一个开花的样子："好的，林哥。"

狄岚当化妆室里的人是空气，径直坐在了空着的化妆椅上。

林琦扭头跟张户打了个招呼，张户热情地回应了。

叶飞鸿静静看着，对林琦道："恭喜。"

林琦对叶飞鸿点了下头，坐到了狄岚椅子后的沙发上。

狄岚坐在椅子上等化妆师给沈问寒化妆，目光时不时地瞟向沈问寒的侧脸，看一眼，嘴角若有似无地笑一下，一闪而过的轻蔑。

沈问寒注意到了，他手握在椅把上，忽然不咸不淡道："谁啊，进来也不打声招呼，以为自己很红，大家都认识你？"

化妆室内一片寂静，叶飞鸿沉默不语，狄岚从外套里拿出手机，扭过头对林琦笑眯眯道："林哥，陪我玩一局呗。"

"别玩了。"林琦翻着手上的台本，抬头看了沈问寒一眼，语气冰冷道，"这里有监控，被拍到就不好了。"

沈问寒心里骤然一惊，在化妆镜里对上了林琦的眼睛，两人视线一碰，林琦就慢慢垂下了眼。

"玩游戏，又不是什么见不得人的事。"狄岚两手趴在椅背上撒娇道。

林琦慢条斯理道："别让我陪你玩了，到时候全赖在我身上，说经纪人带坏艺人。"

两人一唱一和，话里有话，听得沈问寒都快坐不住了，对化妆师催促道："能不能快点？"

化妆师也是战战兢兢的，忙道："好，我尽量快一点。"

"没事。"狄岚扭过脸，没开游戏，开了微博，慢悠悠地对化妆师道，"我不急，我化起来快。"

狄岚俊美无双，素颜也能秒杀一片。叶飞鸿从镜子里看着也只能感叹一句"年轻真好"。

沈问寒就是"不好"的那一头了，资历越老，熬得越久，脸也就越垮，再加上这些年打针注射，总有点不自然了，甚至林琦这个经纪人倒是一如往昔毫不见老。自己也才三十啊，沈问寒忽然有点恍惚了。

狄岚的妆果然化起来很快，他皮肤好、五官深刻，镜头吃妆，稍微打个底就够了。化妆师在沈问寒那儿吃了瘪，情不自禁地赞美狄岚："你是我化妆化过最简单的艺人了。"

狄岚微微一笑，不置可否。沈问寒在一旁气得火冒三丈，又不敢翻脸，刚才林琦的暗示意味太浓，他不能冒这个险。会咬人的狗不叫，况且林琦今非昔比，他手上握着一张冉冉升起的王牌，沈问寒从哪个角度都不敢造次。

于是，都在林琦手下待过的三个艺人一起进了录播室。

主持人已经坐好了，三人的位置分配又是难题。

叶飞鸿先道："我都行，你们先坐。"

沈问寒不咸不淡地看了他一眼，直接在三个位置里最外面的一个坐下了，也不吭声。

狄岚笑了一下，顺势坐在中间位置。他腿长，人坐下倒比沈问寒还稍矮一点，只是头肩比出众，在镜头里比例正好。沈问寒的肩膀稍微窄了一点，没有古装垫肩的修饰，又坐在狄岚旁边，显得像个大头娃娃。

叶飞鸿坐在了最后一个位置，三人并排，脸色不一。叶飞鸿的心气儿自上次接了一盆从天而降的脏水之后就静下来了。他一路走来太要强，也太急功近利，总觉得自己选择的是对的，刀子割到自己身上才知道疼，也终于承认是自己先背叛了林琦。再者，川流这种他看不起的小公司也眼看要捧出一颗巨星，叶飞鸿服气了，他技不如人，怨不得人，只能平心静气再接再厉。

主持人抛出来的问题果然相当犀利，只是三人都看过了台本，对那些问题心里大概有了数。

沈问寒可能是有一段时间没拍戏了，犯了戏瘾，时不时地还要装作一惊一乍的样子，一副与演艺界脱节的隐士模样，假装自己听不懂主持人的意思，一笑一惊的，节目效果十分精彩。

叶飞鸿八风吹不动，狄岚可以算是面无表情，毕竟他对外是酷哥人设，他也确实懒得理这些人。

采访进行得很顺利，因为是直播，最后一个节目环节是要抽观众提问。大屏幕上刷屏的弹幕过去，摇臂一动，屏幕定格，ID 为"蒙求求换大号"的网友被锁定，她的那条提问赫然在列："给你们的经纪人林琦打几分？"

主持人先笑开了，这个问题既有爆点，又相对温和，于是望向三人，又重复了一遍。

三人回答问题的先后顺序台本上也都是有的，只是最后一个问题，三人倒是抱着手一个都不先说了。

叶飞鸿看两人一眼，郑重道："8 分吧。"

他和林琦的矛盾尽人皆知，主持人追问道："能具体说说吗？"

叶飞鸿目光望向镜头外，直播的镜头跟过去，一闪而过的是林琦清秀的脸。叶飞鸿透过镜头，似乎也望见了过去的自己，认真道："林琦是个很优秀很负责的经纪人，他帮了我很多，没有他就没有今天的叶飞鸿。"

主持人道："那扣的 2 分在哪里呢？"

叶飞鸿若有似无地笑了一下，有些怅惘："缘分吧。"他说完紧闭着嘴唇，显然是点到为止。

主持人又将目光移向另外不言不语的两人。沈问寒已经酝酿好了，落落大方道："我也打 8 分吧，满分是 10 分吧？"沈问寒还跟主持人开了个玩笑，现场都传来笑声之后他才继续道，"以前我年纪小，不懂事，给林琦也添了不少麻烦，离开了才觉得，其实人无完人，8分的林琦在我心里已经算是满分了！"

场下又是一阵笑声，主持人矜持地笑了一下，望向最后沉默不语的狄岚。

正常谈话的时候，狄岚都表现得话少而偏于安静，他脸上表情都没怎么变。摄像头打到他毫无死角的脸上，摄影师偏心地放大了镜头，做了个面部特写。

于是所有的观众一起见证了一个惊艳的笑容，阳光肆意："我不能给林哥打分，林哥在我心里是无穷大。"

狄岚人设顿时崩了，一直面无表情，最多也就微微一笑的男人——原来还会这样笑啊？

粉丝们立即疯狂刷屏。

摄像机都被那个笑容晃得抖了一下，摄影师依依不舍地将镜头转向场外的林琦。林琦也是一向冷着脸，此时脸上露出了淡淡的笑意，镜头又切回狄岚，狄岚笑意果然加深了。

节目圆满结束。

镜头关闭，狄岚站起身直接双手在头顶给林琦比了个心，灿烂道："林哥你最棒！"

全场一阵哄笑。狄岚放下手臂耸了耸肩，活泼地走下了台，走到林琦身边不知跟林琦说了什么，林琦摇着头笑了一下，狄岚又是"哗啦"一下鸟一样地举起双手。林琦似乎彻底受不了他，拿卷在手心的文件夹轻敲了一下他的肩膀。

这一段节目结束后的小花絮被人拍了上传到了社交网站，又冲上了热搜。

粉丝们疯狂地称赞狄岚这个视频的同时，又对林琦表达了羡慕，不带恶意，纯粹的羡慕。林琦一手带火三个艺人，人品不论，确实是有本事。狄岚在他手上这么火，也不知道会便宜了之后哪一家公司。毕竟林琦是有 buff 的，只能旺艺人，留不住艺人，所有人都这么说。

到了年底，《萤火》果然入围了数项大奖。跟上一次游戏世界的结果相比，硕果更丰。狄岚却不见喜色，只是把林琦看得更紧，就连林琦去上个厕所，他也要跟着。

林琦知道他的心病，也没法解释，就顺着他。

汤静川是隐隐约约看出来了，一直也不敢问，于是装傻充愣假作不知。

颁奖典礼举办前，出了一点小插曲。

颁奖嘉宾之一沈问寒被"女友"逼宫了，聊天记录一出，网友感叹沈问寒瞒得好，也没什么，绯闻八卦而已，可后面就开花一样炸开了，各种各样的女友全冒了出来。

一片哗然之中，有人提到当年涉及经纪人的事件，大家恍然大悟，猜测林琦是不是给沈问寒背了黑锅，不过也没人关心林琦的清白，主要还是调查沈问寒有意思。

网上热度太高，国内的电影节差点都要被盖过风头，主办方买了好几个热搜才把话题压下去。国内的电影节一向不受重视，外界都戏称为"分猪肉"，不过有本事分，能分到几块也都看个人。

狄岚坐在座位上，魂不守舍。

林琦坐的平稳，忽地扬手轻拍了拍狄岚的肩膀，靠近狄岚的耳边，神色严肃："别紧张。"

狄岚终于有了名正言顺跟林琦说话的机会，于是做出一副紧张热聊的样子，神色也是很紧张严肃，嘴里一句一句低声冒出的都是："林哥，我不紧张，我想快点结束，咱们回家去。"

林琦依旧是肃然地贴着狄岚的耳朵："你老实点，别转来转去的，回去放你三天假。"

"放假"是两人之间特殊的暗号，狄岚一听，焦土一样的心瞬间就清凉了，还想着"放假"，说明林琦无论如何都没有求死的念头。狄岚坐正，整了整西服，长舒了一口气。

他和林琦耳语的画面也被摄影拍到了，传到照片直播里。

狄岚的粉丝没一个认为狄岚和林琦在谈正经事的——

"百分之百在跟林琦表忠心。"

从访谈节目开始这已经成为狄岚的一个梗了，众所周知冷酷寡言的狄岚除了演戏，日常只有做一件事的时候会笑——跟自家经纪人表忠心。

奖项一个个过去，终于来到了提名狄岚的最佳男主角奖，结果毫不意外，狄岚获奖。狄岚其实心中早就有数，还是装作欣喜若狂的表情去拥抱林琦，林琦憋着笑回抱了他。

"有一说一，虽然我也是无穷大，但讲真'父子感'真的太浓了，岚岚在林琦面前完全就是个'傻儿子'啊。"

"哈哈哈哈，确实！"

"我赌岚岚上台必说那个。"

"那个是哪个？姐妹说清楚。"

"那个就是那个，不要讲出来。"

下面照片留言全乱套了，都在"那个来""那个"去的。

狄岚上台接了奖，开口就是："我要先感谢我的经纪人林琦。"

下面弹幕粉丝已经开始刷了——"我没有你不行！"

果然，狄岚灿烂一笑："我没有你不行！"

镜头切给林琦，林琦也是微微一笑。

这一次颁奖典礼，《萤火》以小博大，一举斩获了数个重要奖项。狄岚跑上跑下来回数次，他也不嫌累，反正只要轮到他发言，弹幕就开始刷屏——"啊，又是狄岚，又要说那个了吗？"

当晚，#狄岚那个#这让人哭笑不得的话题冲上了热搜，霸榜良久。

颁奖典礼结束，《萤火》有个庆功宴，狄岚很想推辞不去，因为林琦在他的记忆中就是在庆功宴之后吞了一把安眠药自杀。他脸色不好，勾着林琦的肩膀和郭培安寒暄："算了，今晚太累了，我都头晕。"

"开心的事，什么头晕。"郭培安拿了最佳导演奖和最佳影片奖，脸乐得开花，他调侃道，"我知道，你没林琦不行，你经纪人不一起跟着吗？"

林琦只是静默地笑，他是经纪人，不是明星，在一众星光璀璨里永远当深蓝的天幕。

狄岚低头看了他："林哥陪我吗？"

林琦微一点头："我是你经纪人，我不陪你谁陪你。"

庆功宴很热闹，《萤火》已经不是开机时候的小剧组，功成名就享乐时刻，任淼苦了好几年终于熬出头了，她是性情中人，也不管形象，喝多了到处谢人，还嚷嚷着要去谢灯光师傅，说灯光师傅给她打的光特别美，她要给师傅封红包。

大家也都是笑，笑到后面酒话多了，狄岚带着林琦要走，郭培安点了头，还拍着林琦的肩膀，带着酒气道："你家的这个孩子，以后必须还得上我的戏。"

狄岚一口答应，郭培安也高兴，抬起酒杯哗啦啦倒了一鼻子。

狄岚好不容易拖着林琦从场面完全失控的庆功宴逃出来。林琦没喝酒，他开了车——新车，狄岚买的。

上了车，狄岚依旧不敢放轻松，记者跟拍导致交通事故的案例不在少数。

所以他只是素着一张脸，扭了半边望向车窗外，单手靠在脸边掩盖了他的唇形，让记者即使拍也拍不到他在说什么。他在说："林琦，这只是个开始，我们的未来会更好。"

林琦岿然不动，"嗯"了一声，脸上露出自信的笑容："当然。"

安全到了家，狄岚终于松了口气，没事了，他们的未来一定会越来越好。

番外

狄岚不是很想签面前这份合同。

条件倒不算苛刻，应该来说是相当的优厚，面前眉目冷淡、薄情寡义的男人才是让他犹豫的根本原因。

这个叫林琦，即将成为他经纪人的男人——口碑烂到爆。

压榨艺人、私生活混乱、捧高踩低，一个接一个的负面标签牢牢地贴在了这个人身上。都说演艺界是一潭浑水，那面前的这个男人就是浑水池子里的那一条食人鱼。

"签吧。"对方的态度很随意，从皱皱巴巴的西服里掏出一支烟，啪地点上，对于男人来说显得过分鲜艳的红唇叼住淡色的烟嘴，漫不经心道，"其他公司不会给你这么好的条件。"

"我知道。"狄岚岔开长腿，腰背靠在沙发上，姿态嚣张，"这份合同我还算满意，但是人，我不满意。"

林琦撩了下眼皮，他眼角微红，像是宿醉刚醒："人？"

"我说清楚点，"狄岚挑衅地望向他，"我不想你当我的经纪人。"

林琦笑着吸了口烟："为什么？"

"你是真不知道，还是装不知道？"

"请赐教。"

"那我拜托你有空也上上网。"

"网上很多事情都是人云亦云，"林琦吐出了一口白烟，"没脑子的人才信。"

狄岚被暗讽没脑子之后，顿时就来火了："你的意思是你不是网上传的那样私生活混乱，对艺人苛刻，控制打压手下艺人的恶毒经纪人？"

香烟冒出的烟雾在两人之间缓缓弥漫开，林琦的脸色在一连串的话语中没有丝毫的改变。他抬起腿，调整了自己的坐姿，苍白的脸上浮现出了淡淡的笑意，轻声道："我也没那么糟吧？"

林琦的目光没有看狄岚，而是望向了空中的某一点，没有焦距，像是自言自语，又像是自嘲，脸上的笑容说不出是苦涩还是轻蔑。

很久以后，狄岚终于在内心承认——他被那个笑容击中了。

宛如流星一般划过夜空。

"那行吧！"狄岚迟疑了一下，还是签下了合同。

接下《萤火》的剧本后，拍摄进行得很不顺利，狄岚完全无法入戏，台词空洞，接戏的演员都笑出来了。晚上导演给他放了假，让他休息，好好想一想到底该怎么演。

狄岚一个人躲在宾馆房间里，穿着戏服躺在床上，双眼怔怔地望着顶上圆圆的灯。

灯是透明罩子，过于刺眼的光从中倾泻，看久了就会让人眼花，狄岚慢慢眨着眼睛，在一片绚烂中看到了一张冷淡的脸。

"天气冷了，注意保养好嗓子。我已经让助理在你平常要喝的水里加了一点药材，不许不喝。

"今天戏剧老师的话你要认真听，针对性地吸收，你要相信自己的天赋，同时也要保持谦逊。

"你怎么回事？别说脸了，你全身都是公司的财产，不能损伤一分一毫！"

跟林琦成为同事之后才发现，他并不像外界传言的那样，反而很敬业，时时刻刻都把工作摆在第一位。没有什么多余的情绪分给别人。

狄岚抬手遮住酸涩的眼睛，深深地吸了口气。

"哭了？"冷淡的声音传来。

狄岚猛地拿开手，穿着灰色西装的林琦，正单手插着口袋闲适地看着他，微微一笑："这么不经骂？"

狄岚把吸的那口气吐出来，慢慢坐起，也不解释，只是扭头把目光放在了其他地方。

"导演是为了戏，你也同样要把戏拍好。无论他做什么，说什么……"

"别说了。"

林琦的声音立刻中断了。

狄岚低着头："我没那么脆弱。"

有什么不敢承认的？自己就是太年轻、没实力、做不到。

房间内空气凝滞了很久，头顶才传来一句轻轻的——"那就好。"

脚步离开的声音在空荡的房间内格外刺耳，一直到门被关上，狄岚心里憋着的那口气才呼了出来。他感到一股血液直冲向他的脸，再从他的脸一直蔓延到四肢百骸，愤怒、羞恼、不甘、痛苦，种种复杂感觉一齐向他涌来。

狄岚觉得自己很可笑，也很可悲。

狄岚在床上捂着心口怔了很久，直到腿都快麻了才下了床。他什么都没有做，却觉得自己仿佛跋山涉水去了很远很远的地方，累得没有办法再动一下了。

喝点酒吧。

这个时候酒精或许就是让人麻痹的最好工具。

狄岚走向门口，刚打开门，就闻到了一股浓重的烟味。

林琦就靠在他对面的墙上，慵懒地交叉着长腿，手上还夹着一支明灭不定的烟，看到他开门出来，淡淡道："不许喝酒。"一副算准了的模样。

狄岚涩声道："知道了。"

"如果非要喝，"林琦笑了一下，从薄情中透出一股温柔，"那我陪你。"